멜라닌

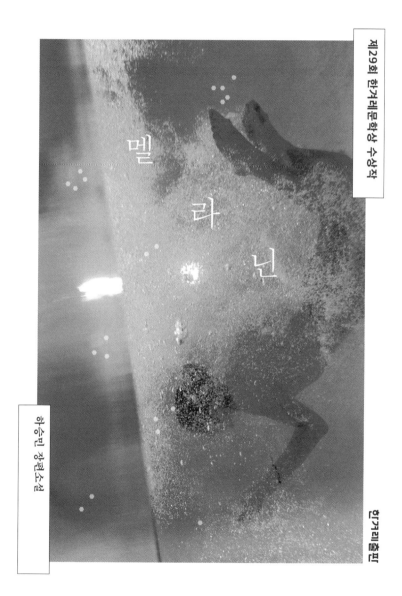

제29회 한겨레문학상 수상작

멜
라
닌

하승민 장편소설

한겨레출판

차례

1

내 피부는 파랗고 엄마는 베트남 사람이다. 어느 쪽이 더 문제인지는 모르겠다. 엄마는 내 크고 검은 눈동자를 좋아했다. 바둑돌 같은 그것이 자신을 꼭 닮았다고 했다. 하지만 경고 표지판처럼 타인의 시선을 잡아채는 건 언제나 내 파란 피부였다.

베트남의 급속한 경제 발전 속에 성장한 엄마는 성격이 대찼다. 손은 빠르고 매웠다. 구미 도량동의 20년이 넘은 복도식 아파트에서 예정일보다 한 달 일찍 나를 낳았을 당시에도 당황하지 않았다. 구급대원이 도착했을 때 엄마는 깨끗한 수건으로 나를 감싸안고 있었다. 땀에 젖은 머리카락이 얼굴에 들러붙은 채 가쁜 숨을 몰아쉬는 베트남 여자와 그 손에 들린 파란색 신생아를 발견한 젊은 대원은 어찌할 바를 모르고 허둥거렸다. 엄마는 오시느라 고생했을 텐데 커피라도 한 잔 드시고 가라며 믹스커피를 내밀었다.

구미 할머니는 파란 피부로 태어난 애들이 오래 살지 못한다고 믿었다. 어쩌면 애도 그리될지 모르니 미리 정을 떼야 한다며 세 달간 나를 데려가 키웠다. 나는 졸려서, 배가 고파서, 추워서 바락바락 우는 아기였다. 애를 안은 지 수십 년 된 노인의 손이 세심할 리 없었다. 엄마는 그동안 젖몸살을 심하게 앓았다. 아무리 짜내 버려도 젖은 금방 다시 찼다. 한밤중에 울며 잠에서 깨면 옷은 모유로 축축하게 젖어 있었고 퉁퉁 부은 가슴은 스치기만 해도 아프고 열이 났다. 나는 백일이 지나 집으로 돌아왔다. 이미 젖을 물려도 먹지 않을 때였다. 엄마는 입을 오물거리며 분유병에 손을 뻗는 아기를 품에 안고 혀는 분홍색이네, 했다.

도량동 목화아파트 3층 동쪽 끝이 우리 집이었다. 베란다에는 쓰레기를 버리는 더스트슈트가 남아 있었다. 투입구가 막혀 사용할 수는 없게 된 굴뚝 같은 공간을 앞에 두고 위층에서 휙휙 던지는 쓰레기가 수십 미터를 낙하하는 광경을 상상하곤 했다. 아파트를 나와 슈퍼마켓을 끼고 돌면 그 건너에 시장이 있었다. 깨를 볶는 기계 소리와 얼얼하도록 진한 곡물 향, 찜기에서 피어오르는 연기에 정신을 빼앗겼다. 분홍빛 살갗을 드러낸 닭이나 노르스름한 돼지머리를 구경하고 있으면 엄마는 얼른 가자고 손을 잡아챘다. 상인들은 몸빼바지 차림으로 좌판을 깔고 앉아 소쿠리에 담긴 시금치며 달래, 냉이 따위를 팔았다. 오랜 시간 햇빛에 그을려 칙칙하게 검어진 피부, 나를 보고 의아하게 벌어지던 입, 불만스레 구겨지던 눈이 생각난다. 엄마는 그 사이를 재빨리 지나가며 필요한 것들을 봉지에 담았다.

가족은 동생 재우가 태어나고 얼마 되지 않아 인천 서구의 가정오거리로 이사했다. 주위는 온통 폐허였다. 건물에 붉은색 래커로 칠한 낙서가 가득했고 유리창은 엉망으로 깨져 있었다. 가정오거리에 루원시티 재개발사업이 추진되던 시기였다. 계획대로 사업이 진행되지 않으면서 사람들이 빠져나가는 바람에 동네는 유령도시가 됐다. 그 후 한동안 부랑자와 집을 나온 청소년들이 빈집을 차지했다. 우리 가족은 내가 초등학교에 들어간 즈음 가정오거리에서 멀지 않은 빌라촌으로 이사했고, 미국으로 이민을 떠나기 전까지 그곳에서 살았다. '도봉산' 근처로는 이사하지 않아서 다행이라고 생각했다. 아이들은 도봉산에 대한 도시 전설 같은 이야기를 쏟아냈다. 도봉산이 귀신이나 살인마 같은 거라고 막연히 생각했는데 알고 보니 항도실업고등학교, 운봉공업고등학교, 운산기계공업고등학교의 두 번째 글자를 딴 것이었다. 당시 세 학교는 이미 다른 이름을 썼지만 사람들은 여전히 그 학교들을 한데 묶어 도봉산이라고 불렀다.

새 빌라로 이사 가던 날 2층 아주머니가 베란다로 불쑥 고개를

9

내밀었다. 옆에 함께 있던 남편은 담배를 문 채였다. "이 빌라에서는 실내에서 담배 피워도 되는갑네." 아빠가 말했다. 아빠는 화장실에서 용변을 볼 때마다 담배를 피웠다. 아빠가 나온 화장실에서는 똥 냄새와 담배 냄새가 같이 났다.

2층 부부는 나를 흘겨보며 뭔가를 쑥덕거렸다. 파란 피부가 어쩌네, 집값이 어쩌네, 동네 분위기가 어쩌네, 하는 대화였다. 자기들끼리 하는 말인데도 일부러 들으라는 듯 목소리가 컸다. 엄마는 당장 계단을 뛰어올라 문을 두드리며 두 사람을 불러냈다. 삿대질을 하고 고함을 질렀다. 2층 부부도 지지 않았다. 사다리차로 짐이 올라가기 시작한 뒤에도 대거리가 멈추지 않았다. 그렇게 사나운 엄마는 처음이었다. 기세에 눌린 남편이 슬그머니 방으로 들어가자 엄마는 베트남어와 한국어를 섞어가며 2층 아주머니를 몰아세웠다.

"아이고, 그래, 됐어요 됐어. 내가 미안해요."

결국 아주머니가 꼬리를 내렸다. 엄마가 이긴 것 같아 기분이 좋았다. 며칠 후 아주머니는 동네 사람들을 모아놓고 베트남 여자가 들어오는 줄 알았으면 주인이 집을 안 내줬을 거라고 떠들어댔다.

나는 새로운 유치원에 다니게 됐다. 경계하는 시선에는 익숙했으나 순진한 얼굴로 저주에 가까운 말을 토해내는 또래 사이에 놓이는 건 다른 문제였다. 저리 가. 무서워. 싫어. 아이들은 속에

10

있는 말을 여과하지 않았다. 때로 천진난만한 질문이 나를 괴롭혔다. 너는 왜 파래? 외국인이야? 입양이야?

그러게. 나도 그 이유가 궁금했다. 집으로 가 엄마한테 물었다. 왜 나는 남들이랑 다르게 생겼어요? 내가 베트남 사람이라서 그래요? 재우는 왜 안 그래요? 입양이 뭐예요?

"내 눈에는 똑같이 생겼는데?" 엄마가 말했다.

"아닌데." 말을 하고 나니 서러웠다. "거짓말." 나는 울먹이기 시작했다. 엄마는 성난 얼굴로 내 엉덩이를 때렸다.

아빠는 주말 잔업이 있는 날이면 공장으로 엄마를 불렀다. 옷을 가져오라고 할 때도 있었고 애들이랑 점심을 먹고 가라고 할 때도 있었다. 엄마는 애들까지 데리고 공장 밥을 얻어먹기 미안하다며 김밥을 싸서 갔다. 작업장에는 톱밥과 본드 냄새가 가득했다. 선풍기 앞에 서 있어도 더워서 땀이 줄줄 흘렀다. 공장에서 제작한 가구는 온라인 업체에 납품했는데 대개 이케아를 흉내 낸 저가 제품들이었다. 완제품에 메이드 인 코리아 딱지가 붙었지만 가구를 조립한 인부 중에는 방글라데시 사람도 있었고 몽골 사람도 있었고 태국 사람도 있었고 스리랑카 사람도 있었다. 직원들은 공장 옆 작은 컨테이너 건물에서 식사를 했다. 노란 장판을 깐 바닥에서 발 고린내가 났다. 창문은 좁았고 먼지 낀 선풍기가 쉼없이 돌아갔다. 이따금 각다귀며 나방 같은 것들이 들어와 날아다녔다. 미얀마에서 왔다는 직원 하나가 내 옆구리를 콕 찌르며

11

어눌한 한국어로 말했다.

"내 사촌 동생도 파래."

나는 뭐라고 대답하면 좋을지 몰라 김밥만 우물거렸다. 엄마는 김밥에 꼭 오이와 당근을 넣었다. 오이 싫어, 당근 싫어, 하고 투정을 부리던 재우는 컨테이너를 빠져나가 공장 주차장 바닥에 돌멩이로 그림을 그리며 놀았다. 쪼그려 앉은 채로 이리저리 굴러다니는 모습이 보송보송한 솜뭉치 같았다. 재우는 눈이 크고 코가 오뚝했다. 입술 선이 선명했고 눈썹은 목탄으로 그은 것처럼 검었다. 엄마를 많이 닮은 동생이 부러웠다. 재우가 엄마와 아빠의 실수를 만회하기 위해 태어난 존재가 아닌가 생각할 때도 있었다. 파란 피부의 첫째를 대신할 둘째로.

혼자서 놀던 재우가 넘어졌다. 엉엉 악을 쓰며 울었다. 아빠가 재우를 데리고 컨테이너로 돌아왔다. 까진 무릎에서 피가 흘렀다. 직원들이 구급상자에서 연고와 반창고를 꺼냈다. 재우는 스리랑카 직원이 준 딸기 맛 츄파춥스 하나를 입에 물고서야 눈물을 그쳤다. 나는 구급상자 옆에 있던 반창고를 뜯어 팔에 붙여봤다. 재우에게는 피부인 양 어울리던 베이지색 반창고가 내 살갗 위에서는 따로 놀았다. 사각형으로 뻥 뚫린 구멍 같았다.

아빠를 포함한 한국인 노동자는 외국인 노동자보다 더 많은 보수를 받는다고 했다. 그래서인지 아빠는 같은 직장 동료 사이에도 계급이 있는 것처럼 행동했다. 서열은 대체로 피부색의 밝기와 출신 국가의 소득수준에 좌우됐다. 스스로에게 가장 높은 지위를 부여한 아빠는 누구에게든 지적하고 원하는 만큼 크게 고함을 칠 수 있었다. 하지만 아빠가 권력의 최상위에 서는 건 작업장에 있을 때뿐이었다. 공장의 다른 한국 사람들, 관리직이나 경영진과 함께 있을 때면 아빠는 머리가 희끗 벗겨진 아저씨로만 보였다. 위로는 굴종했고 아래로는 멸시했다.

월급날이 되면 엄마가 한우 직판장에서 차돌박이를 사 왔다. 아빠는 공장에서 가져온 합판 식탁을 텔레비전 앞에 펴고 소주를 곁들여 저녁을 먹었다. 엄마는 주방에서 고기를 구워 날랐다. 볼이 터지도록 입에 고기를 욱여넣고 우걱우걱 씹으며 뉴스에 나오는 모든 사건에 비평을 더하는 아빠는 뉴스가 방영되는 동안 직장에서 구겨진 자존심을 활짝 펴는 것 같았다.

앵커가 목포에서 태어난 파란 쌍둥이 소식을 전했다. 현장에 나간 기자는 쌍둥이가 모두 파란 피부로 태어난 것이 국내에서는 최초, 세계적으로는 서른두 번째라고 했다. 아빠는 젓가락을 탁 내려놓으며 파란 피부는 고엽제나 다이옥신 때문에 태어나는 거라고 말했다. 그런 화학물질이 베트남과 한국에 많이 묻혀 있어서 나 같은 애가 태어난다는 거였다. 그러나 파란 피부는 퀘벡에서도 태어났다. 조지아에서도 태어났다. 제노바와 앙카라, 심지어 우수아이아에서도 태어났다. 인종과 지역, 지질, 기후와 환경을 가리지 않았다. 부모가 복용하는 약이나 유전 질환 사이에서도 원인이 발견되지 않았다. 산모의 약물 섭취, 음주, 흡연 같은 행동과도 관련이 없었다. 엄마가 몇 번이나 그렇게 얘기했지만 아빠는 고엽제니 다이옥신이니 하는 주장을 굽히지 않았다.

소주를 쪽 빨아 마신 아빠가 발가락으로 내 등을 찔렀다. 왜 그러느냐고 물었더니 인상 좀 펴고 밥을 먹으라 했다. 얼굴 퍼런 자식이 표정까지 없으니 더 수상해 보인다는 거였다. 애한테 왜 그래요, 하는 엄마에게는 멍청하면 가만히 있으라고 했다. 어미가 멍청하니 저런 애가 태어나는 게 아니겠느냐고 했다. 사방으로 증오를 쏘아 날리는 아빠는 예외 없이 취해 있었다. 그러다 갑자기 다 내가 못나서 그런 거라고, 미안하다고 울었다. 아빠는 엄마를 돕겠다며 설거지를 하려다 접시를 깼다. 가만히 좀 있으라고 엄마가 윽박지르면 아빠는 온 세상이 자신을 무시한다며 더욱 서럽게 울었다. 엄마는 우리에게 얼른 방으로 들어가라고 했다. 선풍기를 틀고 책상에 앉아 해가 떨어지기를 기다리고 있으면 어김없이 모기가 귓가에서 왱왱거렸다. 방충망과 벽에 새까만 점처럼 다닥다닥 붙어 있었다. 이미 피를 빤 놈들은 배가 통통해 제대로 날지 못했다. 재우는 공책을 들고 모기를 잡으러 뛰어다녔다. 한 마리를 잡을 때마다 벽에 붉은 자국이 늘었다. 며칠이 지나면 핏자국은 까맣게 변해 있었다. 엄마는 밤마다 에프킬라를 뿌리고 모기향을 피웠다. 석유 냄새에 머리가 몽롱했다. 녹색 나선형 모기향에서 뚝뚝 떨어지는 회색 재를 지켜보다 잠이 들었다. 새벽이

14

면 모기향 연기가 따끔하게 목을 찔렀다. 냉장고에서 물을 꺼내 마시고 자리로 돌아올 때면 엄마 배 위에 한쪽 다리를 올려놓고 잠든 아빠가 보였다.

엄마는 혼덧현 얘기를 많이 했다. 베트남 메콩강 삼각주 근처, 끼엔장성에 속한 작은 시골 마을이었다. 엄마가 자란 곳이었고 외할머니가 사는 곳이었다. 우리는 여름방학마다 혼덧현을 찾았다. 외할머니는 큰 도로까지 나와 우리를 기다리다 차에서 내리는 나와 재우를 꼭 안아주곤 했다. 외할머니가 웃으면 작고 노란 이가 드러났다.

한국 애들이 왔다는 소식을 듣고 열 명도 넘는 동네 꼬마가 우르르 몰려나왔다. 도시에서 볼 수 없던 풍경을 종일 구경하는 것도, 나를 향한 야릇한 눈빛이 없는 것도 좋았지만 무엇보다 메콩강에서 하는 물놀이가 가장 즐거웠다. 물구나무서듯 머리를 박고 발장구를 치면 시원한 물 아래 고운 흙이 만져졌다. 돌은 이끼로 미끌거렸고 물고기가 종아리를 스쳤다. 햇빛이 등을 빨갛게 익히는 것도 모르고 논으로 들어가 징거미새우를 잡았다. 그곳에서 내 파란 피부는 문제되지 않았다. 동네 아이들은 각자 잡은 징거미새우를 내 소쿠리에 담아주었다. 저녁이 되면 마당에서 징거미새우를 구웠다. 나는 잘 구워진 새우를 후후 불어 한입에 넣었다. 외할머니가 까 주는 새우도 넙죽넙죽 받아먹었다. 화톳불의 장작 냄새를 맡으면서, 고소하게 익는 새우와 그걸 까는 외할머니를 보면서 이곳이 내 고향이면 좋겠다고 생각했다. 매일 메콩강에서 수영을 하고 저녁에는 징거미새우를 먹으며 살고 싶었다.

"안재일, 안재우. 느그는 베트남 할머니랑 구미 할머니 중에 누가 더 좋노."

이불을 펴던 아빠가 물었다. 왜 그런 질문을 하는지 알 것 같았다. 뻔한 대답으로 예쁨을 받고 싶지 않았던 내가 입을 다물고 있는 동안 재우는 베트남 할머니가 더 좋다고 했다. 아빠는 언짢은 표정을 했다.

"구미 할머니가 더 좋다는 사람한테 만 원 준다."

재우는 구미 할머니가 더 좋다고 잽싸게 말을 바꿨다. 아빠는 재우에게 만 원을 쥐여주고 엄마에게는 비밀로 하라고 했다.

아빠는 베트남 생활을 달갑게 여기지 않았다. 지저분하고 말도 안 통하는 동네에서 하루라도 빨리 탈출하고 싶다며 투덜거렸다. 내가 초등학교 3학년이 되던 해 여름, 이번에는 베트남에 가고 싶지 않다며 실랑이를 벌이던 아빠는 공장 핑계를 대기 시작했다. 베트남에 갈 때가 되면 아빠의 공장에는 주문이 밀렸고 일손이 부족했으며 아빠는 없어서는 안 될 인력이 됐다. 엄마는 어쩔 수 없이 나와 재우만 데리고 혼딧현을 찾았다. 나는 아무래도 괜찮았다. 오히려 아빠 없이 지내는 생활이 더 자유로워 좋았다. 아빠는 매일 저녁마다 엄마에게 전화를 걸었다. 언제까지 라면에 밥만 말아 먹으란 말이냐, 밖에서 사 먹기도 지겹다, 벌써 나물이

다 쉬었다며 갖은 투정을 부렸다. 외할머니는 공항으로 떠나는 우리에게 베트남에서만 먹을 수 있는 과자며 라면을 가득 안겨주었다.

"고마워요. 잘 먹을게요. 한국에 도착하면 전화드릴게요."

나는 그 말을 베트남어로 했다. 겨우 의미 전달이 가능한 수준으로 단어를 나열한 것에 불과했는데 엄마는 눈을 휘둥그레 떴다.

"베트남어는 언제 배웠어?"

"애들이랑 놀면서요."

"그게 됐어?"

나는 그게 뭐 특별한 일인가 싶어 고개를 끄덕하고 말았다.

여름방학이 끝나고 엄마는 내게 초급 베트남어 교재와 사전을 선물했다. 엄마는 열의에 차 있었다. 그렇지 않아도 내가 돌이 되기도 전에 '엄마' '아빠'는 물론이고 신체 부위며 장난감 명칭들을 곧잘 외웠던 데다 가끔은 '물 주세요' '졸려요' 같은 문장까지 구사해 천재인 줄 알았다고 했다. 나는 재우가 학원에 간 동안 엄마에게 개인 과외를 받았다. 엄마는 단순한 암기와 반복 연습이 중요하다며 수백 개의 생활 문장을 적어놓고 외우게 했는데, 문법 체계를 익혀가며 차례로 공부하는 것보다 효과가 좋았다. 이따금 직장에서 돌아온 아빠가 베트남어 문장을 구구단처럼 외는 나를 보며 눈살을 찌푸렸지만 엄마는 신경 쓰지 않았다.

내가 간단한 인사말과 자기소개, 여행용 회화를 구사하게 됐을 즈음 구미 할머니에게서 전화가 왔다. 마늘을 까던 엄마는 스피커폰으로 전화를 받았다.

"네, 어머님."

"그래, 뭐 하노."

"마늘 까고 있어요."

"애들은?"

"재우는 학원 갔고 재일이는 공부해요."

"무슨 공부."

"학교 공부요."

"학교 공부 뭐."

"그냥 수학, 영어 같은 거요."

할머니는 잠시 말이 없었다. 엄마가 휴대전화의 화면을 슬쩍 들여다봤을 때 할머니가 다시 입을 열었다.

"야야, 안 그래도 내가 할 말이 있어가 전화했다. 니 요사 애들한테 베트남어 가르친다매. 참말이가?"

이번에는 엄마가 말이 없었다. 할머니가 재차 물었다.

"와? 미국 갈 애들이 와 베트남어를 배우노?"

엄마는 입술을 깨물었다. 내 눈치를 보더니 방으로 들어가 전화를 받았다. 그날 엄마와 아빠는 한 시간이나 다투었다. 둘 다 지지 않고 소리를 버럭버럭 질렀다. 며칠 후 학교를 다녀오니 교재가 죄다 사라지고 없었다.

"엄마, 베트남어 책이 없어요."

"그래."

"어디 갔어요?"

"이제 베트남어는 공부할 필요 없어."

"왜요?"

"그냥. 밥 먹어."

"왜요? 왜 공부 안 해도 돼요?"

"밥 먹으라니까."

그날 이후로 엄마는 베트남 이야기를 하지 않았다. 쌀국수를 먹이지 않았고 호찌민 이야기도 하지 않았다. 집에서는 금성홍기(金星紅旗)가 사라졌다. 며칠 후 엄마는 헌책방에서 책을 가득 사왔다. 재우를 위한 동화책과 쉽게 쓴 과학 서적, 위인전기도 있긴 했지만 대부분은 영어 교재였다. 학교 수업만으로는 부족하니 오늘부터는 집에 와서 영어만 공부하라고 엄마가 말했다. 그래야 네아빠가 좋아하는 미국에 가서도 잘 적응하지 않겠느냐고 했다. 죽어라 영어를 공부해서 미국에 가라고, 그래서 온갖 인종이 사는 그곳에 정착하라고, 그때가 되면 베트남어나 한국어는 잊어버려도 된다고, 그게 파란 피부로 태어난 내가 살 길이라고 했다.

2

몇 해 전 가족 모두를 거실에 모이게 한 아빠가 서류 몇 장을 내밀었다. 우리더러 틀린 내용이 있는지 확인해보라고 했다. 이름, 주소, 출생 일자 같은 것이 죄다 영어로 적혀 있었다.

"이게 뭔데요?" 엄마가 물었다.

"이민 서류."

헛헛하게 말라붙은 입술에서 튀어나온 말이 진심인가 싶어 다음 말을 기다렸다. 아빠는 농담을 하는 성격이 아니었다.

"강우라고, 애들 친척이 버지니아에 있다. 내한테는 삼촌 아들이니까 서로 사촌지간이다. 다 봤나? 틀린 거 없제?"

아빠는 서류를 챙겨 봉투에 넣었다. 지금부터 준비하면 내가 고등학생이 될 쯤에는 다 같이 버지니아에 가서 살 수 있을 거라고 했다.

"거기서 무슨 일을 해요?" 엄마가 물었다.

"거기가 외국인들 일자리는 더 많다. 원래 힘들고 위험하고 그런 일은 그 나라 사람들이 안 한다. 우리 공장에도 외국인 직원들이 그래 많은데, 미국은 오죽하겠나."

"힘들고 위험한 일 하려고요?"

"여는 안 위험하나. 미국서 일하는 게 훨 낫다."

나는 인천과 미국 사이의 거리가 얼마나 되나 생각하고 있었다. 서쪽으로 가나? 아니면 동쪽? 몇 시간이나 걸리지? 미국으로 간다는 말은 다른 행성으로 이주한다는 것만큼이나 비현실적이었다.

엄마는 이민을 달가워하지 않았다. 베트남 할머니가 몸이 편치 않을 때라 멀어지고 싶지 않다고 했다. 아빠는 아직 이민이 결정난 것도 아닌 데다 우리 차례가 되려면 몇 년은 기다려야 하니 천천히 준비하고 있으면 된다고 했다. 재우와 나를 생각해서라도 미국에 가는 게 옳다는 말을 덧붙였다. 하지만 내게 세계는 적대감으로 뭉쳐진 공간이었다. 파란 피부로 태어난 이상 이민을 간다고 해서 그 사실이 달라질 것 같지는 않았다.

내가 태어나던 해 알카에다가 납치한 여객기 세 대가 세계무역센터와 펜타곤에 충돌했다. 이듬해 조지 W. 부시는 이란과 이라크, 북한을 악의 축으로 규정했다. 한국과 일본에서 월드컵이 열렸고 새천년민주당 노무현 후보가 대통령에 당선됐으며 얼마 지나지 않아 대구에서 지하철 참사가 터졌다. 미국이 이라크를 침공했다. 21세기는 숨 가쁠 정도로 많은 사건과 함께 시작했고 덕분에 파란 피부를 가진 아이들이 뉴스에 등장할 기회는 많지 않았다. 파란 피부가 경계 대상이 된 건 2009년에 두 사건이 연달아 벌어진 이후였다.

4월, 런던 세인트판크라스역에서 케피에를 두르고 커피숍 야외 의자에 앉아 커피를 마시던 여성이 가방을 남겨둔 채 자리를 떴다. 테이블에는 절반쯤 남은 카페라테와 머핀, 약간의 팁이 놓여 있었다. 여성이 놓고 간 가방을 발견한 종업원은 유실물보관센터에 맡기기 전 내용물을 확인하고 연락처를 찾아보기로 했다. 드물게 화창한 날씨였다. 종업원이 카운터의 바리스타와 퇴근 후 관람할 영화 얘기를 하며 가방을 여는 순간 기폭 장치가 작동했다. 사제 폭탄 테러 사건으로 종업원을 포함한 세 명이 사망했고 열두 명이 부상을 입었다. 가용 인원을 모두 동원해 용의자 색출에 나선 런던 경찰은 나흘 뒤 웨일스 스완지의 아파트에 숨어 있던 헨릭 어거스트를 체포했다. 경찰은 범인이 무슬림 여성일 것으로 예상하고 수사를 진행했지만 헨릭 어거스트는 파란 피부의 남성이었다. 안식교의 한 급진 분파 신도였으며 직업 전문학교에서 엔지니어링을 공부하는 학생이기도 했다. 헨릭은 범행 이유를 묻는 수사관의 질문에 경고였다고 짧게 대답했을 뿐, 이후로는 줄곧 묵비권을 행사했다. 변호사는 헨릭 어거스트가 정신이상자라고 주장했지만 법원은 이를 받아들이지 않았다. 사건은 진실과 무관하게 세 부류에게 상처를 줬다. 무슬림, 정신질환자, 파란 피부.

9월에는 미국 메인주에서 총기 난사 사건이 벌어졌다. 토요일 오후 볼링장에 반자동 소총을 들고 나타난 타일러 워렌은 웃으며 사람들을 향해 총을 쐈다. 뒷문을 밖에서 잠가뒀던 터라 탈출구는 카운터 옆 출입문이 유일했다. 신고를 받은 경찰이 출동해 파란 피부의 타일러 워렌을 사살하기 전까지 열한 명이 사망하고 일곱 명이 부상을 입었다. 희생자 중에는 그날 다섯 번째 생일을 맞이한 안젤라 버크도 있었다.

두 사건이 벌어진 이후 페이스북과 트위터에 '파란 피부'라는 태그가 붙은 게시물이 올라오기 시작했다. 언론은 두 사건의 당사자가 파란 피부라는 사실을 강조했다. 어쩌면 파란 피부가 태생적으로 위험한 존재일지도 모른다고 생각하게 만들었다. 앵커도 리포터도 기자도 누구도 그렇게 말하지는 않았지만 화면으로, 메시지로, 자막과 유족의 울음으로, 정치 인사의 담화로 두 사건을 교묘하게 연결시켰다. 암시의 힘은 강력했다. 언젠가부터 사람들은 내가 터번을 두르고 AK-47소총을 들고 있기라도 한 것처럼 대했다. 이 피부색이 인간이 아닌 짐승의 것이라고 여겼다. 버스와 엘리베이터에서 예상치 못한 순간에 나를 마주한 이들은 흠칫 놀라며 뒷걸음질 쳤다. 하루에도 수십 번씩 날아드는 경계의 눈빛에 나는 괜한 죄책감을 안고 살았다. 정작 안젤라 버크의 안타까운 죽음에 애도를 표해야 하는 건 전미총기협회였을 텐데.

2011년 부산에서는 우즈베키스탄 출신 이주 여성이 대중목욕탕 입장을 거부당한 일이 있었다. 목욕탕 주인은 신고를 받고 도착한 경찰에게 여성이 에이즈에 걸렸을지도 몰라 입장을 막았다고 대답했다. 당시 경찰은 업주를 체포하지 못했다. 영업정지를 지시하지도, 재발 방지를 위한 경고도 할 수 없었다. 그럴 만한 법적 근거가 없었다. 이듬해 합천에서 나고 자란 파란 피부가 우즈베키스탄 출신 이주 여성과 거의 똑같은 이유로 목욕탕 입장을 거부당했다. 이 사건은 지역 인터넷 신문에서만 짤막하게 언급됐다. 솔직히 나 같아도 파란 피부가 목욕탕에 들어오면 싫겠다는 댓글 하나와 이에 반박하는 댓글 하나가 초라하게 달려 있었다.

이 피부색은 나를 계급의 가장 낮은 단계로 내려보낸다. 다수에 속해 있음이 정상성을 정의하는 세상에서 내 피부는 확연한 비정상이었다. 장애를 가진 것과 다름없었다. 살가운 태도로 나를 대하는 사람도 없지 않았지만 그런 행동에는 반드시 동정과 연민 그리고 약간의 자기만족이 섞여 있었다. 아무리 시간이 지나도 그 음울한 기분에는 익숙해지지 않았다. 나는 이유 없이 무시당했고 때로는 예고 없는 친절에 당황했다. 버스에서 자리를 내주는 사람에게도, 한 자리 건너 떨어져 서는 사람에게도 마음을 열지 못했다. 나는 기피 대상이었다. 관심과 보호의 표적이기도 했다. 자기 비하, 수치심, 열등감과 모멸감이 내 피에 녹아 흘렀다. 그래서 낯선 사람이 많이 모이는 장소는 고역이었다. 운동회, 야구장, 공연장 그리고 어쩔 수 없이 참석해야 하는 졸업식과 입학식.

입학식이 진행되던 청해중학교 체육관에는 근처 미나리꽝에서 풍기는 비료 냄새가 가득했다. 수백 명이나 되는 학생들 중 파란 피부도, 베트남인 엄마를 둔 사람도 나 혼자인 듯싶었다. 교장의 훈화를 듣던 아이들은 호기심과 혐오가 반쯤 섞인 표정으로 나를 훔쳐봤다. 교실에 앉아 있으면 등 뒤에서 수군거리는 소리가 곧잘 들렸다. 아이들은 내가 모르는 얘기를 많이 했다. 가령 석남 고가사거리 근처에 홍등가가 있다는 얘기. 아주머니들이 주로 일하는데 외국인도 있다는 얘기. 그곳에 가면 베트남 사람이나 필리핀 사람이 많다는 얘기. 연예인 시켜준다고 해놓고 데려와서는 여권 뺏고 일 시킨다는 얘기. 그런 대화를 하는 중에도 아이들은 혹시나, 하는 눈초리로 힐끔힐끔 나를 봤다.

나는 이름 대신 몇 가지 별명으로 불렸다. 보통 아바타, 스머프, 도라에몽 중 하나였다. '똥남아' 혹은 튀기라고 불리기도 했다. 때로는 그 둘을 합해 '똥남아 튀기'라고 불렸다. 줄여서 '똥튀기'라고 불릴 때도 있었고 '파란 똥튀기'라고 불릴 때도 있었다. 그냥 똥이라고도 했다. 그런 말들은 마음 깊은 곳까지 나를 찔렀다.

학기가 시작되고 한 달여가 지난 주말, 구미 할머니가 집으로 찾아왔다. 고속버스로 날라 온 스티로폼 용기 안에서 새우가 펄떡펄떡 뛰고 있었다. 새벽부터 포항에 들러 구해 온 거라고 했다. 아빠는 용기에서 새우를 한 마리씩 꺼내 껍질을 깠다. 살아 있는 새우의 투명한 살이 드러났다. 아빠는 새우 대가리에 벌건 초장을 찍어 내게 내밀었다.

"무라."

나는 입을 다물었다. 아빠는 팔을 쭉 뻗어 새우로 내 입술을 쿡쿡 찔렀다.

"얼른."

할머니가 응원하듯 먹어보라고 했다. 입을 벌리기 무섭게 아빠는 새우를 밀어 넣었다. 살아 있는 새우가 입안에서 날뛰었다. 작은 다리들이 잇몸을 긁었다. 나는 턱을 닫았다. 이 사이에서 새우가 부서졌다. 아빠는 새우 한 마리를 더 까서 재우에게도 먹였다. 식탁에 속살을 드러낸 새우가 열을 지어 꿈틀거리고 있었다.

아빠는 내게 모두 세 마리를 먹였다. 두 마리는 미끌거리며 식도를 넘어갔지만 세 마리째 입에 넣었을 때는 목구멍이 꽉 막힌 것처럼 갑갑했다. 잠시 후에는 숨이 쉬어지지 않았다. 겨드랑이와 사타구니에 땀이 맺혔고 얼굴은 창백하게 변했다. 나는 엄마의 옷을 붙든 채 바닥에 쓰러졌다.

택시를 타고 병원으로 가는 동안 엄마는 내 팔다리를 주무르며 기사에게 빨리, 빨리, 하고 외쳤다. 아빠는 조수석에 앉아 휴대전화를 들여다보고 있었다. 응급실 의사는 젊었고 지쳐 보였다. 내 몸에 닿는 손끝이 차가웠다.

"아나필락시스라는 건데요. 새우에 알레르기가 있네요. 주사 맞고 가세요." 의사는 에피네프린을 처방했다.

"얘는 새우 잘 먹는데요." 아빠가 말했다.

"날것에만 알레르기 반응을 보이는 사람이 있어요. 앞으로 날갑각류는 먹지 않게 조심하세요. 간장게장 같은 거요. 다른 알레르기는 없는지 검사도 받아보시고요."

"얘가 파란색이라서 그래요?" 아빠가 물었다. 의사는 아빠를 빤히 쳐다본 뒤 대답했다. "그럴 리가요."

응급실을 다녀온 아빠는 할머니 앞에 앉았다. 나는 여전히 목이 따끔거리고 숨 쉬기가 불편했기 때문에 인상을 구긴 채 거실에 누워 있었다. 무슨 일이냐고 묻는 할머니에게 아빠는 큰일은 아니라고, 그냥 알레르기라고 했다.

"별거 아니라 카이 다행이네." 할머니가 접시 위에서 말라붙은 새우를 보며 말했다.

"그것보다 엄마, 할 말이 있는데요."

"와, 뭔데."

"이민 절차가 거의 마무리 단계라 카대요. 대사관 인터뷰만 남았는데 거기서 결과 나오면 6개월 안에 미국 가요."

"그래 빨리 간다고?" 잠시 입을 헤 벌리고 아무것도 없는 천장을 바라보던 할머니가 침을 삼켰다. "그래, 마 잘됐다. 일쩍 가면 좋지." 할머니는 엄마에게 몸을 돌려 말했다. "녹이 니 지금부터라도 슬슬 교회 나가라. 찬송가도 몇 곡 익혀놓고."

"교회는 왜요?" 엄마는 내 팔을 천천히 쓰다듬으면서 물었다. 엄마는 불교 신자였다.

"한국에서부터 다녀버릇해야지. 미국 가면 다 교회라 카드라. 예수 믿는 사람들끼리만 잘 뭉쳐가, 거기서는 교회 안 다니면 아무것도 몬 한다. 미국이 그래 만만한 나라가 아닌 기라. 이민 온 사람들한테 그래 호락호락하지가 않다 이 말이다. 와 안 그렇겠노. 우리나라만 봐도 안 그렇나. 조선족이랑 중동 사람이랑 함부로 받았다가 문제가 좀 많나. 미국은 우리보다 더 바짝 경계하고 안 있겠나?"

"그래서, 미국에서 베트남 사람은 잘 받아준대요?"

잠시 멈칫하던 할머니가 눈을 동그랗게 떴다.

"니 지금 뭐라 캤노."

엄마는 자리에서 일어나 빨래 건조대 쪽으로 향했다. 할머니가 엄마 등에 대고 소리쳤다.

"니 내한테 대드는 기가?"

엄마는 못 들은 척 묵묵히 빨래를 걷었다.

"니 내 들으라고 한 소리 아니가? 와? 내가 느그 나라 욕을 하드나, 사돈 욕을 하드나? 내가 못 할 말 했나? 말해봐라. 내가 뭘 잘못 말했노?"

아빠가 빨리 사과드리라고 엄마를 재촉했지만 엄마는 대꾸하지 않았다.

"아이고 됐다 마. 내가 잘못했다 그래. 다 내 잘못이다 내 잘못. 내 간다. 나오지 마라."

아빠가 할머니를 붙들었지만 할머니는 아빠를 뿌리치고 택시를 잡아탔다. 뒤늦게 차를 끌고 터미널까지 가서 할머니를 배웅하고 돌아온 아빠는 화가 머리끝까지 나 있었다. 엄마 버릇을 고쳐야겠다고, 버럭버럭 소리를 질렀다. 엄마는 아빠가 입을 다물 때까지 청소기를 돌렸다.

아빠는 생활비를 끊어버렸다. 생활비를 받지 못한 엄마는 우리에게 교통비며 식비를 주지 못했고, 그래서 나와 재우는 종종 굶었다. 우리의 허기가 아빠의 무기가 됐다. 엄마는 아는 사람들에게 부탁해 돈을 빌렸다. 낮에는 간단한 일거리를 찾아 돈을 벌기도 했다. 베트남 친정에 생활비를 보태달라고 부탁하는 걸 들은 적도 있었다.

아빠가 다시 지갑을 연 건 재우 때문이었다. 학교를 조퇴하고 돌아온 재우가 몸이 안 좋다며 덜덜 떨기 시작했다. 해열제를 먹여도 열이 떨어지지 않더니 저녁에는 체온이 40도까지 올랐다. 입으로 숨을 쉬는 바람에 입술 주위가 허옇게 말라붙었다. 아빠

29

는 밤새 재우를 간호했다. 차가운 수건을 냉동실에 넣어두었다가 열이 떨어질 때까지 몸에 문질렀다. 자다가 깬 재우가 혼잣말처럼 아이스크림 맛있겠다, 하고 중얼거렸다. 그 말에 아빠가 지갑을 꺼냈다. 지갑 속에는 지폐가 두둑했다. 아빠는 엄마를 불렀다.

"아나. 편의점 가서 이것저것 좀 사 온나. 아이스크림이랑 과자랑, 뭐 필요한 거 있으면 같이 사고."

재우는 새벽녘에 안정을 되찾았다. 아빠는 눈을 비비며 공장에 갔고 엄마는 거실에 앉아 느린 숨을 쉬었다. 나는 학교 갈 준비를 하고 있었다. 가방에 책을 넣고 있는데 엄마가 말했다.

"있잖아, 재일아. 너 태어났을 때 있잖아."

허공에 대고 하는 말인 듯 멍하게 들렸다. 엄마는 갓 태어난 내가 젖을 꽉 쥐더라고 했다. 살겠다고, 살아보겠다고 젖을 빨기 위해 덤벼들더라고 했다. 갓 태어난 아기가 그럴 리 없다는 걸 알면서도 엄마 눈에는 그렇게 보였다고 했다. 그게 잊히지 않는다고 했다. 할머니가 데려가는 바람에 오래 먹이지는 못했지만, 그 짧은 시간이나마 열심히 먹은 덕에 여태 감기 한 번 걸리지 않고 잘 자란 거라고 했다.

저녁에 돌아온 아빠는 흑염소를 달인 엑기스라며 한약 팩이 담긴 상자를 내놓았다. 나와 재우가 하나씩 꺼내 먹었는데 나는 절반도 채 먹지 못했다. 너무 비렸다.

"와, 못 먹겠나?" 아빠가 물었다.

"네."

"그라믄 먹지 마라. 안 묵어도 된다. 혹시 아나. 염소에도 알레르기 있는지."

재우는 목젖을 꿀렁이며 잘만 먹었다. 밤새 아프던 것이 꾀병이라도 되는 듯 멀쩡해 보였다.

3

 가구 공장에서 일하던 미얀마 직원이 손가락을 잃었다. 목재 재단 작업 중 원형 톱에 손가락이 말려 들어갔다고 했다.

 "그래서 어떻게 됐어요?" 재우가 물었다.

 "병원 가서 치료받았지."

 "치료 끝나면 어떻게 돼요?"

 "미얀마 가야지. 공장 일은 힘들지 않겠나. 그래도 한국 와서 많이 벌었으니까 됐지, 뭐. 돈 버는 게 이래 힘든 일이다. 내가 하는 일이 그래 만만하게 볼 게 아이라고."

 엄마는 가만히 입을 다물고 있었고 아빠는 발톱을 깎았다. 크고 두꺼운 발톱 조각이 방 안에 탁탁 튀었다.

"가는 미얀마 가고, 우리는 미국 가고…… 사람이 다 자기 갈 길이 있는 기다. 안 그렇나."

아무도 대답을 하지 않으니 아빠는 중얼거리듯 말을 이었다.

"준비할 거 별로 없다. 강우가 다 알아봐준다 캤다. 우리는 갖다 달라는 거 전달하고 외우라는 거 외우고…… 그라믄 된다. 다른 사람들이 얼마나 기회를 못 얻어서 전전긍긍하는지 아나? 우리가 운이 피는 기라. 내가 이거 준비하느라고 얼마나 고생했는지 아나?" 아빠가 고개를 들었다. 한참을 숙이고 있던 얼굴이 붉었다. "알기는 하나?"

밤이 되자 엄마와 아빠가 다투기 시작했다. 나는 안방 문 앞에 서서 그 대화를 다 들었다. 문틈으로 새어 나온 형광등 불빛이 어두운 거실을 흐릿하게 밝혔다.

"말이 되는 소리를 해라."

"뭐가요."

"제정신이가?"

"나는 한국에서 살겠다고 베트남을 떠난 거지, 미국 가려고 여기 온 게 아니에요."

"미국도 여 맹키로 살기 좋다. 아니, 한국보다 훨 살기 좋다. 생각해봐라. 니 지금 아니면 언제 미국 가서 살아보겠노."

"그게 중요한 게 아니잖아요."

"됐다. 끝난 얘기 고마해라. 진작 말 안 하고 와 인자 와서 그라

33

는데 니는."

"말했잖아요. 가기 싫다고 했잖아요. 천천히 생각해보자면서요. 왜 일이 이렇게 될 때까지 나하고 얘기 안 했어요?"

"그래 신경 쓰이면 니가 계속 말을 하지, 와."

"엄마가 아파요. 많이 아파요. 당신도 알잖아요."

"누가 그걸 모르나. 그래도 여서 베트남 가는 거나, 미국에서 베트남 가는 거나, 차이도 얼마 안 난다."

"여보. 나 베트남에 잠시 가 있으면 안 돼요? 엄마 괜찮아질 때까지만요."

"뭐?" 아빠는 그 말이 이해되지 않는다는 듯 뜸을 들이다 되물었다. "그게 무슨 소리고. 니가 없으면 애들은 우짜고."

"애들 데리고 가면 되잖아요."

"내 혼자 미국에 가란 말이가?"

아빠가 리모컨을 집어 던지는 소리, 그것이 날아가 옷장에 부딪치며 박살 나는 소리가 들렸다. 엄마가 짧은 비명을 질렀다.

"말이 되는 소리를 해라!"

대화는 거기서 멈췄다. 엄마는 울음을 터뜨렸다. 끄윽, 끄윽, 하고 밖으로 새어 나가지 않게 눌러 담으며 흐느꼈다.

그날 이후 엄마는 얇은 담요 한 장을 깔고 거실에서 잤다. 아빠가 방으로 들어오라고 해도 말을 듣지 않았다. 이불을 덮은 채 획 돌아누우면 아빠는 무안해서 얼굴이 벌게졌다.

"애들 보는데 이게 지금 뭐 하는 기고."

엄마는 대꾸하지 않았다.

"안 들어오나?

"……."

"진짜 안 들어오나?"

"……."

"……죽을래?"

나는 밤중에 목이 말라 깼다. 거실에서 끙끙거리는 소리가 들렸다. "하지 말아요." 작지만 단호한 목소리로 엄마가 말했다. 문을 살짝 열었다. 개구리 같은 자세로 엄마 위에 올라탄 아빠가 보였다. 엄마는 입을 막고 아빠를 밀어내려 애쓰고 있었다. 그러다 엄마가 나를 봤다. 뭔가를 포기한 듯, 엄마는 잠시 눈을 감았다 뜨더니 방에 들어가라고 손짓했다. 나는 그렇게 했다. 컴컴한 가운데 재우가 눈을 말똥말똥 뜨고 있었다. 흰자위가 흐릿한 전구처럼 깜빡였다.

"형."

"……."

"형."

"왜."

"미국 가면 좋을까?"

"몰라."

"미국 가기 싫어."

"왜."

"그냥."

"……."

"무서워."

"그래도 가야지."

"싫다니까."

"그럼 가지 말든지."

"안 가도 돼?"

"……."

"안 가도 돼?"

"아빠한테 얘기해보든지."

거실에서 자꾸 엄마 소리가 들렸다. 나는 귀를 막았다. 재우도 나를 따라 했다.

벚꽃이 떨어진 자리에 연등이 걸렸다. 구미 할머니가 올라온다고 했다. 재우가 태권도 학원에 간 사이 엄마가 같이 장 좀 보러 가자고 했다. 엄마는 내게 안내를 맡긴다는 듯 뒷짐을 지고 연등을 구경했다. 십수 년을 봐왔을 행사가 처음인 것처럼 색색의 연등을 올려다보았다. 연등이 줄줄이 늘어선 거리 끝까지 걸어간 엄마는 마트에서 찬거리를 샀다. 나는 장바구니를 들고 엄마의 뒤를 따랐다. 생선을 고르던 엄마가 내게 영어 공부는 열심히 하고 있느냐고 물었다. 나는 그렇다고 했다.

"그냥 열심히 하는 걸로는 안 돼. 진짜 열심히 해야 해."

"알았다니까요."

나는 퉁명스레 대답했다. 지난 몇 년간 정말로 열심히 영어를 공부했기 때문에 괜히 억울했다. 하루에 암기하는 단어가 수십 개는 됐다. 미국 드라마를 다운받아 공부하기도 했다. 빠른 대사가 많은 드라마는 제외했다. 남부 사투리, 영국, 호주, 인도식 발음이 많이 나오는 드라마도 제외했다. 처음으로 선택한 건 잭 바우어가 주인공으로 등장하는 〈24〉였다. 에피소드 두 편을 보고 나서야 잘못된 선택이었음을 깨달았다. 일상적인 대화가 아닐 뿐더러 액션 신이 많아 영어 공부에 도움이 될 것 같지 않았다. 〈로스트〉는 답답한 에피소드가 많아 몇 번씩 돌려볼 엄두가 나지 않았고, 〈위기의 주부들〉은 실용적인 표현을 익히는 데 도움이 됐지만 나와는 동떨어진 세상의 이야기 같았다. 결국 내가 선택한 건 시트콤 〈프렌즈〉였다. 챈들러 역을 맡은 매슈 페리를 특히 좋아했다. 같은 에피소드를 수십 번씩 돌려보고 스크립트를 따라 읽었다. 영어 실력이 얼마나 늘었는지는 알 수 없었지만 적어도 이민에 대한 환상은 확실하게 심어줬다. 뉴욕의 오래된 건물이 보이는 아파트, 자유로운 생활, 청춘들의 평범한 고민이 내 것인 듯했다. 로스와 레이철의 사랑을, 조이의 성공을 응원했다. 나는 행복한 착각에 빠져 있었다. 튀기라는 말을, 스머프라는 말을, 파란 테러리스트라는 말을 듣지 않아도 되는 세상이 나를 기다린다고 믿었다.

저녁이 다 되어 집에 도착한 구미 할머니는 모아놓은 달러를 한 묶음 내밀었다. 혹시나 미국 살면서 모자라면 뽑아 쓰라며 체크카드도 가져왔다. 아빠는 복권에라도 당첨된 것처럼 기뻐했고 할머니는 비로소 소임을 다한 듯 홀가분해 보였다.

엄마는 상을 차렸다. 할머니는 상추와 깻잎으로 쌈을 쌌다. 마늘에 쌈장을 찍고 파채무침을 넣은 뒤 먹기 좋게 꾹꾹 눌러 재우 입에 넣어주었다. 식사가 끝날 무렵 할머니는 아빠에게 그냥 한국에 남아 있으면 안 되겠느냐고 물었다. 너 하나밖에 없는데 꼭 가야겠느냐고 했다. 할머니에게는 자식이 넷 있었는데 아빠를 제외하고는 모두 죽었다. 둘은 태어날 때부터 위태위태했고 하나는 물에 빠져 죽었다고 했다. 아빠는 입을 꾹 다물었다. 할머니도 그 후로는 말이 없었다. 고기가 탔지만 아무도 뒤집을 생각을 하지 않았다. 그러다 할머니가 나를 힐끔 처다보며 말했다.

"그래, 큰놈 생각하믄 미국이 좀 낫다 카더라. 파란색 안 있나. 미국서 지내는 게 훨 편하다 카데. 와 안 그렇겠노. 거는 껌딩이도 많고, 동남아 사람도 많고. 여기보다는 안 낫겠나."

그날은 할머니가 거실에서 잤기 때문에 엄마와 아빠는 다툰 후 처음으로 한방을 썼다. 할머니는 술을 많이 마셔서 밤새 코를 골았다. 안방에서는 아무 소리도 들리지 않았다. 나는 이불 속에서 엎드려 다음 날 학교에서 볼 〈프렌즈〉 에피소드를 다운받았다. 조이와 챈들러, 모니카와 레이철이 아파트를 걸고 퀴즈 대결을 하는 장면은 대사를 외울 정도로 많이 봤는데도 질리지 않았다.

순조롭게 일이 풀리나 했는데 출발이 몇 주 남지 않았을 때 베트남 이모에게서 전화가 왔다. 엄마의 언니로, 베트남에 갔을 때 한두 번 마주친 적이 있을 뿐 교류가 많지는 않았다. 휴대전화를 붙들고 있던 엄마가 사색이 됐다. 외할머니가 많이 아파서 병원에 실려 갔다는 연락이었다. 지금은 안정이 됐지만 몸이 많이 쇠약해져서 언제 돌아가셔도 이상하지 않다고 이모가 말했다. 아빠는 대뜸 베트남에 있는 결혼중개업자에게 연락해 외할머니가 병원에 입원한 것이 사실인지 확인했다. 결혼중개업자는 10년도 넘게 같이 산 와이프가 도망갈까 봐 걱정돼서 이 시간에 전화를 한 거냐고 물었다. 그리고 지금 와이프가 당신을 떠나면 그건 가출이 아니라 이혼이라며 호통을 쳤다. 엄마는 휴대전화에 베트남행 비행기표 예매 사이트를 열어놓고 있었다.

"니 미국 가기 전에 돌아올 수 있겠나." 통화를 마친 아빠가 물었다.

"그걸 어떻게 알아요."

"미국 가기 전까지 안 오면? 미국 가서 내 혼자 애들을 봐야 되나? 공장 일을 하면서 내가 애 둘을 어떻게 보노?"

"우리 엄마가 아픈데 지금 그게 중요해요?"

엄마가 버럭 소리를 질렀다. 아빠는 머쓱해져 입을 다물었다. 달력을 펼쳐놓고 고민하던 엄마가 말했다.

"내가 애들 데려갔다가, 엄마 상태 봐서 괜찮아지면 그때 미국으로 갈게요."

"아이다." 아빠가 고개를 저었다. "내가 재일이랑 먼저 미국 간다. 가서 준비할 것도 많은데 한 살이라도 많은 게 도움이 되겠지. 니는 재우 데리고 베트남 있다가 온나."

아빠는 세 달이 지나도 미국에 들어오지 않으면 비자가 만료되니 잘 마무리하고 따라오라고 신신당부했다. 입국하고 한 달 뒤면 영주권이 나올 거라고 했다.

사흘 뒤 출국하기로 한 엄마는 매일 이모에게 전화를 걸어 할머니의 안부를 물었다. 거실에는 영영 돌아오지 않을 사람의 짐인 양 커다란 캐리어가 놓여 있었다. 모두 말수가 줄어든 가운데 재우만 혼자 발랄했다. 몇 달이라도 미국에 늦게 가게 돼서 기분이 좋은 것 같았다.

엄마와 재우가 베트남으로 떠나기 전날에는 이른 저녁을 먹었다. 시장에서 파는 김밥 한 줄에 김치를 곁들여 먹은 것이 전부라 잠들 시간이 되자 다시 배가 고팠다. 평소보다 일찍 누웠지만 좀처럼 잠이 오지 않았다. 이불을 덮어쓰고 〈프렌즈〉 에피소드 두 편을 다 본 뒤에야 겨우 눈을 감았다. 그러다 한밤중에 인기척을 느끼고 잠에서 깼다. 눈을 감고 있었지만 냄새로 엄마가 옆에 서

40

있다는 걸 알 수 있었다. 찬 공기가 느릿느릿 내 뺨 위로 흘렀다. 우리 아들, 하고 혼잣말인 듯 속삭이는 엄마의 목소리를 잠결에 들었다.

엄마와 재우가 베트남으로 떠나고 한 달 뒤 아빠와 나도 인천국제공항을 찾았다. 하늘이 흙탕물처럼 뿌연 날이었다. 나보다 덩치 큰 이민 가방을 수하물 카운터에 위탁하고, 여권을 제출하고, 검색대를 통과하는 사이 진이 빠졌다. 비행기에 올랐을 때는 젖은 빨래처럼 늘어진 상태였다. 자리에 앉아 귀에 이어폰을 꽂았는데 소리가 나오지 않았다. 부품이 망가진 듯 이어폰 속에서 뭔가가 달그락거렸다. 이륙하는 비행기 안에서 파란 하늘과 우중충한 대지 사이에 햄버거 패티처럼 낀 미세먼지 띠를 목격했다. 줄곧 내가 숨 쉬고 살았던 대기의 실체를 목격하는 순간이었다. 비행기는 힘차게 가속했다. 어느덧 새하얀 구름이 발밑에 있었다. 나는 탈출하는 기분이었고, 달아나는 기분이었으며, 동시에 쫓겨나는 기분이었다.

튀르키예를 경유하는 비행기라 이스탄불공항에서 여섯 시간을 대기했다. 2층 푸드 코트에서 간단히 식사를 했다. 사지도 않을 면세점을 어슬렁거리다 커피숍 구석 자리를 차지하고 시간을 보냈다. 아빠는 휴대전화로 장기며 바둑을 두다 뉴스를 읽었고 나는 배터리가 다 될 때까지 〈프렌즈〉를 봤다. 소리가 들리지 않아도 대사는 모두 외울 수 있었다. 수많은 외국인이 우리 앞을 지나갔다. 몸은 정면을 향해 있었지만 힐끔힐끔 던지는 시선에는 불편한 기색이 담겨 있었다. 저 위험한 존재가 어떻게 검색대를 통과했을까 궁금해하는 것 같았다.

하루를 꼬박 깨어 있던 상태라 미국행 비행기에 오른 순간 졸음이 쏟아졌다. 나는 자리에 앉자마자 신발부터 벗었다. 옆에서 나를 흘긋 쳐다보던 외국인은 안전벨트 사인이 꺼진 뒤 스튜어디스와 몇 마디 나누고 자리를 옮겼다. 덕분에 내 옆자리는 줄곧 비어 있었다.

"잘됐네. 편하게 가겠다." 아빠가 말했다.

의자를 뒤로 눕혔을 때 뒷자리 승객이 신경질적으로 좌석을 걷어찼다. 깜짝 놀라 돌아보니 한국인 중년 여성이 쏘아보고 있었다. 나는 의자를 곧게 세웠다. 몇 시간이 지나 뒤에 앉은 여성이 잠든 것을 보고서야 겨우 의자에 몸을 기댈 수 있었다. 고장 난 이어폰을 귀에 꽂고 눈을 감았다. 아무도 말을 걸지 않았으면 했다.

F

비숙련직 프로그램으로 미국 이민을 신청하는 사람들에게 몇 가지 선택지가 있다. 대표적으로는 앨라배마의 메기 공장과 테네시의 소시지 공장을 꼽는다. 아빠는 조지아 클랙스턴의 닭 공장을 택했다.

클랙스턴은 애틀랜타 남쪽, 자동차로 네 시간 거리에 위치한 작은 도시였다. 우리는 그곳에서 20, 30분 떨어진 스테이츠버러에 살았다. 조지아서던대학교 학생들을 상대로 임대 사업을 하는 아파트가 많은 동네였다. 인프라가 훌륭한 도시는 아니라서 주민들은 주말이 되면 한 차 가득 식료품을 싣고 돌아와 한 주를 버티곤 했다. 아빠는 이사 첫날부터 강우 삼촌과 통화하며 필요한 것을 받아 적었다. 내가 짐을 정리하는 동안 카맥스 딜러를 만난 아빠는 그날 저녁 혼다 시빅을 끌고 돌아왔다. 현대나 기아 차는 비싸서 살 엄두가 안 나더라고 했다. 그 말을 하는 아빠는 괜히 뿌듯한 표정이었다.

조지아와 베트남은 열한 시간 시차가 있어 낮과 밤이 거의 반대였다. 저녁 8시가 되면 엄마가 알람처럼 전화를 걸었다. 아빠는 간단하게 할머니 상태가 어떤지 물었고, 그런 뒤에는 푸념을 잔뜩 늘어놓았다. 주로 공장 노동이 얼마나 힘든지에 관한 이야기였다. 아빠는 닭 공장에서 해체된 닭을 선별하고 포장하는 일을 했다. 아침마다 살아 있는 닭이 트럭 한 가득 실려 왔다. 하루에 여덟 시간을 서서 일했는데 점심시간은 30분밖에 되지 않았다. 작업복을 갈아입고 식당으로 이동하는 시간을 제외하면 식사는 10분 안에 끝내야 했다. 오래 서서 일하는 데는 이골이 났지만 추위를 견디기가 힘들다고 했다. 공장 내 온도는 한여름에도 영상 5도에 불과했다. 차가운 닭을 종일 만지고 있으면 아무리 장갑을 껴도 그 축축하고 물컹한 감촉이 잊히지 않는다고 했다. 아빠는 동료 노동자도 싸잡아 욕했다. 히스패닉들은 자기들끼리만 몰려다녀서, 흑인들은 게을러서, 파키스탄에서 온 놈들은 실수가 잦아서 싫다고 했다. 한번은 파키스탄에서 온 노동자가 화장실에 가더니 도통 돌아올 생각을 하지 않았다. 원칙적으로는 매니저가 그 일을 대신해야 했지만 대개는 다른 작업자들이 나눠 했다. 그런 상황이 반복되자 아빠는 파키스탄 노동자에게 일 좀 제대로 하라고 소리쳤다. 그걸 목격한 백인 매니저가 도리어 아빠를 질책했다. 아빠는 영어를 잘 알아듣지 못했기 때문에 옆에 있던 한국인이 통역을 해줬다.

"이쪽이 당신보다 경력도 길고 손도 빠르니 당신이 뭐라고 할 일은 아니라네요."

백인 매니저가 한마디를 덧붙였다.

"뭐래요?"

"같은 일을 하는 사람들이 왜 서로 감시를 하느냐는데요. 신경 쓰지 말아요. 매니저는 자기한테 불똥 튈까 봐 괜히 저러는 거예요."

아빠는 배신당한 기분이었다고, 엄마에게 고래고래 소리치듯 말했다. "내랑 같이 파키스탄 놈을 혼내야지! 암만 해도 한국이랑 미국이랑 같은 편인데!"

소란이 벌어진 다음 날 백인 매니저는 아빠를 내장 손질하는 자리로 밀어냈다. 전에 일하던 곳보다 더 구석이었고 더 추웠다. 식당과의 거리도 멀었다. 이동 시간이 늘어난 만큼 식사 시간은 줄었다.

딱 한 번, 아빠가 일하는 공장에 가본 적이 있었다. 아파트 훈증 방제 작업으로 집을 비워야 하는 날이었다. 마땅히 가 있을 곳이 없으니 아빠는 내가 근무 시간 동안 공장에 머무를 수 있도록 양해를 구했다.

공장으로 향하는 시빅 내부에는 닭 누린내가 은은히 떠다녔다. 공장 안은 누린내가 더 심했는데 얼마 지나지 않아 후각이 마비된 듯 아무 냄새도 맡을 수 없게 됐다. 나는 휴게실에 앉아 시간을 보냈다. 소파는 딱딱했고 겨자색 페인트를 바른 벽은 습기로 군데군데 벗겨져 있었다. 배관에서 물 흐르는 소리가 났다. 휴게실을 찾은 직원들이 나를 힐끔힐끔 쳐다보는 게 느껴졌다. 배터리가 얼마 남지 않을 때까지 〈프렌즈〉를 보던 나는 충전을 할 만한 곳이 있을까 싶어 휴게실을 빠져나왔다. 직원들은 한 자리에 서서 계속 같은 동작을 반복하고 있었다. 비닐장갑과 고무장갑을 착용한 데다 고글과 마스크, 헤어 캡까지 쓰고 있어 누가 아빠인지 확인하기가 쉽지 않았다. 듣던 대로 공장 내부는 싸늘했다.

사무실이 있을 거라 기대하고 들어간 곳에서는 웅웅거리는 기계 소리만 들렸다. 그 옆으로 난 복도를 따라 이동했더니 자재를 쌓아놓은 창고가 나타났다. 마침 관리실 같은 곳이 있어 충전을 부탁하려는 순간 짐을 들고 나오는 직원과 마주쳤다. 상대가 깜짝 놀랐다. 그냥 놀라는 것이 아니라 기겁하며 넘어지기까지 했다. 직원이 들고 있던 박스를 놓치는 바람에 라벨지가 바닥에 쏟아졌다. 엉망이 된 바닥을 보면서 뭔가 잘못됐다는 생각이 들었다. 겁에 질린 나는 엘리베이터 앞으로 달려가 버튼을 눌렀다.

"저기, 잠깐만요."

등 뒤에서 목소리가 들렸다. 엘리베이터는 3층을 지나 2층으로 내려오는 중이었다. 나는 비상구 출입문을 열고 달아나기 시작했다.

"괜찮으니까 도망가지 말아요!"

계단을 두 개씩 뛰어내리다 주머니에서 떨어진 휴대전화를 발로 차버렸다. 컨베이어 벨트가 돌아가는 작업장으로 미끄러져 가는 바람에 찾아올 엄두가 나지 않았다. 걸음은 자꾸 빨라졌다. 꺾인 곳을 돌고 닫힌 곳을 열며 알 수 없는 곳으로 움직이던 나는 창고 같은 곳에서 멈춰 섰다. 공장의 다른 곳보다 훨씬 어둡고 추운 장소였다. 그 안으로 들어가 문을 닫았다. 구석진 자리에 웅크린 뒤 긴장이 가라앉기를 기다렸다. 숨을 크게 몰아쉴 때마다 냉기가 몸속에 들이쳤다. 얼음을 마시는 것 같았다.

몇 분이 지나도록 따라오는 사람이 없는 것을 확인하고 조심스레 몸을 일으켰다. 실내를 밝히는 건 붉은 조명이 전부라 눈이 주위에 익숙해지기까지 시간이 걸렸다. 벽을 따라 상자가 아무렇게나 쌓여 있었고 그 속에 비닐로 감싼 닭이 꽝꽝 얼어 있었다. 벽을 더듬어 문을 찾았다. 철컥거리는 손잡이를 몇 차례 밀고 당기는 동안 뭔가 잘못됐다는 생각이 들었다. 문이 잠겨 있었다. 손잡이를 밀어도, 당겨도 움직일 생각을 하지 않았다. 문고리가 소스라칠 정도로 차갑게 느껴졌다. 나는 얇은 반소매 티셔츠 차림이었다. 유령처럼 희미한 모터 소리가 들렸다. 벽면에 설치된 덕트가 하얀 냉기를 뿜었다. 나는 한 걸음 뒤로 물러섰다. 그런 다음 다시 문을 향해 달려들었다. 문을 두드리며 소리치기를 30분 넘게 계속했다. 그동안 냉기는 맹수처럼 바닥에 배를 붙이고 사냥감의 힘이 빠지기를 기다렸다. 손과 발끝에서, 귓불에서 감각이 사라졌다. 코털이 얼어붙는 것을 느낀 나는 창고 구석 자리로 돌아와 팔로 몸을 감싸안고 웅크렸다.

얼마나 오랫동안 그 상태로 있었는지 기억나지 않는다. 나는 죽음에 대해 생각했고 기왕이면 미국 닭 공장의 냉동 창고가 아니라 내게 익숙한 곳에서 생을 마감하면 좋겠다고 생각했다. 그러면서도 내가 정말로 죽을 거라 여기지는 않았다. 닭을 꺼내러 온 공장 직원이 문을 열었을 때는 덜덜 부딪던 턱도 움직임을 멈춘 뒤였다. 명치 부근의 작은 온기만 남아 있었다. 발톱을 세운 맹수가 미열을 앗아가기 위해 사납게 달려들기 직전이었다. 나는 빛이 보이는 순간 입구를 향해 달렸다. 무릎에서 뭔가 바스러지는 소리가 났다. 문을 연 직원은 냉동된 닭이 살아나기라도 한 것처럼 기겁을 했다.

"미쳤어요? 여기 얼마나 있었던 거예요?"

"미안해요."

나는 직원을 밀치고 창고를 빠져나왔다. 옷에서 서리가 후드득 떨어졌다.

"여기 영하 5도예요!" 직원이 뒤에서 소리쳤다.

화장실로 달려가 뜨거운 물로 손을 녹였다. 손가락 끝이 바늘로 찌르는 것처럼 따끔거렸다. 눈썹 끝에 입김이 얼어붙어 있었다. 어느새 퇴근 시간이 지난 뒤였다. 작업장 기계 아래에서 휴대전화를 찾아 아빠가 있는 곳으로 돌아왔다. 평상복으로 갈아입고 자동차 열쇠를 든 채 주위를 두리번거리던 아빠는 멀리서 걸어오는 나를 발견하고 버럭 소리쳤다.

"니 도대체 어데 있었노!"

질문이 아닌 질책이었다. 내가 잘못을 저질렀을 거라 생각하는 눈빛이었다. 냉동 창고에 갇혀 있었다는 말이 끝나기도 전에 아빠는 변명하지 말라며 화를 냈다.

"와 가만히 안 있고 싸돌아다니고 지랄이고! 냉동 창고에는 또 와 들어가고!"

아빠는 씩씩거리며 차에 올랐다. 나는 끌려가다시피 집으로 돌아왔다. 집에서는 옅은 소독약 냄새가 났다. 창문을 활짝 열어 환기를 시킨 뒤 화장실로 향했다. 샤워기를 틀어놓고 몸에 이상이 없는지 살폈다. 동상에 걸린 것 같지도 않았고 감기 기운도 없었다. 오히려 전보다 생기가 넘쳤다. 나른한 기분, 몽롱하게 떠다니던 정신을 냉기가 단단하게 붙들어준 것 같았다. 그날 저녁 아빠는 할머니에게 전화를 걸었다. 스피커폰으로 재일이가 사고를 쳤다고 아파트가 쩌렁쩌렁 울리게 말했다.

"야야, 아한테 너무 뭐라 카지 마라."

"뭐라 캐야지요. 안 그래도 여기 사람들 동양인이라고 엄청 무

49

시하는데."

"뭐 동양인이라고 무시하겠나. 아가 좀 특이하니까 글카지. 그
얘기는 고마하고, 니 몸은 괘안나?"

"네, 근데 공장이 좀 추워요."

"많이 춥나?"

"겨울 날씨더라고요. 냉동 창고는 영하 20도라 카대요."

창고 문이 열렸을 때 직원이 말한 영하 5도가 화씨온도였다는
것을 그때 깨달았다. 무척 춥긴 했지만 견디지 못할 정도는 아니
었다. 나는 누구에게도 그 얘기를 하지 않았다.

이민하고 두 달 후 학기가 시작됐다. 나는 스테이츠버러고등학
교에서 ESL 수업을 들었다. 아빠가 아침마다 학교까지 나를 태워
줬다. 길이 넓고 한적했지만 아빠는 한국에서처럼 능숙하게 운전
하지 못했다. 빨간색과 녹색 신호에만 반응했고 영어로 된 표지
판은 무시했다. 평소 다니던 길이 아니면 방향을 정하는 데도 한
참이 걸렸다. 하루는 차선 반대쪽에 스쿨버스가 있는 걸 모른 채
정지한 차들 옆에서 슬금슬금 움직이는 아빠를 보안관이 적발했
다. 뒤에서 사이렌이 울렸지만 아빠는 사이드미러에 눈길조차 주
지 않았다. 내가 차를 세워야 한다고 말한 뒤에야 아빠는 도로 가
장자리에 정차했다.

덩치 큰 백인 보안관이 몇 미터 떨어진 곳에 차를 세우고 천천

히 걸어왔다. 수갑과 권총, 후추 스프레이, 무전기, 방탄조끼로 무장한 채였다. 머리카락이 짧았고 선글라스를 쓰고 있었다.

"핸들에 손을 올리고 있어야 해요." 내가 말했다.

"뭐라고?"

"핸들에 손이요."

아빠가 창문을 내리자 보안관은 빠르게 웅얼거리는 말투로 뭔가를 지시했다. 아빠는 한마디도 알아듣지 못한 것 같았다.

"뭐라노? 신분증 달라 카나?"

아빠는 뒷주머니에서 지갑을 꺼내려 했고, 보안관은 큰 소리를 지르며 한 걸음 물러나는 동시에 손을 허리에 갖다 댔다. 아빠는 그 자리에서 얼어붙었다.

"아빠는 영어를 못해요." 내가 말했다.

보안관은 조수석에 앉은 나를 조금 늦게 발견했다. 눈앞에 있는 파란 피부가 진짜인지 가늠하듯 선글라스를 내려 나를 봤다.

"너는?"

"천천히 말씀하시면 알아들을 수 있어요."

"아빠한테 말씀드려. 면허증과 차량등록증, 보험증서를 제출하라고. 대신 천천히. 그런 뒤에는 손을 핸들에 올리시라고 해."

나는 보안관이 시키는 대로 했다. 보안관이 신원을 조회하는 동안 아빠는 핸들을 꼭 붙든 채 벌벌 떨었다. 확인을 마친 보안관은 스쿨버스가 있을 때는 무조건 정지해야 한다고 말했다. 안개등이 깨졌으니 교체하라고도 했다.

"이번에는 보내드리지만 다음에는 벌금을 내게 될 겁니다."

보안관은 순찰차로 돌아갔다. 아빠는 그게 이만 가도 좋다는 뜻인지 몰라 잠시 기다렸고, 경광등이 꺼진 걸 본 뒤에야 차를 출발시켰다. 갓길을 빠져나오면서 아빠가 내게 물었다.

"이거 나중에 영주권을 받을 때 문제 되는 거 아니가?"

"모르겠어요."

"별일 없겠제? 경찰 저거 나중에 딴소리 하는 거 아니겠제?"

"경찰 아니에요."

아빠는 자라처럼 목을 움츠리고 사이드미러를 확인했다.

"저게 경찰이 아니면 뭐고."

"보안관이요. 별 모양으로 된 배지는 보안관이에요."

"보안관? 카우보이 같은 거가?"

"아니요."

아이들이 무리 지어 교문에 들어서고 있었다. 나는 후드를 뒤집어쓰고 차에서 내렸다. 내 외모가 등교 첫날부터 이목을 집중시켰음은 말할 것도 없다. 각오했지만 달갑지는 않았다. 파란 피부에 찢어진 눈, 넙데데한 얼굴과 불룩하게 솟은 광대는 다른 사람과 나를 쉽게 구별 지었다. 훔쳐보는 시선이 차곡차곡 어깨에 쌓였다. 다른 인종의 외형에 적응하지 못하는 건 나도 마찬가지였다. 그들은 너무 많이 먹었고 너무 컸다. 무리 지어 다니는 서

양인들은 코끼리 떼를 연상시켰다. 일체형 책걸상은 어떤 학생들에게는 터무니없이 작아 보였다. 나는 조용히 수업을 들었고 누구와도 대화하지 않았다. 수업을 마치고 집으로 돌아갈 때는 다시 후드를 뒤집어쓰고 이어폰을 꽂았다. 고장 난 이어폰에서는 아무 소리도 나지 않았지만 그걸 꽂고 있으면 누구도 말을 걸지 않았다.

아빠와 내가 미국 생활에 적응하기 위해 안간힘을 쓰는 동안 엄마와 재우가 미국에 올 날도 가까워졌다. 베트남 할머니는 여전히 병실에 누워 있었지만 비자 만료가 다가오는 터라 더는 입국을 미룰 수 없었다. 아빠는 하루에도 몇 번씩 엄마와 연락하며 재우는 잘 있는지, 출국 준비는 잘했는지, 빠뜨린 서류가 있는 건 아닌지 확인했다. 엄마는 필요한 것들을 모두 처리해두었으니 걱정 말라고 했다. 아빠는 어떻게 마음 놓고 널 믿겠느냐고 핀잔을 줬다. 비자 만료를 일주일 남긴 시점이었다. 두 사람은 목소리를 높여 다퉜고 결국 엄마가 먼저 통화를 마무리 지었다. 그게 엄마와 아빠의 마지막 대화였다.

이튿날 밤 9시가 다 되도록 전화가 오지 않았다. 아빠는 급한 일이 있는 모양이지, 하며 문자메시지를 보내두었다. 내일이 되면 연락이 올 거라고 했지만 다음 날에도 답장이 없었다. 아빠는 굳은 표정으로 계속해서 연락을 시도했다. 그때마다 휴대전화가 꺼져 있다는 음성 안내가 반복됐다. 마지막으로 엄마에게 전화를

걸었을 때는 삐, 하는 기계음과 함께 없는 번호라는 안내가 흘러
나왔다.

"느그 엄마한테 무슨 일이 생긴 모양이다."

"무슨 일이요?"

"내가 아나."

하지만 엄마에게 아무 일도 생기지 않았다는 것을 나는 알았
다. 엄마가 미국에 오지 않기로 결심했다는 것을, 아빠와 나 모두
알고 있었다. 그 말을 입 밖으로 꺼내지 않을 뿐이었다. 아빠는
다시 결혼중개업자에게 연락했다가 심한 욕을 들었다. 그런 뒤에
는 체류관리과와 이민조사과, 주한베트남대사관에도 전화를 걸
어 무슨 수가 없는지 물었다. 마음에 드는 답변을 얻지 못한 아빠
는 술에 취한 것처럼 숨소리가 거칠어졌다. 고래고래 소리를 질렀
다. 나는 방으로 돌아와 문을 닫았다. 책상에 머리를 박았다. 울
고 싶었는데 눈물은 나지 않았다.

물을 쏟은 것처럼 집 안이 조용해졌다. 아빠와 나는 서로 없는
것처럼 행동했다. 어둑한 거실을 유령처럼 돌아다니다 아침이 되
면 학교로, 공장으로 향했다. 아빠는 겁이 늘었다. 핸들에 가슴
이 닿을 정도로 좌석을 당겨 앉았고 신경쇠약에 걸린 사람처럼
주위를 살피며 차를 몰았다. 엄마 없이 지내게 될 미국 생활이 녹
록지 않을 것을 뒤늦게 실감한 듯했다. 아빠가 브레이크에서 발을
뗐다. 미용실과 카페, 상설 할인 아웃렛, 인도와 아프리카 음식점

이 느릿느릿 곁을 지나갔다. 버스 정류장에 마련된 벤치에는 공장 노동자로 보이는 흑인이 앉아 샌드위치를 먹고 있었다.

"내가 와 그랬지."

교차로에서 신호를 기다리던 아빠가 혼잣말을 했다.

"와 재우를 안 데려왔지."

그 짧은 문장 사이에 생략된 원망이 있었다. 아빠가 그린 선명한 부등호를 읽을 수 있었다. 두 아들 중 더 나은 애를 데려오지 않은 자신을 책망하는 아빠 옆에서 나는 아무 말도 하지 않았다.

한동안 한국으로 돌아갈까 고민하던 아빠는 결국 미국에 남기로 결심했다. 기왕 여기까지 왔으니 몇 년 더 버티면서 자리를 잡아보라는 강우 삼촌의 말에 힘을 얻었다고 했지만 사실 아빠에게는 선택지가 없었다. 한국에는 집도 일자리도 남아 있지 않았다. 꼴사나운 자존심만 제자리를 지키고 있었다. 내가 이 정도도 못해낼 것 같으냐고, 인천 가구 공장에서 하던 일에 비하면 이건 아무것도 아니라고 중얼거리는 아빠의 혼잣말에는 힘이 없었다.

미국 생활이 반년 지났을 때 모르는 번호로 전화가 왔다. 자정에 가까운 시간이었다. 침대에 누워 있던 나는 휴대전화 진동에 몸을 일으켰다. 조지아는 한겨울에도 기온이 영하로 떨어지는 날은 없었다. 필요 이상으로 두꺼운 이불이 언제나 갑갑했다.

"아빠는?" 엄마가 물었다.

"자요."

"엄마는 잘 있어. 재우도 잘 있고. 엄마가 미안해."

엄마가 재빨리 할 말을 했다. 이따금 한숨을 쉬면서도 내게 말할 틈은 주지 않았다.

"너는 잘할 거야. 건강하게 있어. 공부 열심히 하고. 괜찮을 거야. 다 괜찮을 거야."

엄마는 또 연락하겠다고 한 뒤 전화를 끊었다. 그제야 하지 못했던 질문들이 마구 생각났다. 왜 미국에 오지 않은 거예요? 언제 올 거예요? 재우는 어떻게 지내요? 할머니는 괜찮아요? 연락해도 돼요? 어디로 연락하면 돼요? 언제 볼 수 있어요? 허겁지겁 휴대전화에 찍힌 번호로 전화를 걸었지만 신호만 갈 뿐 응답은 없었다. 아빠에게는 전화가 왔었다는 얘기를 하지 않았다.

한국은 어느덧 과거였다. 내가 소유한 유일한 세계는 조지아의 좁고 지저분한 아파트 속 작은 방 하나였다. 곰팡내를 풍기는 벽지와 기계 소리, 낯선 언어 사이에서 나는 뭍으로 올라온 해파리처럼 수축하고 있었다.

5

조지아에서 의무 고용 계약 기간을 채운 아빠는 강우 삼촌이 있는 버지니아의 셰인빌로 거취를 옮겼다. 인구 3만 명 정도의 작은 도시였다. 거주지에는 지붕이 뾰족하고 포치가 넓은 크래프츠맨 스타일의 집들이 줄줄이 늘어서 있었다. 가끔 2층짜리 콜로니얼양식으로 된 주택도 눈에 띄었다. 주택 입구에는 커다란 쓰레기통이 놓여 있었고 모퉁이마다 빨간 소화전이 설치돼 있었다. 정원에는 짧은 풀이 자랐다. 노후한 콘크리트 도로에 반창고를 붙인 것처럼 보수한 흔적이 남아 있었다. 커튼을 걷고 나를 지켜보던 주민들은 어쩌다 시선이 마주치면 들짐승을 만나기라도 한 것처럼 놀라며 딴청을 부렸다.

아빠는 단층 건물에 다락이 하나 있는 랜치 하우스를 구했다. 벽은 아이보리색, 문은 청록색이었다. 자동으로 열리는 차고 앞은 야트막한 내리막길이었다. 기울어진 담장이 옆집과 우리 집의 경계를 어설프게 표시했다. 방이 세 개라 아빠와 내가 하나씩 차지하고도 하나가 남았다. 그 방은 누군가를 기다리듯 쓸쓸하게 비워져 있었다.

거주 구역을 벗어나 웨스트리버로드를 따라가면 호수가 나왔다. 오래전 채석장이었던 곳으로, 호수로 향하는 입구에는 이곳에서 채취한 사암이 백악관을 지을 때 사용됐다는 안내판이 세워져 있었다. 폭약 소리와 돌이 갈라지는 소리로 떠들썩했던 땅은 이제 하얗고 고운 돌가루를 바닥에 품은 채 고요히 잠들어 있었다. 하지만 셰인빌은 쇠락하기만 하는 도시가 아니었다. 인근에 위치한 공장 지대가 규모를 키우면서 근처 도시에 거주하는 이민자가 증가하는 추세였다. 공장 지대에서 일하는 사람 중에는 한국인도 있었는데 그중 열 가구 정도가 셰인빌에 거주했다. 모두 관리직이었고 백인 동네에 살아서 우리와 교류할 일은 많지 않았다. 아빠는 언젠가 한국인들한테 도움받을 일이 있을 거라며 한인회가 있는지 알아봐야겠다고 했다.

이사 첫날 강우 삼촌 가족이 집으로 찾아왔다. 깍듯하게 형님 대우를 하는 삼촌에게 아빠는 왜 처음부터 여기서 일하게 하지 않고 조지아에서 고생을 시켰느냐고 몰아세웠다.

"그러게요. 좀 더 일찍 모셨으면 좋았을 텐데." 삼촌은 가렵지도 않은 머리를 긁었다. "이게 채용 공고를 내고 아무도 지원하지 않았다는 게 증명이 돼야 해서요. 미국이 좀 깐깐해야 말이죠."

이미 들어서 알고 있는 사정이었지만 아빠는 삼촌을 계속해서 닦달한 끝에 기어이 사과를 받아냈다.

아빠와 삼촌이 사촌지간이니 삼촌은 내게 오촌 당숙이 되는 셈이었다. 처음 만났을 때 아빠가 시킨 대로 당숙이라 불렀더니 삼촌은 크게 웃었다. 그건 무슨 용어냐면서, 미국에서는 그냥 삼촌이라 부르면 된다고 했다. 다른 한국인들은 강우 삼촌을 '깡'이라고 불렀다. 미국인들에게는 '캔'이라 불렸다.

삼촌은 서른일곱 살이었다. 짧게 다듬은 머리와 근육질 몸매가 군인 같은 인상을 줬다. 운동을 열심히 하는지 볼이 홀쭉했다. 숙모 이름은 손영임이었고 둘 사이에는 한 살배기 아들 재익이 있었다. 재익은 미국 이름인 제이크라고 불렸다. 살이 통통하게 오른 데다 눈이 위로 쭉 찢어져 있었다. 분유 냄새가 나는 머리를 횈횈 돌리며 쉴 틈 없이 꼼지락거리다 갑자기 분한 듯 자지러지게 울어대고는 했다. 어르고 달래도 울음을 그치지 않으면 영임 숙모가 분유를 먹였다. 삼촌은 저렇게 예쁜 애가 내 새끼일 리 없다고, 여편네가 바람을 피운 것이 분명하다고 했다.

"가만히 보면 옆집 사는 피터를 닮은 것도 같단 말이지."

영임 숙모는 애 앞에서 못 하는 소리가 없다며 삼촌의 팔을 찰

싹 때렸다.

"야 봐라. 내도 좀 닮지 않았나?" 제이크를 요목조목 들여다보던 아빠가 말했다.

"닮았겠죠. 다들 한 핏줄인데요."

"맞제? 이것 좀 봐라. 코랑 눈이랑. 내를 똑 닮았다."

아빠는 제이크가 가게에 오면 얼마든지 돌봐줄 테니 걱정하지 말라고 했다. 숙모는 그래주시면 고맙죠, 하며 기뻐했다.

강우 삼촌이 운영하는 캔스워시(Can's wash)는 세차장과 세탁소를 겸한 가게였다. 거주지와 상업 구역을 잇는 메인 도로 초입에 있어 접근성이 좋았다. 원래 따로 있던 두 곳을 삼촌이 인수해 하나로 묶었다고 했다. 세차장에는 세차 기계 한 대와 수동 세차장이 세 곳 있었고 세탁소에는 세탁기와 건조기가 각각 열 대씩 있었다. 삼촌은 셰인빌이 시골이긴 하지만 생활비가 저렴해 좋다고 했다. 대도시는 시끄럽기만 하다고, 비좁은 아파트에 살면서 번 돈을 월세로 갖다 바치기밖에 더 하겠느냐고. 스테이츠버러의 좁은 아파트와 그 벽을 기어 다니던 손가락만 한 바퀴벌레를 떠올린 나는 삼촌 말에 공감했다.

"얘도 세탁기에 넣고 돌리면 색이 좀 빠지지 않겠나?"

아빠가 물었을 때 삼촌은 크게 웃었다.

"잘했어요, 형님. 그런 게 미국식 유머예요."

삼촌은 아빠에게 기계 사용법을 설명했다. 가게에서는 코인 대신 카드를 썼다. 점원이 없어도 고객 혼자 작업을 마무리할 수 있는 시스템이었다. 무인으로 돌아가는 터라 할 일이 많지는 않고, 사무실에 있다가 세제 따위가 비었을 때 채워주면 된다고 했다.

"재일이 너도 알겠지? 손이 모자라면 너도 도와줘야 해." 설명을 끝낸 삼촌이 내게 말했다. "그리고 넌 영어 이름을 쓰는 게 좋겠다. 재일은 꼭 교도소(jail) 같잖아. 제이라고 하면 어때? 나중에 미들 네임 같은 것도 만들고."

"좋아요."

"미들 네임은 블루로 하자."

그것도 미국식 유머인지는 모르겠지만 삼촌은 한 번 더 호탕하게 웃었다. 삼촌은 미국에 나 같은 애들이 수십, 수백 명이나 되고, 마침 셰인빌에도 클로이라는 애가 산다고 했다.

"걔도 셰인빌고등학교 다닐걸. 너도 거기 가는 거지?"

"네."

"학교는 언제 시작해?"

"아직 두 달 정도 남았어요."

일이 익숙해지면 근처 도시에 사업장을 하나 차릴 수 있게 도와주겠다고, 삼촌이 아빠에게 말했다. 대출을 좀 받으면 가능할 거라는 얘기에 아빠는 흥분한 얼굴로 열심히 해보자고 말했다. 삼촌은 엄연히 아빠의 사장이었지만 아빠는 자신이 경영 파트너쯤 되는 것처럼 행동했다.

가족을 제외하면 세인빌에서 처음 만난 한국인은 윤 회장이었다. 한인회 회장이라고 했지만 그건 명목상 붙인 호칭일 뿐, 버지니아 한인 대부분이 애넌데일에 거주하는 터라 윤 회장은 세인빌 한인을 위한 중간 연락망 정도의 역할만 했다. 윤 회장이 집에 오기로 한 날 아빠는 손님이 올 테니 내게는 방에 있으라고 했다. 두 사람 다 목소리가 커서 내 방까지도 대화가 잘 들렸다. 거실에서 믹스커피 냄새가 났다.

　"여기 한국 사람도 얼마 없으니까 서로 알고 지내면 도움이 좀 되겠지요. 주일에 교회 한번 나오시고요."

　윤 회장은 아빠에게 종교가 있는지도 물어보지 않았다. 미국에 왔으니 당연히 교회에 나와야 한다고 생각하는 듯했고 아빠도 그걸 이상하게 여기지 않았다. 윤 회장이 서랍장 위에 놓인 가족사진을 보다 물었다.

　"아드님이 두 분 계시네요?"

　"맞습니다."

　"아내분은?"

　"베트남 갔습니다."

　"아, 베트남 분이시구나. 미국에는 언제 오세요?"

　"안 옵니다."

　아빠는 커피를 한 모금 마셨고, 다 마신 뒤에는 입을 쩝쩝거리며 말문을 닫았다. 윤 회장이 헛기침을 했다.

"교회는 어디 있습니까?" 잠시 후 아빠가 물었다.

"뭐 세인빌에도 있기는 한데 거기는 한인 교회가 아니고요. 시온장로교회라고 있어요. 좀 멀긴 해도 근처 도시 사람들은 다 그리로 모이지요."

"가면 좀 챙겨주십니까?"

"하하, 다들 좋은 사람들이에요. 꼭 나와서 인사 한번 하세요."

아빠는 윤 회장이 다녀간 주말부터 시빅을 몰고 교회 예배에 참석했다. 왕복 한 시간 넘게 걸리는 거리였다. 예배를 끝내고 돌아온 아빠는 은총이라도 받은 것처럼 기분이 좋아 보였다. 교회 사모님들이 그렇게 요리를 잘한다고, 종종 한인 단체 사람들이랑 노래도 한다고, 윤 회장이 새로운 사람을 소개시켜줬다고, 궁금하지도 않은 이야기를 들려주었다.

하루는 아빠가 교회에서 빨간 모자를 얻어 왔다. 마가(MAGA)라는 로고 아래에 풀어 쓴 문장이 적혀 있었다. Make America Great Again. 아빠는 벽에 십자가를 걸어놓았다. 며칠 뒤에는 엄마가 먼저 보낸 짐에 섞여 있던 불상과 부채 같은 불교 용품이 자취를 감췄다.

아빠는 내게 교회에 같이 가자는 말을 하지 않았다. 어느 일요일 아침, 정장을 차려입고 문 앞에 서서 넥타이를 점검하다가 거울에 비친 내게 물어본 적은 있다.

"니도 교회 갈래?"

나는 대답하지 않았다. 아빠의 결정을 기다리고 있었다. 가야 겠다고 하면 따를 생각이었다. 아빠는 나를 빤히 쳐다보다 중얼거렸다. "아이다. 아무래도 안 가는 게 낫겠다."

아빠가 교회에 가는 날에는 캔스워시에서 시간을 보냈다. 세탁소에는 탈수와 건조를 기다리는 손님이 지루하지 않도록 게임기와 뽑기 기계, 과자 자판기가 구비돼 있었다. 모두 폐업한 아케이드 펍에서 저렴하게 얻어 온 것이었다. 강우 삼촌은 원하는 만큼 놀다 가라며 동전을 한 줌 가득 쥐여줬다. 나는 〈동키콩〉과 〈갤러그〉를 번갈아 플레이했다. 한참 게임에 집중하고 있으면 병국이 형이 슬쩍 다가와 실수인 척 몸을 부딪쳐 훼방을 놓았다. 돌아보면 둥그런 어깨가 들썩이며 웃고 있었다.

병국이 형은 캔스워시의 직원이었다. 헬스장 체인점인 밴퀴시의 로고가 커다랗게 박힌 검정 민소매 티셔츠를 작업복처럼 입고 다녔다. 그 아래 드러난 팔뚝이 제법 사나웠다. 오래전 외국인들이 병국이 형을 국이라고 부른 적이 있었다. 병국이 형은 그놈들을 두들겨 팼다. 국이 아시아인을 가리키는 멸칭이라는 이유였다. 병이라고 부른 놈들도 팼다. 그냥 어감이 안 좋다는 이유였다. 친구들은 형을 양이라고 불렀다. 양은 병국이 형의 성이었는데, 그 때문인지 종종 중국인으로 오해를 받고는 했다.

세탁소에서 일하기 전에 형은 미군으로 복무했다. 몇 년 전까지는 아프가니스탄에 파병을 가 있었다. 현지 작전 수행 중에 씻기가 귀찮아 삭발을 한 뒤로 줄곧 그 상태로 지낸다고 했다.

"그 말을 믿냐. 사실은 탈모 때문에 저런 거야." 강우 삼촌이
놀리듯 귀띔해줬다.

병국이 형의 얼굴은 휘어 있었다. 눈도, 코도, 심지어 귀의 위
치도 양쪽이 달랐다. 딱 꼬집어 어디가 어떻다고 말할 정도는 아
니었지만 얼핏 스치듯 보는 인상만으로도 뭔가 묘하게 어긋나 있
다고 생각할 정도는 됐다. 얼굴을 빤히 쳐다보고 있으니 뭐라도
물었느냐고 형이 물었다.

"아니요. 그냥……."

"그냥?"

"얼굴이……."

"얼굴이?"

"좀……."

"휘었어?"

"네."

"파병 갔을 때 부상을 입었거든."

나는 병국이 형이 장난을 친 거라 생각했다. 강우 삼촌에게 그
얘기를 했더니 삼촌은 정색을 하고 대답했다.

"그때 병국이가 크게 다쳤지. 지금은 많이 괜찮아졌지만, 귀환
하고 처음 봤을 때는 알아보지도 못했어."

세차장을 찾는 고객 중에는 병국이 형의 친구들도 있었다. 강

65

우 삼촌과도 친분이 있는 듯했다. 형의 친구들은 포드나 쉐보레의 머슬카를 타고 다녔다. 팬티가 다 보이도록 바지를 내려 입고 힙합을 하는 사람들처럼 건들거리며 걸었다. 어딘가 간지러운지 자주 몸을 긁었다.

"이건 뭐야?" 병국이 형의 친구 중 하나가 나를 가리키며 물었다.

"캔 조카야."

"얘도 좆같은 중국인이냐?"

"좆까 씨발아. 우리는 코리안이라고."

"남한 아니면 북한?"

"북한이다, 고자 새끼야. 한국인이랑 중국인도 구분 못 하면서 남한인지 북한인지는 왜 물어보는 건데."

"아시아인들은 다 똑같아 보여. 얘도 크면 내 일자리를 뺏겠지. 씨발, 이민자들이 그러고 있다고."

"너도 이민자야, 미친 새끼."

"나는 미국인이지, 등신아."

그런 얘기를 하고 있으면 강우 삼촌이 끼어들었다. "제이는 똑똑한 애야. 이런 애가 너랑 일자리를 두고 다툴 것 같아? 고등학교만 졸업하면 매니저가 돼서 너한테 지시를 내리고 있을걸."

"설마요."

"트럼프나 찍어, 고자 새끼야." 병국이 형이 말했다.

"그럴 거다, 등신아. 차나 닦아."

66

"세차 좀 자주 해, 등신아. 차에 똥 싼 것 같잖아."

병국이 형은 친구들과 얘기할 때면 단어와 단어 사이, 아주 작은 틈새마다 욕을 꽂아 넣었다. 하지만 진지한 말을 해야 할 때에는 절대 욕을 섞지 않았다. 병국이 형은 욕이 말을 가볍게 만든다는 사실을 알고 있었다. 형이 하는 농담 중에는 인종차별과 관련된 것도 많았다. 말투가 걸걸하고 성격이 호탕해서 기분 나쁘게 들리지는 않았다. 병국이 형에게 왜 그런 농담을 하느냐고 물어본 적이 있었다.

"왜 인종차별 같은 농담을 하느냐면, 인종차별은 존나 농담 같거든. 자, 이거."

병국이 형은 내 손에 덕도넛 로고가 박힌 도넛 박스와 커피를 쥐여줬다.

"나가서 주고 와."

"누구한테요?"

"에드워드 채프먼."

병국이 형은 문을 열고 내 등을 넌지시 떠민 뒤 소화전을 가리켰다. 그 앞에 백인 노숙자가 앉아 있었다. 내가 다가가자 에드워드는 장판처럼 커다란 손바닥을 내게 불쑥 내밀었다.

"돈 좀 줘."

"가진 게 없어요." 나는 제자리에 서서 말했다. 에드워드의 움푹 팬 눈엔 그림자가 짙었고 머리와 옷에서 쉰내가 났다. 입가에는 침 자국이 말라붙어 있었다. 이가 이상하리만치 크고 눈이 부리부리해서 잿더미를 뒤집어쓴 늑대 같았다. 나는 도넛과 커피를 내밀었다. 에드워드는 상자를 열어 냄새를 맡은 뒤 도넛 하나를 크게 베어 물었다.

"어디서 왔니." 에드워드가 커피를 마시며 물었다.

"한국이요."

"좋은 나라지. 나는 한국전쟁에 참전했어."

"엄마는 베트남 사람이에요."

"베트남전쟁에도 참전했어."

"베트남전쟁은 미국이 베트남을 공격한 전쟁인데요."

"도넛은 고마워. 그런데 진짜 돈은 없어?"

주머니에 쿼터가 몇 개 있었다. 나는 가진 동전을 모두 에드워드에게 건넨 뒤 매장으로 돌아왔다.

"에디가 앞으로 너만 보면 손을 벌릴걸." 강우 삼촌이 말했다.

"한국전쟁에 참전했다던데요."

강우 삼촌은 웃음을 터뜨렸다. "한국전쟁에 참전했다면 지금 최소한 아흔 살은 돼야지."

"외국인 나이는 잘 모르겠어요."

"나도 에디가 몇 살인지는 모르지만 아흔이 안 된 건 분명하잖아. 이가 빠지고 주름이 많긴 해도 그렇게 늙지는 않았어. 어쩌면 형님이랑 나이가 비슷할지도 모르지. 네 아빠 말이야."

"그런데 왜 저렇게 들어 보여요?"

"네가 돈을 줘서 그렇다니까. 그 돈으로 마약을 하거든. 콧잔등이 꺼진 것도 그것 때문이야. 코카인, 메스암페타민. 어쩌면 펜타닐을 하는 건지도 몰라. 펜타닐이 뭔지 아니?"

"모르겠어요."

"진통제야. 그런데 마약이지. 사실 마약의 절반은 진통제거든. 먹으면 아픈 곳이 사라지는 거야. 몸의 통증만 없애주는 게 아니라 마음도 안정시켜. 그래서 약을 끊으면 엄청나게 아프고 기분은 더러워져. 중독되고 나면 좋아서 하는 게 아니라 아프지 않으려고 하게 돼. 에디는 나쁜 사람이 아니야. 불쌍한 사람이지."

에드워드 채프먼은 졸고 있었다. 7월의 더운 날씨에도 긴소매 차림이었다.

저녁까지 가게를 지키고 있으면 삼촌이 피자를 주문하곤 했다. 병국이 형까지 가세해 피자 두 판에 버펄로윙까지 너끈히 먹어치웠다. 같이 게임을 더 하고, 가게 정리를 도운 뒤 집으로 갔다. 하루는 삼촌이 바쁜 일 없으면 동네 구경이나 하러 가자고 했다.

"집에 가야 하는데요."

"형님한테 연락해뒀어. 바람 좀 쐬고 들여보내래. 가자, 병국이도 같이 갈 거야."

강우 삼촌은 검은색 머스탱을 끌고 세차장 앞으로 왔다. 병국이 형이 조수석에, 나는 뒷자리에 앉았다. 삼촌이 자동차 지붕을 걸었다. 파란 아시아인이 모습을 드러내자 행인들이 미끼에 걸린 물고기처럼 나를 따라 시선을 옮겼다. 나는 고개를 숙였다. 도로 한가운데서 옷을 벗은 것처럼 신경이 쓰였다.

"제이." 룸미러로 나를 지켜보던 삼촌이 물었다. "불편해?"

"조금요."

삼촌이 페달을 밟았다. 머스탱이 으르렁거리며 가속했다. 사람들이 풍경으로 휙휙 지나갔다. 바람 소리가 거칠었다. 삼촌은 정면에 시선을 고정한 채 고개를 반쯤 돌렸다.

"너 타이거 우즈 알아?"

"골프 선수요?"

"그래. 타이거 우즈가 백인으로 보여, 흑인으로 보여?"

"흑인이잖아요."

"그렇지? 한 방울 원칙이라는 게 있어. 지금은 없어진 법이지만 개념까지 사라진 건 아니거든. 그걸 적용한다면 타이거 우즈는 네 말대로 흑인이 돼. 그런데 부모의 부모의 부모로 올라가면 말이야, 증조할아버지랑 증조할머니는 모두 여덟 명이지?"

"네."

"그 여덟 명 중에 흑인은 한 명뿐이야. 한 명은 아메리카 원주민이고. 백인, 태국인, 중국인이 두 명씩 있어. 타이거 우즈의 절반은 아시아계란 말이지. 그 사람이 스윙하는 걸 보려고 갤러리 수만 명이 따라다녀. 우즈가 그 시선을 신경 쓸 것 같아?"

"아니요."

"불편해할 것 같아?"

"아니요."

"절대 아니지."

우리는 세인빌 근처의 작은 도시에 도착했다. 새로 지은 건물이 저물녘의 햇빛을 받아 갈색으로 은은히 빛났다. 정장을 빼입은 사람들이 건물로 드나들었다. 그 반대편에는 삭막하고 쓸쓸해 보이는 공간이 붕대를 감지 못한 상처처럼 드러나 있었다. 도로는 그 양쪽이 끝나는 지점까지 평행선을 그렸다. 삼촌은 도시의 어두운 쪽으로 핸들을 틀어 핑크색 조명이 사납게 번쩍이는 클럽 하이힐의 주차장에 차를 세웠다. 골목에 서 있는 여자들은 선물 포장지처럼 반짝이는 옷을 입고 있었다. 남자 둘이 여자들에게 말을 거는 중이었다. 보스턴셀틱스 티셔츠를 입은 남자는 덩치가 컸다. 삼촌의 두 배는 될 것 같았다. 다른 한 명은 긴 머리를 늘어뜨리고 있었다. 보스턴셀틱스 티셔츠를 입은 쪽이 우리를 힐끔 쳐다본 다음 고개를 돌렸다.

"들어가자." 삼촌이 말했다.

나는 선뜻 나서지 못하고 머뭇거렸다. "여기서 뭘 해요?"

"뭐 이것저것. 괜찮아, 가자." 병국이 형이 부드럽게 등을 밀었다. 미식축구 선수를 연상시키는 가드는 삼촌을 향해 짧게 인사한 뒤 문을 열어주었다.

음악 소리가 시끄러웠다. 손가락으로 가리키듯 무대에 핀 조명이 쏟아졌고 블랙 라이트가 나머지 공간을 비추고 있었다. 그 아래에서 나는 거의 흑인처럼 보였다. 병국이 형은 무대가 잘 보이는 곳으로 나를 안내했다. 서너 명의 여자가 봉을 잡고 춤추고 있었다. 남자들은 무릎 위에서 뱀처럼 몸을 꼬며 춤추는 댄서의 팬티에 달러를 꽂았다. 커튼이 드리워진 부스로 스트리퍼를 데려가는 사람도 있었다. 난생처음 보는 광경 앞에서 시선을 어디에 둬야 할지 알 수 없었다. 강우 삼촌과 병국이 형은 바 근처에 설치된 스크린에서 눈을 떼지 못했다. 스트립쇼가 아니라 야구 경기를 관람하기 위해 클럽을 찾은 모양이었다. 댄서가 춤추며 몸을 비틀 때마다 환호성이 한 번, 호수비와 적시타가 터질 때마다 환호성이 또 한 번 터졌다. 삼촌이 내게 콜라를 건넸다.

"이런 데 자주 와요?"

"응, 야구 시합 있을 때 가끔."

"왜 야구를 보러 여기에 와요?"

"텔레비전이 크잖아. 소리도 마음대로 지를 수 있고."

"그래서예요?"

"아니면?"

나는 스트리퍼가 춤추는 무대를 가리켰다.

"흠, 별로 관심 없어. 넌 야구 안 좋아해?"

"잘 몰라요."

"그럼 사람 구경이나 좀 해. 교육 차원에서. 미국에 이런 곳이 있다는 것도 알아둬야지."

삼촌은 스크린으로, 나는 스트립 클럽을 찾은 사람들을 향해 시선을 돌렸다. 사람들은 인종에 상관없이 얽혀 있었다. 흑인 남자와 백인 여자, 백인 남자와 흑인 여자, 유럽, 아시아, 아랍, 라틴. 파란 피부는 어떤 조합에서도 어울리지 않았다. 타인의 몸을 핥는 파란 피부를 상상할 수 없었다. 그건 같은 종이 벌이는 행위가 아닌 것 같았다. 파란 피부는 탁자나 의자 위에 장식장처럼 놓여 있어야 할 것 같았다. 거기서 다른 피부들이 섞여서 물고 빠는 모습을 보고 있는 쪽이 더 어울릴 것 같았다.

홈런이 터졌다. 스트리퍼는 발차기를 하듯 다리를 높이 올렸다. 나는 화장실에 뛰어들었다. 고추가 터질 것 같았다. 새벽처럼 하얗고 밝은 화장실 조명 아래에서 나는 다시 파란 아시아인이 됐다. 소변기 앞에서 지퍼를 내리는데 문이 벌컥 열리더니 남자 둘이 들어왔다. 입구에서 봤던 보스턴셀틱스 티셔츠를 입은 남자 일행이었다. 기분 좋게 취해 있던 둘의 얼굴이 나를 발견하는 순간 구겨졌다. 귀에 단어 몇 개가 날아와 꽂혔다. 파란색(blue), 불운(misfortune), 괴물(freak). 남자들은 내 양쪽에 나란히 섰다. 보스턴셀틱스 티셔츠를 입은 남자는 고개를 빼들어 게슴츠레 눈을 뜨고 내 아랫도리를 훔쳐보려 했다. 장발 머리가 그 모습을 보며 키득거렸다. 지퍼를 올리고 있을 때 다시 화장실 문이 열렸다.

강우 삼촌과 병국이 형이었다.

"제이, 얼른 끝내. 좀 있으면 내가 제일 좋아하는 애가 나와."

강우 삼촌이 영어로 말했다. 스트리퍼 애기인지 야구 이야기인지 알 수 없었다.

"네, 삼촌."

나는 어색하게 웃으며 손을 씻었다. 남자들은 아무 일도 없었던 척 앞을 보고 있었다. 장발 머리가 휘파람을 불었다. 화장실은 잠시 조용해졌고, 그 미묘한 분위기를 삼촌이 감지했다. 삼촌이 한국어로 물었다.

"혹시 쟤들이 널 불편하게 했어?"

나는 대답하지 않았다. 대답할 필요도 없었다. 내 옆에 서 있던 보스턴셀틱스 티셔츠를 입은 남자가 삼촌과 병국이 형을 번갈아 훑어보더니 소변기에 가래침을 뱉었다. 바지춤을 추스르고 나가려는 남자를 강우 삼촌이 막아섰다. 다른 남자 앞에는 병국이 형이 서 있었다. 두 사람이 돌아서 나가려 할 때마다 삼촌과 병국이 형은 길목을 가로막았다.

"무슨 문제라도?"

덩치 큰 남자가 팔을 양쪽으로 벌리고 어깨를 으쓱 올렸다. 삼촌이 남자의 뺨을 후려쳤다. 어찌나 세게 때렸는지 화장실에 메아리가 울릴 정도였다. 남자는 얼굴을 찡그리고 입을 크게 벌린 채 비틀거렸다. 금세 뺨이 부어올랐다.

삼촌이 다시 그 앞에 섰다. 남자는 울먹이고 있었다. 족히 100킬로그램은 돼 보이는 남자가 삼촌 앞에서 꼼짝하지 못했다. 옆에 우두커니 서서 도움을 청하듯 주위를 두리번거리던 장발 머리의 눈이 나를 향했다. 뒤늦게 상황 판단을 마친 남자가 미안하다 말했고 보스턴셀틱스 티셔츠를 입은 남자도 몸을 돌려서 내게 사과했다. 삼촌과 병국이 형이 이제 가도 좋다는 듯 길을 텄다. 두 사람은 서둘러 화장실을 나갔다. 삼촌은 손을 씻으며 중얼거렸다. "머저리들."

화장실을 나왔을 때 올스타전은 끝나 있었다. 메인 스테이지에 오른 스트리퍼는 조금도 매력적이지 않았다. 음악 소리는 시끄럽기만 했다.

우리는 차에 올랐다. 토할 것처럼 배 속이 간질거렸다. 나는 긴장과 흥분으로 경직돼 있었다. 삼촌은 집에 도착할 때까지 휘파람을 불며 운전했다.

6

매일 아침 7시 20분, 집에서 두 블록 떨어진 정류장에 스쿨버스가 섰다. 초중고 학생들이 함께 이용하는 버스였다. 긴 의자 하나에 두 사람이 앉을 수 있었지만 다들 내가 옆에 앉는 걸 달가워하지 않는 눈치였다. 하나 남은 빈자리 등받이에는 'Blued'라고 적힌 포스트잇이 붙어 있었다. 나는 종이를 구겨 바닥에 버렸다.

"주워라." 기사가 룸미러로 나를 보더니 말했다. "주워."

구겨진 종이를 주머니에 넣었다. 학교에 도착할 때까지 내 옆에는 아무도 앉지 않았다.

셰인빌고등학교는 붉은 벽돌로 지은 단층 건물로 위에서 보면 동서 방향으로 길게 늘여놓은 직사각형 모양이었다. 주차장부터 건물 입구를 잇는 길이 시멘트로 포장되어 있었다. 문짝이 구겨진 캐비닛이 늘어선 복도에는 세정제 냄새가 감돌았고 에폭시 바닥은 천장 불빛을 차갑게 반사했다.

미국 고등학교는 9학년부터 12학년까지 4년 체제였다. 나는 10학년에 배정됐다. 오전 8시 10분에 첫 수업이 시작됐다. 어떤 수업은 52분, 어떤 수업은 57분간 진행됐다. 스테이츠버러에서도 같은 방식으로 1년간 공부했는데 10분 단위로 끊어 진행되는 한국 학교와는 시스템이 달라 여전히 적응이 어려웠다. 쉬는 시간은 4분, 점심시간은 25분이었다. 주 5일, 7교시까지 수업이 진행됐다. 오후 3시가 지나면 모든 수업이 끝났다.

셰인빌고등학교에 다니는 학생은 대개 중산층 이하 가정의 자녀들이었다. 부유층이 거주하는 동네는 셰인빌 외곽에 조성돼 있었는데, 잘 정돈된 정원이 딸린 커다란 집들이 즐비했다. 삼촌과 함께 차를 타고 구경한 적이 있을 뿐, 혼자서 갈 일은 없는 곳이었다. 부모를 따라 미국에 온 한국 아이들은 모두 인근 사립학교에 다닌다고 했다. 그래서 셰인빌고등학교를 다니는 한국인 학생은 나 혼자였다. 공장에서 일하는 중국과 일본, 라오스, 베트남 2세들이 더러 있었지만 우리는 별다른 유대감을 느끼지 않았다. 그들끼리도 아시아계라는 이유로 뭉치지는 않았다.

복도 로커에서 책을 꺼내고 있으면 누군가 장난인 듯 등을 툭 치고 갔다. 돌아보면 무리 지어 떠들어대는 아이들의 뒷모습이 보였다. 빨간 머리, 노란 머리, 레게 머리, 가죽점퍼, 찢어진 청바지, 검은색 운동화. 나는 그런 특징으로 사람들을 기억할 뿐 얼굴을 구별하지는 못했다. 교사의 이름을 외우기도 힘들어 공책에 따로 적어놔야 했다. 내가 이름과 얼굴을 모두 기억한 학생은 클로이 알리야가 유일했다.

입학 당시 시간표 작성을 도와주던 카운슬러는 학교에 나와 같은 파란 피부가 있으니 원한다면 자리를 마련해주겠다고 했다. 같은 처지끼리 몰려다닌다는 인상을 주고 싶지 않았던 나는 제안을 거절했다. 우리가 함께 있으면 환자 치유 모임을 연상시킬 것 같았다. 체육관 같은 곳에 철제 의자를 놓고 둘러앉아 남들에게 털어놓을 수 없었던 속마음을 얘기하는, 집단 테라피 같은 모임. 우울증, 당뇨병, 알코올중독, 마약중독, 형제를 잃은 사람들, 가정폭력에 시달린 사람들. 그런 사람들의 모임. 파란 피부의 모임.

멀리서 바라본 클로이의 모습은 예상한 것보다 훨씬 초현실적이었다. 파란 조각상이 횡으로 이동하는 것 같았다. 다른 애들이 나를 볼 때 이런 기분이겠구나 생각했다. 클로이도 나처럼 위험하고 불안정한 존재로 취급받을지 궁금했다. 내가 미국으로 건너온 이후에도 파란 피부의 강도나 절도, 방화 사건이 몇 차례나 뉴스를 탔다. 파란 피부의 범죄는 다른 사건보다 훨씬 더 긴 시간을 할애해 소개됐다. 사람들은 파란색에서 헨릭 어거스트와 타일러 워렌이 벌인 끔찍한 테러를 떠올렸다. 파란 피부가 저지른 범죄

비율은 다른 피부색과 비교하면 현저히 낮았지만 사람들은 통계를 인정하지 않았다. 파란 피부가 폭력성을 증대시키는 돌연변이 유전자의 영향이 분명하다고, 신이 죄 없는 존재에게 파란색 같은 끔찍한 색을 부여하지 않았을 거라 믿으며 자신이 느끼는 두려움과 차별에 합당한 이유를 부여하려 애썼다.

학교가 끝난 뒤에는 집까지 걸어가기로 했다. 스쿨버스에 붙어 있던 포스트잇이 생각나서였다. 고장 난 이어폰을 귀에 꾹꾹 눌러 꽂아두었고, 그래서 뒤따라오던 애들을 한참 후에나 발견했다. 내가 걸음을 멈추자 애들도 그 자리에 섰다. 중학생으로 보이는 대여섯 명이 무리 지어 있었는데 대부분 나보다 키가 컸다.

"저기, 저기, 잠깐만, 뭐 좀 물어봐도 돼?" 애들 중 하나가 물었다. 나는 이어폰을 뺐다.

"있잖아, 너희 엄마도 파란색이야?"

나는 고개를 저었다. 흑인 영어의 공격적인 말투에는 언제나 주눅이 들었다.

"아빠는?"

"아니야."

"그럼 입양된 거야?"

"아니."

"돌연변이네."

아니라고는 대답하지 못했다. 뭐라고 답을 할지 몰라 머뭇거리는 사이 아이가 질문을 이었다.

"너 한국에서 왔지?"

"맞아."

"거기서는 개를 먹는다며. 고양이도 먹어?"

"먹겠냐?" 다른 애가 끼어들었다.

"너 혹시 식물처럼 햇빛 받아서 살고 그래?"

"그러겠냐고." 다시 다른 애가 끼어들었다. "얘는 녹색이 아니라 파란색이잖아."

"나도! 궁금한 거 있어. 멍이 들면 무슨 색이야?"

아이들이 주고받는 대화는 장난 같으면서도 위협적이었다. 다시 이어폰을 꽂고 길을 가려는데 질문하던 아이가 앞을 가로막았다. 내가 멈칫하는 순간 다른 한 명이 뒤로 다가와 주머니에 꽂은 손을 확 빼냈다. 그 바람에 지갑과 휴대전화가 바닥에 떨어졌다. 누군가 내 다리를 걸어 넘어뜨렸다. 다른 누군가는 신발을 벗겨 멀리 던져버렸다. 그런 후에는 발길질이 날아왔다. 나는 눈을 감은 채 팔과 다리로 몸통을 감쌌다. 그 와중에 집요하게 빈틈을 노리는 주먹이 있었다. 옆구리를 세게 맞았을 때는 헉하고 절로 숨이 멎었다. 얼마 후 발길질이 잦아들었다. 천천히 눈을 뜨자 멀리 달아나는 아이들의 뒷모습이 보였다. 길 건너에서 나를 지켜보던 행인이 황급히 자리를 떴다.

가슴이 욱신거려 숨 쉬기가 힘들었다. 티셔츠는 바닥에 쓸려

지저분했고 바지 무릎에는 구멍이 나 있었다. 지갑과 휴대전화는 보이지 않았다. 신발 한 짝은 길 건너편에 떨어져 있었다. 다른 한 짝은 찾을 수 없었다. 슬프지도 화가 나지도 않았다. 무서워서 빨리 집으로 가야겠다는 생각만 들었다. 한쪽 신발만 신은 채 걸어가고 있을 때 사이렌이 울렸다. 순찰차가 옆으로 나란히 섰다.

"서." 보안관이 말했다. 나는 그렇게 했다.

차에서 내린 보안관은 허리춤에 손을 얹고 껌을 씹으며 다가왔다. 명찰에 적힌 이름은 데릭 윈스턴이었다. 아빠와 비슷한 연배로 보였지만 생김새는 판이했다. 각진 턱, 거뭇한 수염 자국, 찡그린 표정 그대로 눈가에 멋진 주름이 뻗어 있었다. 움푹 꺼진 두 눈은 피해자가 아니라 가해자를 관찰하는 것 같았다.

"괜찮니?"

"네."

"신고를 받았다. 파란 녀석이 길에서 맞고 있다고."

"아이들이, 여러 명 있었어요."

"알아. 목격자도 그렇게 말했으니까." 윈스턴 씨는 무전기 너머의 상대와 교신을 주고받은 뒤 주머니에서 수첩과 펜을 꺼냈다. "너한테 떼로 달려들었다던데. 어떻게 된 거야?"

나는 뒤따라오던 아이들이 이상한 질문을 하더니 돌연 발길질을 하며 물건을 빼앗았다고 설명했다. 윈스턴 씨는 내가 하는 말을 수첩에 옮겨 적었다.

81

"인상착의를 말해봐."

"잘 모르겠어요. 얼굴이 기억나지 않아요."

"기억나는 것부터 차근차근 말해봐. 모두 몇 명이었어?"

"다섯 명쯤 됐어요."

"또."

"흑인 사투리를 심하게 쓰는 애가 후드티를 입었고요."

"무슨 색?"

"회색 같아요."

"같은 거야, 아니면 확실한 거야. 로고는 못 봤어?"

"없었던 것 같아요."

"다른 애들은?"

"제대로 못 봤어요."

윈스턴 씨가 한숨을 쉬었다.

"아까 얘기한 녀석에 대해서 좀 더 말해봐. 후드티를 입은 녀석. 키는 얼마나 됐어?"

"저보다 조금 컸어요."

"몇 피트 정도 됐는데?"

피트? 말문이 막혔다. 나를 때린 애들을 잡을 수 있을 거라는 기대가 사라지는 순간이었다.

"신발은 어디 있니."

"애들이 가져간 것 같아요."

"한 짝만?"

"모르겠어요."

윈스턴 씨는 수첩을 접었다. "집이 어디야."

주소를 들은 윈스턴 씨는 나를 차에 태웠다. 나는 고개를 숙이고 있었는데 순찰차에서 구부정한 자세로 앉아 있으니 진짜 범죄자가 된 것 같았다.

"개들은 아마 장난이었을 거야. 계속 괴롭힐 생각이었다면 이정도로 끝나지 않았을걸. 무슨 말인지 알겠니? 애들 사이에서는 가끔 이런 일이 벌어져."

"네."

"하지만 부모님하고는 얘기를 좀 해야겠다. 무슨 일이 있었는지 보호자에게 알려야 하거든."

"집에 아빠가 있을 거예요."

"아빠는 무슨 일을 하시니."

"삼촌이 운영하는 세탁소에서 일해요."

"세탁소?" 껌을 씹던 윈스턴 씨가 볼을 깨문 것처럼 얼굴을 찌푸렸다. "잠깐. 혹시 아빠가 일하시는 곳이 캔스워시야?"

"네."

신호에 차가 멈췄다. 윈스턴 씨는 뒷좌석을 향해 몸을 틀며 물었다.

"너 한국에서 왔어?"

"엄마는 베트남 사람이에요."

"아무튼, 그러니까 네가 캔의 조카란 말이지."

"맞아요."

"이런."

아빠는 집에 없었다. 윈스턴 씨는 조만간 다시 찾아오겠다고 했다. 혹시 나를 공격한 녀석들에 대해 알게 되는 것이 있으면 연락을 주겠다며 전화번호도 받아 갔다. 윈스턴 씨가 떠난 것을 확인한 나는 옷을 벗고 욕실에 들어갔다. 물이 닿을 때마다 턱과 팔에 긁힌 자리가 쓰라렸다. 옆구리에는 커다랗게 멍이 들어 있었다.

집에 돌아온 아빠에게 낮에 있었던 일을 얘기했다. 아빠는 별다른 반응을 보이지 않았다. 보안관이 나섰으니 괜찮겠지, 하고 말할 뿐이었다. 그보다 미국에 오니 소주값이 비싸서 걱정이라고 했다. 보드카 맛이 어떤지 모르겠네, 하며 입맛을 다셨다.

윈스턴 씨는 며칠 후 다시 집을 찾아왔다. 문 앞에 선 윈스턴 씨가 짜증이 가득한 얼굴로 말했다.

"이틀 전에 말이다."

"이틀 전이요?"

"밤에 뭘 하고 있었니."

"밤에요?"

"내 영어가 알아듣기 힘들어? 이틀 전 밤에 뭘 하고 있었느냐고 묻잖아."

윈스턴 씨는 폭행 사건의 피해자인 나를 찾아온 것이 아니었다. 나는 작은 식품 매장인 팜하우스마켓에서 벌어진 강도 사건의 용의자였다.

질리언 베일리는 팜하우스마켓에서 매니저로 일하는 쉰다섯 살의 여성으로 이틀 전 퇴근길 주차장에서 습격을 당했다. 지갑을 빼앗으려는 범인에게 저항하다 칼로 허벅지와 종아리를 찔렸다. 진술 당시 질리언은 주위가 어두워 범인의 얼굴을 제대로 보지 못했다고 했다. 그러면서도 범인이 백인은 아닌 게 분명하다고 답했다.

"그럼 흑인이나 라틴계였을까요?" 카운티 소속 보안관이 물었다.

"그것도 확실하지 않아요."

"어쩌면 파란 피부일지도 모르겠네요." 보안관이 농담처럼 말했을 때 질리언은 눈을 크게 떴다. "그래, 그거예요! 파란색!"

나는 범행이 이뤄진 시간에 집에 있었지만 결백을 증명할 증거가 없었고, 그래서 며칠 후 빈스 렌킨이 자신의 집 욕실에서 체포될 때까지 줄곧 용의선상에 올라 있었다.

빈스 렌킨은 금발의 백인이었다. 이 마흔여섯 살의 퇴역 군인은 질리언 베일리를 습격했을 당시 마스크와 장갑을 착용한 상태였다. 빈스는 생활고 때문에 범행을 저질렀다고 자백했다. 질리언은 자신의 잘못된 진술에 대해 사과하지 않았다. 대신 어두운

85

가로등과 시력을 탓했다. 팜하우스마켓 근처의 작은 안경점이 영문도 모른 채 욕을 먹었다. 질리언이 습격 당시 약에 취해 있었다는 사실은 뒤늦게 밝혀졌다. 윈스턴 씨 역시 사과하지 않았다. 이럴 때가 있지, 하고 한숨처럼 중얼거린 것이 전부였다. 빈스 렌킨은, 당연하지만, 내가 자기 대신 체포될 뻔했다는 것조차 알지 못했다.

소문은 셰인빌의 작은 공동체 속으로 빠르게 퍼져나갔다. 진술에만 의존하던 보안관의 미흡한 초기 대처에 대해서는 아무도 신경 쓰지 않았다. 사람들은 내가 한때 강도 사건의 용의자였다는 사실만 기억했다. 셰인빌고등학교의 학부모들이 가장 불안해했다. 새로 온 전학생이 어떤 친구인지 알아봐야 하지 않겠느냐고 얘기를 나누던 몇몇은 나와 아빠를 직접 만나보기로 결심했다. 마리 앤더슨이 대표 역할을 자처했다.

앤더슨 부인은 오후 4시에 우리 집을 찾아왔다. 내가 학교를 마치고 집에 돌아온 직후였고 아빠가 퇴근하기 전이었다. 일부러 그 시간을 노렸는지도 모른다. 초인종을 누른 앤더슨 부인은 핸드백과 작은 종이봉투를 든 손을 앞으로 모은 채 문이 열리기를 기다리고 있었다. 집 앞에 앤더슨 부인이 타고 온 캐딜락이 보였다.

"부모님은?" 큰 키에 하이힐까지 신은 앤더슨 부인이 시선을 꽂듯이 내려다보며 물었다.

"아직 안 들어오셨어요."

"나는 마리 앤더슨이라고 해. 너랑 같은 학교에 다니는 루크 앤더슨이 내 아들이야. 안으로 좀 들어가도 되겠니?"

앤더슨 부인은 도도하고 우아한 걸음으로 집 안에 들어왔다. 어두운 거실에서 아이보리색 원피스가 환하게 빛을 냈다. 앤더슨 부인은 조촐한 거실을 한 바퀴 둘러본 다음 나를 세워둔 채로 소파에 앉았다.

"한번 와봐야겠다 싶었어. 이웃인데 인사도 못 해서."

나는 근처에서 앤더슨 부인을 본 적이 없었다. 차를 가지고 온 것으로 봐서 가까운 곳에 사는 건 아닐 듯했다. 앤더슨 부인은 들고 온 종이봉투를 내밀었다.

"머핀이야. 트레이더조스(Trader joe's) 근처에 있는 커피숍에서 파는 건데 내가 좋아하는 거야. 부모님 오시면 같이 먹어. 두 분이 같이 일하시니?"

"아빠만요. 엄마랑 남동생은 베트남에 있어요."

"왜?"

왜라니? 내가 대답을 하지 않으니 앤더슨 부인은 말을 돌렸다.

"그럼 여기에는 남자 둘이 살고 있는 거네. 이런 동네에도 생각보다 먼지가 많아. 청소기를 자주 돌려."

나는 그러겠다고 했다.

"학교생활은 어떠니?"

"아직 잘 모르겠어요."

"미국에 온 지 얼마나 됐지?"

"이제 1년 됐어요."

"아직 모르는 게 많겠다. 한국에서 왔다고 들었는데 맞지? 남한? 당연히 남쪽이겠지. 혹시 내 말이 너무 빠르니?"

"아니요. 괜찮아요."

"다행이네. 며칠 전에 사고가 있었다고 들었어. 그게 걱정돼서 온 거야."

나는 학교에서 돌아오는 길에 아이들에게 몰매를 맞은 일을 떠올렸고, 학부모인 앤더슨 부인이 자세한 이야기를 듣기 위해 나를 찾은 거라 생각했다. 내가 당시 있었던 일을 설명하자 앤더슨 부인은 눈썹을 찌푸리며 말을 끊었다.

"그러니까, 네가 길에서 맞았다는 거지?"

"네."

"그건 몰랐네. 사실 내가 궁금했던 건, 팜하우스마켓에서 있었던 사건이야."

"그건 저랑 아무 상관 없는 일이에요."

"그렇겠지? 그렇게 들었어. 한국에서는 별문제 없었고?"

"어떤 문제요?"

앤더슨 부인이 어깨를 움츠렸다.

"오해하지 말고 들어줬으면 좋겠어. 너희가 위험한 사람들은 아니겠지? 네 삼촌처럼 말이야. 네 삼촌은 전력이 좀 있잖니."

전력? 무슨 전력? 앤더슨 부인이 계속해서 말했다.

"참, 궁금한 게 있었는데 네 피부색은 멜라닌 때문인가?"

"아니요. 멜라닌은 검다는 뜻이에요."

"그건 나도 알아. 하지만 멜라닌 때문이 아니라면 왜 파란색이지?"

"아직 이유를 몰라요."

"그렇구나. 너희들에 대한 안 좋은 소문이 있어. 사건이 있었잖니. 테러라든지, 총기 사건이라든지. 너도 알지?"

"네."

"우리가 걱정하는 것도 이해하겠네?"

앤더슨 부인이 말한 우리라는 것이 누구를 의미하는지 알 수 없었지만 나는 이해한다는 의미로 눈을 길게 감았다 떴다.

"하지만 넌 위험한 애 같지는 않구나."

나는 시계를 가리키며 말했다. "아빠가 곧 오실 거예요."

"그래, 난 이만 가봐야겠다. 루크를 안다고 했던가?"

"모르겠어요."

"내가 말해놓을 테니까 학교에서 만나면 인사해. 필요한 게 있으면 루크한테 얘기하고. 도움이 될 거야."

앤더슨 부인이 떠나고 아이보리색 원피스가 방사하던 빛이 사라지자 집은 전보다 훨씬 더 우중충해 보였다. 나는 거실을 정리한 뒤 청소기를 돌렸다. 앤더슨 부인의 말대로 집에는 먼지가 많왔다. 청소기를 비우다 재채기가 터졌다. 나는 앤더슨 부인이 도움을 주려 우리 집을 방문한 것인지, 아니면 우리가 어떤 사람인지 염탐하려 했던 것인지 알 수 없어 혼란스러웠다.

앤더슨 부인과 나 사이에는 접점이 거의 존재하지 않았고, 그래서 앤더슨 부인을 다시 만날 거라고는 생각하지 않았다. 하지만 누군가를 외면하기에 세인빌은 너무 좁은 동네였다.

월마트에서 앤더슨 부인을 다시 만났다. 나는 아빠와 함께 계산대 앞에 서 있었다. 내가 카트에서 꺼낸 식료품을 건네면 아빠가 하나씩 받아 계산대에 올려놓았다. 캐셔는 무표정한 얼굴로 바코드를 찍었다. 우리가 너무 많은 냉동식품을 구입했기 때문에 같은 줄에 선 사람들은 다른 계산대에 선 사람들보다 오래 기다려야 했다. 노골적으로 시계를 쳐다보던 한 사람은 투덜거리며 옆 라인으로 자리를 옮겼다. 그 줄 끄트머리에 앤더슨 부인이 서 있었다.

영수증을 확인한 아빠가 자신이 계산한 것보다 비용이 많이 나왔다며 캐셔에게 항의했다. 캐셔는 할인되지 않는 제품이 섞여 있으니 다시 확인해보라고 했다. 아빠는 캐셔의 말을 제대로 이해하지 못한 것 같았다. 영수증과 물건을 번갈아 보던 아빠는 대뜸 캐셔에게 손가락질을 하며 거세게 항의하기 시작했다.

멀리서 앤더슨 부인이 우리를 지켜보고 있었다. 카트를 밀고 있는데도 우아해 보였다. 얼핏 니콜 키드먼을 닮은 것도 같았다.

보일 듯 말 듯한 미소를 띠고 있었는데 그건 조롱이나 멸시가 아니었다. 앤더슨 부인은 우리의 다툼이 자신들에게 아무 영향을 미치지 않을 것을 알았고, 그래서 이 상황을 불편하게 여길 이유가 없었다. 앤더슨 부인은 안전지대에 서 있었다. 얼굴에 옅게 띤 미소는 관람객의 것이었다.

아빠는 캐셔에게 지폐를 던지고 돌아섰다. "새까만 게 말이 많아." 아빠가 중얼거렸다. 한국어를 알아듣는 사람이 없다는 걸 알면서도 나는 걱정하며 주위를 두리번거렸다. 앤더슨 부인은 계산을 끝내고 떠난 뒤였다.

7

학교 야외 농구장 옆을 지나고 있을 때 누군가 뒤를 따라왔다. 상대가 제이, 하고 불렀지만 아무것도 듣지 못한 척 걸었다. 린치를 당한 지 얼마 되지 않았을 때라 잔뜩 긴장한 상태였다. 나는 농구 시합을 구경하는 척했다. 학생 여섯 명이 코트 반쪽을 사용하고 있었다. 아스팔트 바닥에 땅, 땅, 하고 공이 튕길 때마다 귀가 아렸다. 여섯 명 모두 웃옷을 벗은 채였다. 플레이는 거칠었고, 누군가가 넘어졌고, 패스에 실패한 공격 팀의 공이 누군가의 발에 맞았다.

"제이!"

이번에는 상대가 어깨를 툭툭 쳤다. 뒤를 돌아보니 이질감 가득한 피부색이 눈앞에 있었다. 뒤로 묶은 금발 머리는 강물처럼 부드럽게 물결쳤다.

"안녕, 파란색." 클로이가 말했다.

클로이는 한 손에 책을 들고 있었다. 나머지 한 손이 악수를 기다리는 중이었다. 축축하고 부드러운 파란색 피부가 손에 닿는 순간 소름이 끼쳤다. 예상하지 못한 촉감 탓이었다. 개구리를 만진 것 같았다. 팔을 몇 번 흔들고는 재빨리 손을 놓았다.

"파란 피부를 처음 봐?" 클로이가 물었다. 갈색 눈동자가 빤히 나를 쳐다봤다.

"응."

"나는 어렸을 때 한 번 본 적 있어. 나보다 두 살 많은 사람이었는데 여름 캠프에서 만났어. 그 사람도 버지니아에 살아."

친구들이 클로이를 불렀다. 클로이는 친구들 쪽을 잠시 쳐다본 뒤 곧 가겠다는 손짓을 했다.

"오늘 다 같이 놀러 가기로 했거든. 루크네 집이 비나 봐. 루크가 누군지 알아?"

"알아."

"피자를 만들어 먹을 거래. 이상한 건 넣지 않았으면 좋겠는데. 애들이 가끔 집에서 가져온 약을 으깨서 가루로 섞거든. 어쩌면 술도 마실지 모르지. 나는 술 마시는 건 싫어하지만."

클로이의 친구들이 손을 흔들었다. 모두 운동선수처럼 체격이

93

크고 다부졌다. 밝고 높고 유쾌한 목소리로 얼른 가자고 외쳤다.

"네 친구들이 불러."

"응, 갈게. 또 봐."

클로이는 친구들 사이에 위화감 없이 섞여들었다. 나와 있을 때보다 그쪽이 더 편해 보였다.

클로이는 나보다 한 학년 높은 11학년이었다. 백인 부모 사이에서 태어난 클로이는 행동거지며 말투가 영락없는 백인이었고 나는 아직 사회에 적응하지 못한 아시아인 이민자였다. 파란색 피부가 결속과 화합을 보장해주지는 않았다. 피부색이 같다는 이유로 우리를 엮어서는 안 될 것 같았다. 그 추측을 확신으로 바꿔준 사람은 에밀리 라슨이었다.

본관 중앙에 위치한 식당은 학생 모두를 수용하기에 너무 작았다. 학생들은 두 그룹으로 나뉘어 각기 다른 시간에 식사를 했는데, 사실 절반을 수용하기에도 충분한 크기는 아니었다. 빈자리에 식판을 내려놓은 지 얼마 되지 않아 맞은편에 에밀리 라슨이 앉았다. 세인빌고등학교 10학년 중에서 가장 인기가 많은 학생이었다. 너드(nerd), 긱(geek), 드윕(dweeb), 도크(dork) 사이에 확실하고 선명한 작(jock)이었다.

에밀리는 무표정한 얼굴에 졸린 눈을 하고 있어 상대를 깔보는 듯한 인상을 줬다. 가지런한 이를 보이며 에너지 넘치는 웃음을 짓던 평소와는 달랐다. 내가 빵 하나를 입에 넣었을 때 에밀리가 말했다.

"용감하네."

"뭐가?"

"너, 지금, 거기."

에밀리는 삼백안이 드러나도록 눈을 치켜뜨고 빈정거렸다. 그런 시선은 견디기가 힘들었다.

"미안, 무슨 뜻인지 모르겠어."

에밀리는 기다란 손톱으로 테이블을 톡톡 두드린 뒤 학생들이 북적이는 다른 테이블을 가리켰다.

"저쪽으로 가라고?"

"그래줄래?"

나는 뭔가 잘못됐음을 깨닫고 자리를 떴다. 뒤에서 에밀리가 들으라는 듯 한숨을 쉬었다.

잠시 후 내가 앉아 있던 자리는 루크 앤더슨과 사이먼 잭슨 같은 클로이의 친구들이 차지했다. 모두 풋볼 팀, 치어리더 팀, 학생회 등에서 활동하는 아이들이었다.

식사 시간대가 달라서인지 클로이는 보이지 않았다. 무리 지어 앉은 아이들은 술집에라도 온 것처럼 주변을 신경 쓰지 않고 마음껏 떠들었다. 에밀리가 나를 가리키며 친구들에게 뭔가를 말했고, 친구들이 힐끔 고개를 돌려 나를 봤다. 나는 눈이 마주치지 않게 조심하면서 빵을 입에 넣었다. 한참 식사를 하고 있을 때 사이먼이 내 앞으로 왔다.

"같이 먹어도 되지?" 식판을 내려놓은 사이먼은 드르륵 의자를 당겨 앉았다. 하얀 이를 드러내며 웃었다. "오늘은 좀 조용히 먹고 싶어서."

나는 고개만 끄덕였다.

"나 알지?" 사이먼이 물었다. "내 말은, 내 여자친구가 누군지 말이야."

"응."

에밀리 라슨과 루크 앤더슨, 사이먼 잭슨 외에도 자기들끼리 어울려 다니는 무리는 여럿 있었지만 유명한 건 그 셋이었다. 에밀리와 루크는 연인 사이였고 사이먼 잭슨의 여자 친구는……

"클로이잖아." 내가 대답했다.

사이먼의 짧고 반듯한 헤어스타일에 눈길이 갔다. 하얀 후드티에는 얼룩 하나 보이지 않았다. 내 시선은 사이먼의 손에서 멈췄다. 사이먼은 빵을 양쪽으로 가르는 중이었다. 황갈색 손등에 주름이 선명했다. 혈관은 검게 말라버린 것 같았고 손톱에도 핏기가 느껴지지 않았다. 건조한 대지가 움직이는 것 같았다. 어두운 손등에 비해 손바닥은 밝아서 전혀 다른 물질을 한데 붙여 놓은 듯했다.

"신기해?"

사이먼은 내 얼굴 앞에 한 손을 쫙 폈다. 거미줄처럼 벌어진 손은 내 얼굴을 덮을 정도로 컸다.

"미국에서 흑인 손을 뭐라고 하는지 알아?"

나는 잠시 고민하다 대답했다. "검은 손?"

"그냥 손이라고 그래. 이 인종차별주의자야."

"아, 미안."

사이먼은 호탕하게 웃더니 몸을 기울여 내게 속삭였다.

"괜찮아. 솔직히 난 파란 피부는 거의 흑인이라고 생각해, 브로."

사이먼이 파란 피부는 거의 흑인이라고 했을 때, 그리고 브로, 하고 불러줬을 때 날아갈 듯 기분이 좋았다. 노력도 없이 인정을 받은 것 같았다.

"에밀리가 널 쫓아냈다며? 그냥 오늘 기분이 좀 안 좋았던 모양이니까 신경 쓰지 마. 쟤는 며칠 있으면 기억도 못 할 거야. 예쁘긴 하지만 머리는 안 좋거든."

사이먼은 밥을 빨리 먹었다. 먼저 식사를 끝냈으면서도 내가 식사를 마칠 때까지 기다렸다가 친구들이 있는 곳으로 돌아갔다. 자리에서 일어나기 전에 또 봐, 브로, 하고 말해줘서 다시 한번 기분이 좋았다.

그날 저녁 페이스북과 인스타그램을 돌아다니며 사이먼의 계정을 찾아냈다. 사이먼은 취미로 디제잉을 했고 랩 가사를 썼다. 자작곡을 유튜브 채널에 올려두었는데 조회 수가 몇만이나 됐다. 댓글 반응도 모두 좋은 편이었다. 시샘과 감탄으로 사이먼의 페이스북을 뒤지다 클로이의 계정도 발견했다. 페이스북은 거의 하지 않는지 타임라인에 보이는 건 프로필 사진 업데이트 소식이 전부였다. 대신 소개란에 블로그 링크가 걸려 있었다. 워드프레스로 만든 단순한 사이트로 사진과 글을 함께 올리며 일상 이야기를 하는 공간이었다. 클로이는 대학 진학 후에 작가가 되고 싶다고 했다. 이따금 사이먼과의 연애 이야기를 올렸고 시를 쓰기도 했다. 사이먼의 도움을 받아 작곡을 시작했다는 얘기도 있었다. 한 출판사로부터 언젠가 블로그에 글이 쌓이면 책을 내보자는 제의를 받기도 한 모양이었다.

노트북을 닫았다. 찬란해 보이던 두 사람의 세계도 함께 닫혔다. 나는 어두컴컴한 방으로 돌아왔다. 내게 허락되지 않은 삶을 사는 사이먼과 클로이를 확인하는 순간 시샘하는 마음은 증발하고 낙담만 남아 찰랑거렸다. 클로이와 나는 나비와 해파리만큼이나 멀게 느껴졌다. 그 둘을 모두 파랗게 채색한다 해도 같은 공간에 집어넣기는 힘들 것이다.

8

프랜시스 후버 선생님이 유전자 분석 서비스업체 23앤드미의 DNA 검사 결과지를 들고 왔다. 회사명의 23은 게놈(genome)이라 불리는 스물세 개의 염색체 쌍을 의미했다.

"내 조상 중에 바이킹이 있다는 게 믿어져?"

교실 벽에는 성조기와 커다란 세계지도가 걸려 있었다. 후버 선생님은 그 아래 서서 스톡홀름과 버지니아를 선으로 이었다.

"내 피는 1000년에 걸쳐서 4000마일이 넘는 거리를 건너온 거야."

역사 교사인 후버 선생님은 드라마 〈바이킹스〉 〈라스트 킹덤〉 같은 시리즈물의 클립을 수업 참고 자료로 활용하고는 했는데, 학생들 대부분은 스칸디나비아반도의 역사보다는 바이킹의 야생성과 근육질 몸매에 매료됐다. 후버 선생님은 바이킹의 후광을 조금이나마 걸쳐보기 위해 DNA 검사 결과지를 가져온 것이 분명했다. 하지만 후버 선생님의 엉덩이는 팬케이크처럼 펑퍼짐했고 어깨는 좁았다. M 자형 탈모가 진행 중이었고 듬성듬성 자란 수염은 선인장 가시처럼 짧고 뾰족했다. 어느 모로 보나 바이킹과는 거리가 먼 외모였다. 후버 선생님은 검사 결과지를 학생들이 돌려볼 수 있게 했는데, 후버 선생님의 DNA 중 북유럽 인종이 차지하는 비중은 10분의 1에 불과했다. 얼핏 본 결과란에는 후버 선생님에게 몽골과 북아프리카인 조상도 있다고 적혀 있었다.

DNA 검사 결과지보다 강렬한 인상을 남긴 건 학생들 사이에서 진행되는 토론이었다. 후버 선생님이 공유한 주제에 관해 각자 주장할 내용을 정리한 뒤 참여하는 방식이었다. 꽤나 격렬한 토론이 진행되는 탓에 조를 짜서 미리 연습하는 경우도 있었다. 하지만 네이트 밀러 같은 학생에게는 준비운동이 필요하지 않았다. 연말에 있을 미국 대선이 주제인 경우에는 더욱 그랬다.

네이트는 나와 같은 10학년인데도 성인으로 보였다. 직구가 날아와 꽂히는 것처럼 까랑까랑하게 쭉 뻗는 목소리가 듣는 사람을 집중하게 만들었다. 졸업 후에 방송국에서 일하고 싶다던 네이트는 공화당과 〈폭스뉴스〉의 열렬한 신봉자였다. 터커 칼슨이 자신의 혀를 대신한다고 믿었고 다음 대선에서 반드시 정권이 교체되어야 한다고 주장했다. 버락 오바마가 흑인이라서가 아니라 이민자 출신이기 때문에 지지하지 않는 것이며, 도널드 트럼프의 하얀 피부가 아니라 사상과 신념에 공감하기 때문에 지지하는 것이라고 했다. 자신의 가장 친한 친구가 흑인이라는 사실을 몇 번이고 되풀이해 강조했다.

"심지어 그 흑인 친구도 오바마를 비판하고 트럼프를 지지하지. 이건 피부색 문제가 아니야. 미국이 자국민을 어떻게 보호하는지에 대한 문제지. 저길 봐. 바로 이 반에도 아시아인 친구가 있어. 아시아인이면서 파란 피부지." 네이트가 힐끔 나를 봤다. 나는 반응하지 않았다. "내가 제이에게 자기 나라로 돌아가라고 할 것 같아? 절대. 나는 모두를 존중해. 각자의 사정을 이해하고 있고. 내가 말하고 싶은 건, 소수자의 사정만 중요한 것이 아니라는 거야."

다른 학생들이 심드렁하게 턱을 괴고 네이트의 주장을 듣는 동안 레이철 윌커슨이 목소리를 높였다.

"자신 있게 말해."

"뭘."

"모두의 생명은 중요하다고 말이야. 네가 외치고 싶은 구호잖아."

"다시 한번 분명히 말하는데, 피부색과 정치는 상관이 없어."

"아니, 상관있어. 무엇보다 상관있지." 레이철은 거의 비웃듯이 네이트의 말을 반박했다. "이 나라는 특히 그래. 통계를 좀 살펴봐."

"무슨 통계."

"숫자들 말이야. 뉴스에 나오는 숫자들. 논문과 사적에 수두룩한 숫자들."

네이트는 어깨를 으쓱했다. "내가 보는 뉴스에는 그런 얘기가 안 나와."

"넌 도널드 트럼프가 아니라 루퍼트 머독과 터커 칼슨을 신봉하는 거야."

"이 나라가 올바른 방향으로 움직일 수 있다면 루퍼트가 아니라 루시퍼의 말이라도 따라야지. 지난 대통령 선거 결과는 잘못됐어. 바로잡아야 해."

네이트는 흑인이 대통령이린 사실을 받아들일 생각이 없었다. 대화는 자연스레 버서(birther) 논쟁으로 이어졌다. 이번에도 선제공격을 날린 건 네이트였다.

"이민자를 배척하자는 게 아니라 관리하자는 거야. 이 나라를 이끌 힘도 권리가 있는 사람에게 이양해야 하고."

"오바마에게 그럴 권리가 없다고?"

"세계에서 가장 강한 나라의 대통령이 케냐 출신 무슬림이라면 다시 생각해봐야 하지 않을까?"

"출생증명서를 공개한 지가 언젠데 아직도 그런 소리를 하는 거야? 오바마는 하와이에서 태어났어. 기독교인이고. 설령 네 말이 사실이라도, 무슬림을 모두 이 나라에서 쫓아내야 한다는 말은 아니겠지?"

"물론 아니지. 하지만 필요하다면 걸러낼 필요는 있어."

"나치가 그랬던 것처럼 말이지."

"와, 비약이 심하네."

"너 대체 뭘 신봉하는 거야. 소속을 확실히 해. 알트라이트(alt-lite)? 네오파시즘? 인셀? 집에서 〈에잇챈(8chan)〉이랑 〈스톰프런트(Stormfront)〉 게시판만 들여다보는 거 아냐?"

"트럼프 지지자가 모두 대안 우파는 아니야."

후버 선생님은 둘에게 자중하라는 듯 헛기침을 했다. 레이철은 아랑곳하지 않고 말을 이었다.

"그래, 넌 아이시스(ISIS)가 오바마와 힐러리 때문에 결성됐다고 생각하지는 않겠지. 하지만 트럼프는 그렇게 주장하던걸. 여성의 성기를 잡았다며 자랑하고 장애인 기자 흉내를 냈던 그 인간 말이야. 이라크에서 전사한 무슬림계 군인의 부모까지 조롱하던 그 후보."

"그 후보가 멕시코 국경에 장벽을 세워주겠지. 그 사람들 돈으로. 위험한 사람들이 입국하지 못하게 막아줄 거야. 그중에는 아이시스도 포함될 테고. 좌파들이 왜 지는 줄 알아? 가난한 사람들이 어째서 보수정당에 투표하는지 모르거든. 그저 비상식적인 행동을 한다고만 생각하지. 아니, 사람들은 자기한테 득이 되는 선택을 해. 사람들이 진짜로 원하는 건 이 나라에 더 이상 이민자가 들어오지 않는 거야. 그들이 자신의 일자리를 빼앗지 않기를 원해. 스스로를 지킬 수 있기를 원해. 무고한 사람을 쏘고 싶어서 총기를 원하는 게 아니라고."

"그래서 사람들이 트럼프한테 투표할 거라고?"

"당연하지."

"트럼프가 대통령이 될 거라고?"

"아니면? 설마 힐러리가 될 거라 생각하는 거야? 버니 샌더스와 힐러리 클린턴이 경선에 나선 순간부터 민주당은 이미 졌어. 버니 샌더스가 당내 경선에서 승리했다면 메시지라도 명확히 전달됐겠지. 하지만 대선 후보가 된 사람은 힐러리잖아. 민주당조차 중도를 택한 마당에 유권자들이 누구에게 투표할지는 뻔하지 않아?"

"이민 준비해야겠네." 아랍계 학생 하나가 농담처럼 말했다. 네이트는 그쪽을 돌아보며 대답했다. "뭐 그러든지. 미국은 자유국가니까."

"이 교실에 있는 친구들도 피해를 받을걸." 레이철이 말했다.

"트럼프가 대통령이 되지 않았을 때 피해를 받는 사람들도 있어. 민주주의가 방향을 결정하겠지. 나는 그 결과가 트럼프 당선이라 생각하는 거고."

"자, 두 사람은 거기까지 하고." 후버 선생님이 나를 향해 돌아섰다. "네 생각은 어때?"

"저요?"

"그래, 너."

한국에서 그러던 것처럼 일어나서 대답하려는 바람에 엉거주춤한 자세가 됐다. 나는 의자에 반쯤 걸터앉아 엉덩이를 뒤로 뺀 채 대답했다.

"잘 모르겠어요."

"뭘 모르겠다는 거지?"

"그냥…… 저는 아는 게 별로 없어요."

네이트와 레이철의 대화를 절반도 알아듣지 못했다. 단어의 문제가 아니었다. 맥락을 이해하기 힘들었다. 내 머리는 루퍼트 머독과 터커 칼슨의 이름이 등장하던 시점부터 작동을 멈춘 상태였다.

"네 정체성을 가지고 말해봐." 후버 선생님은 열등한 팀원을 재촉하는 농구 코치처럼 말했다.

"어떤 정체성이요?"

"모델 마이너리티, 모범 소수민족. 뭐 그런 거."

나는 역시 모르겠다는 의미로 고개를 저었다.

"선거에서 누구한테 투표할지 생각해본 적은 있겠지?"

"저는 투표권이 없는데요."

"알아. 내가 그걸 모르겠니. 있다면 누굴 찍을 거냐고 묻는 거잖아. 힐러리 클린턴? 도널드 트럼프? 게리 존슨이나 질 스타인?"

나는 네이트나 레이철을 적으로 돌리고 싶지 않았고, 그래서 입을 다무는 것이 최선이라 생각했다. 대답을 기다리던 후버 선생님이 포기한 듯 박수를 짝 쳤다. "너한테는 시간이 좀 필요하겠다. 하지만 다른 학생들이 하는 말을 잘 들어둬. 여기서 오래 지내려면 그러는 게 좋을 거야. 알겠니, 챙(chang)?"

"와우." 교실 구석에 앉아 있던 셀마 스콧이 말했다. 학생들의 시선이 그쪽을 향했다.

셀마는 눈에 띄는 학생은 아니었지만 교사에게 반박하는 발언으로 불편한 분위기를 연출한 적이 몇 차례 있었다. 학생들은 셀마가 어떤 지점에서 분노했는지 기억하지 못했다. 다만 주장이 강하고 고집이 세서 어울리기 좋은 아이는 아니라는 인상만 갖고 있었다.

"할 말 있니, 셀마?"

"저만 들었어요?" 셀마가 고개를 모로 꼬았다.

"뭘?"

"챙이라고 하셨잖아요. 방금요. 제이한테, 챙이라고 하셨어요."

셀마의 말을 들은 후버 선생님의 얼굴이 굳었다. 후버 선생님은 주머니에 손을 꽂고 셀마 앞으로 걸어갔다.

"그런 적 없어."

"분명히 들었어요."

"아니, 제이라고 했어."

"챙이라고 하셨어요. 확인해볼까요?"

셀마는 휴대전화를 흔들었다. 녹음 앱이 작동 중이었다.

"녹음을 했다고?"

"네."

"내가 하는 말을?"

"네."

"셀마, 이건 좀 불쾌해. 내 수업 시간에 허락 없이······."

"허락이 필요한 줄 몰랐는데요. 저는 모든 수업 내용을 녹음해요."

"뭐든, 하지만 녹음을 했다니 다행이네. 다시 들어보면 확실할 거다."

"선생님이 챙이라고 말했다는 게 확실해지겠죠."

종이 울렸다. 후버 선생님은 대화를 마무리하지 않은 채 수업을 끝냈다. 네이트는 하려던 말을 끝내지 못해 찝찝해 보였고 레이철은 진이 다 빠진 듯 보였다. 학생들이 웅성거리며 교실을 빠져나갔다. 복도로 따라온 셀마가 말했다.

"신경 쓰지 마. 기분 나빠해봤자 너만 손해야."

"고마워. 그런데 사실 그게 무슨 뜻인지 몰라."

"뭐가?"

"후버 선생님이 나를 부를 때 사용한 단어 말이야."

"챙이 무슨 뜻인지 모른다고?"

"응."

〈프렌즈〉에는 그런 단어가 나오지 않았다. 셀마는 눈을 찌푸렸다.

"아시아인을 비하하는 말이야. 칭, 챙, 총. 중국 발음을 흉내 낸 거라고. 넌 중국인이 아니라 한국인이지만 후버 선생님이 그걸 구분할 리 없지."

우리는 캐비닛에서 교과서를 챙겨 각자 교실로 향했다. 다음 수업은 수학이었다. 담당 교사는 보스턴칼리지 로고가 새겨진 회색 티셔츠 차림이었다. 등과 겨드랑이에 점처럼 땀이 맺혀 있었다. 도형과 방정식이 가득 그려진 칠판을 보며 나는 셀마를 생각했다. 후버 선생님이 하는 말의 뜻을 이해했다면, 셀마가 그랬던 것처럼 나도 항의할 수 있었을까. 그러지 못했겠지. 아마 듣지 못한 척 침묵했겠지. 내가 그럴 것을 알았기 때문에 후버 선생님도 거리낌 없이 나를 챙이라 불렀겠지.

이튿날 교장인 리타 해먼 선생님이 교실로 찾아왔다. 해먼 선생님은 담당 교사에게 양해를 구한 뒤 나를 교장실로 데려갔다. 교실의 4분의 1 크기밖에 되지 않는 작은 사무실에 책장이 한쪽 벽을 다 차지하고 있었다. 반대편에 놓인 책상 위로 명패와 가족 사진이 보였다. 해먼 선생님은 책상 앞에 놓인 의자에 나를 앉힌

다음 자신도 맞은편에 앉았다.

"셀마한테 들었어. 프랜시스 후버 선생님 수업 시간에 있었던 일 말이야. 선생님이 정말 널 챙이라고 불렀니?"

"잘 모르겠어요."

"녹음된 걸 들었어. 내 귀에는 그렇게 들리던데."

해먼 선생님이 깍지 낀 손을 책상에 올렸다. 돋보기안경 너머 커다란 눈이 깜빡였다.

"챙이 무슨 의미인지 몰랐다며."

"네."

"영어보다 다른 걸 먼저 배워야겠네. 혹시 어제 〈폭스뉴스〉 봤니? 빌 오라일리가 차이나타운에서 대단한 짓거리를 한 모양이던데."

"아니요. 못 봤어요."

"그런 식으로 굴면 중국인들을 바보처럼 보이게 만들 수 있을 거라 생각했나 봐. 정작 가장 바보 같아 보인 건 본인이지. 브롱스에 가서도 똑같은 질문을 할 수 있을지 모르겠네. 1921년에 오클라호마 털사에서 무슨 일이 있었는지 아니?"

"아니요." 나는 고개를 저었다.

"1990년대에 로스앤젤레스에서 있었던 일은 알겠지. 한국인들한테 벌어진 사건."

"들은 적이 있어요. 자세히는 몰라요."

"폭동이 벌어졌을 때 경찰이 세운 바리케이드는 백인 마을을 보호했어. 흑인들은 경찰 인력이 제대로 배치되지 않았던 한인 타운을 공격했지. 교과서에는 나오지 않는 이야기야. 네가 그런 것들을 공부했으면 해. 보스턴 차 사건이나 파나마운하 건설도 중요하지만 앞서 말한 것들이 당장은 너한테 더 도움이 될 것 같으니까."

나는 눈만 끔뻑였다.

"사람들이 너를 보는 시선이 어떤지 잘 알아. 그래서 걱정을 많이 했고. 카운슬러가 클로이와 만나게 해주겠다고 제안했는데 거절했다지?"

"네."

"왜 그랬어?"

"모르겠어요."

자리에서 일어난 해먼 선생님이 책장에서 책 몇 권을 꺼낸 뒤 돌아왔다.

"ESL 성적을 봤어. 내가 하는 말은 모두 이해하고 있지?"

"네."

"내 박사학위 논문 주제가 인종주의였어. 논문 결론은 인종주의가 인류 최고의 발명품 중 하나라는 거였지. 증기기관 다음쯤 될 거야. 근대산업을 혁신적으로 발전시켰거든. 오래전에 쓴 논문이지만 그 생각에는 변함이 없어. 인종주의는 사람들을 저항하지

110

못하게 만들어. 한 인종이 다른 인종을 멸시하고 억압하면서 지배 계층이라는 우월감을 느끼는 거야. 정작 본인이 계급의 아래에 놓여 있다는 걸 자각하지 못하면서 말이야. 가난한 백인 노동자가 흑인을 멸시하는 모습을 상상해봐. 그런데 한때는 이 나라에서 백인도 차별받았다는 거 아니? 하얀 흑인으로 불리던 아일랜드계 이민자가 있었지. 비숙련 노동자였고 가톨릭 신자였던 사람들. 그보다 더 오래전에는 슬라브계 사람들이 노예였고. 노예(slave)라는 단어의 어원이 슬라브(slav)지. 그러니까 이건 흑인과 백인 사이의 문제만이 아니야. 모든 인종이 이 구조의 영향을 받고 있으니까. 명예 백인으로 불리는 아시아인을 봐. 성공한 소수 민족 신화 덕에 이 계급사회에 저항하지 않고 섞여들었잖아. 백인이 던져준 먹잇감이지. 백인이 아시아인의 머리를 쓰다듬어주고 있을 때 옆에서는 굶주린 흑인이 으르렁거리는 거야. 자기들이 체스판 위에 있다는 걸 아무도 몰라. 이 시스템은 열등한 타자를 등장시켜 차별을 합리화하고 있는데, 서로를 공격하느라 진짜 적이 누군지 생각하지 않아. 분리 정복 전략의 효과를 다시 한번 입증한 셈이지. 효과가 있다니까. 언제나."

해먼 선생님은 흥분한 것 같았다. 나는 선생님의 말이 끝나기를 기다린 뒤 말했다.

"죄송해요. 방금 하신 말씀은 못 알아듣겠어요."

"모르는 단어가 있었어?"

"좀 빠른 것 같아요."

해먼 선생님은 고개를 끄덕였다. 이번에는 조금 느린 속도로 말을 이었다.

"350년 전에 흑인 여성 노예와 백인 남성 사이에서 태어난 아이를 노예로 지정하는 법이 있었어. 얼마나 많은 여성 노예가 백인 주인에게 시달렸을지 상상이 가니? 오래전 일이지만 기억할 가치가 있어. 마가렛 가너는 노예가 될 운명이었던 자신의 딸을 살해했어. 그건 흑인이 야만적이라는 증거일까? 아니면 자식을 노예제도로부터 보호하기 위한 모성애였을까? 어쩌면 마가렛 가너에게 정신 질환이 있었을까? 아니면 일종의 저항 행위였을까?"

해먼 선생님은 내게 책을 내밀었다. 토니 모리슨이 쓴 소설《빌러비드》였다.

"마가렛은 살인죄로 기소되지 않았어. 재물손괴죄로 벌을 받았지. 관심 있으면 이 소설을 읽어봐. 이 사회가 널 망가뜨리지 않았으면 좋겠다. 네가 나쁜 아이로 자라지 않았으면 좋겠다는 말이야. 학교 안에서는 내가 최선을 다해 돕겠지만 바깥세상은 내 관할이 아니라서. 세상이 파란 피부를 가진 사람들을 어떻게 생각하는지 잘 알아. 하지만 문제는 피부색이 아니야. 네 파란색 자체는 아무에게도 위협이 되지 않지. 하지만 삐뚤어진 너는 위협이 돼. 네가 잘못된 행동을 한다면 너와 같은 피부색을 가진 모두에게 위협이 될 거야. 백인 남자 한 명이 멍청한 행동을 하는 것과는 다르다고. 너희는 소수고, 소수집단 내에서는 개인이 쉽게 대표성을 띠니까. 아직도 내 말이 빠르니?"

"아니요. 이해했어요. 책은 읽어볼게요."

"그래, 후버 선생은 절차에 따라 징계를 받을 거야. 그게 너한 테 위안이 될지는 모르겠지만."

"선생님은 진짜 흑인 같네요."

해먼 선생님이 웃음을 터뜨렸다. "다른 곳에서는 그런 말을 하지 않는 게 좋겠다. 넌 칭찬으로 한 말이겠지만 누군가는 모욕으로 느낄 테니까. 오늘 우리끼리 한 얘기도 비밀로 하고."

교장실을 나왔을 때 셀마가 기다리고 있었다. 셀마는 상담이 어땠느냐고 물었다. 나는 괜찮았다고 대답했다.

"얘기 좀 해봐. 해먼 선생님이 뭐라고 했어?"

"그냥, 학교생활 잘하라고 하시던데."

해먼 선생님이 상담 내용을 비밀로 해달라고 했기에 셀마에게도 자세한 얘기는 하지 않았다.

"책은 뭐야?"

"선생님이 빌려줬어."

나는 표지가 셀마를 향하도록 책을 들어 보였다.

"아, 이거. 나도 읽어봤어. 책 좋아해?"

"응, 많이 읽지는 못했지만."

"셰인빌의 공공 도서관이 좋아. 기회 되면 가봐."

우리는 학교 건물을 나왔다. 셀마가 내 옆에 꼭 붙어 서서 물었다. "넌 뭘 잘해? 취미가 있어?"

"별로 없어."

"그럼 평소에 뭘 하고 지내?"

"가끔 휴대전화를 하고…… 잘 모르겠어. 난 그냥 있어."

"그러면 안 돼. 다음에 나랑 밖에서 봐. 셰인빌 구경도 좀 하고."

그날 이후 후버 선생님은 내 이름을 부르지 않았다. 꼭 필요할 때만 헤이, 거기 너, 했을 뿐 대개는 나를 없는 사람 취급했다. 후버 선생님의 태도는 다른 학생들에게도 영향을 미쳤다. 역사 수업은 한동안 은근한 무시와 노골적인 멸시가 통용되는 치외법권의 시간처럼 느껴졌다. 미치 램버트와의 악연이 시작된 곳도 후버 선생님의 교실에서였다.

미치는 신체적, 정서적 과도기에 놓여 있던 많은 학생 중 하나였다. 청소년기의 도덕적 결함을 넘치는 호르몬 탓으로 돌린다 하더라도 미치는 그 정도가 지나쳤다. 수업 중에는 노골적으로 후버 선생님에게 우호적인 태도를 취했는데, 그래서인지 미치가 조용하지만 확실히 내가 들을 수 있을 정도의 목소리로 칭챙총을 속삭여도 후버 선생님은 제지하지 않았다. 후버 선생님은 자신의 교실에서 문젯거리가 생기는 걸 원치 않았고 때로는 내게 닥친 불행을 즐기는 것 같기도 했다.

사실 칭챙총은 내게 비하의 단어가 아니었다. 짜증이 났지만 영혼에 상처를 입힐 정도는 되지 못했다. 소속감의 부재 때문이었을 것이다. 내 정체성에서 아시아인이 차지하는 비중은 그리 크지 않았으니까. 미치가 인터넷에서 검색한 한국 관련 이야기를 질문처럼 던질 때도 마찬가지였다. 너희는 개를 먹는다며? 선풍기를 틀고 자면 죽는다고 믿는다던데? 정말로 베르사유궁전에 화장실이 없다고 생각해? 건물 4층은 대체 왜 F라고 표시하는 거야? 내가 별다른 반응을 보이지 않자 미치는 멸시의 언어를 발명하기 시작했다.

셰인빌고등학교에는 프로페서 엑스(Professor X)라고 불리는, 대머리에 마르고 창백한 데다 나이까지 많은 교사가 있었다. 본명은 피터 로이드였고, 회계와 비즈니스를 담당했다. 수업이 끝나면 삐걱대는 의자에 앉아 팔걸이에 힘없이 팔을 걸어놓고는 아련한 눈빛으로 창밖을 바라보곤 했다. 미치는 프로페서 엑스가 보일 때마다 나를 불러 세운 뒤 저기 너희 대장이 있다고 소리쳤다.

"헤이, 미스틱(Mystique)! 변신해봐!"

묶음으로 조롱당할 때 절망감은 더 커졌다. 미스틱이라는 별명은 노골적인 차별 용어에 얼굴을 찌푸리던 아이들까지 웃게 만들었고 그건 미치에게 보상으로 작용했다. 잔잔한 농담이 나를 찔렀다. 공기처럼 지나가는 경멸과 혐오가 나를 두들겼다. 흉터는 영혼에 남았다.

그럴 때마다 셀마가 등장했다. 바람처럼 달려와 어깨에 팔을 척 걸치고 다른 학생들이 없는 곳으로 나를 데려갔다. 가끔은 클로이와 함께 있었는데 그럴 때면 셀마는 파란 열매를 양쪽에 매단 나무처럼 보였다. 클로이와 나는 같은 극을 가진 자석처럼 붙을 수 없는 사이라 생각했지만 셀마가 있으면 같은 공간에 있는 것도 어색하지 않았다. 우리는 학교가 끝난 뒤 도니스헬(Donny's hell)에서 모이곤 했다.

처음 셀마가 도니스헬에 가자고 했을 때 나는 강령술을 펼치는 비밀 집회를 상상했다. 그런데 그곳은 후기성도교회가 있는 외곽 도로 초입에 위치한 작은 햄버거 가게였다. 가게 양쪽으로 싸구려 모텔과 주유기가 딸린 잡화상이 있었다. 메뉴는 햄버거, 치즈버거, 더블버거, 더블치즈버거가 전부였다. 치즈버거는 4달러가 채 되지 않았고 음료는 모두 2.4달러였다. 감자튀김은 팔지 않았다. 양 갈래로 머리를 땋고 종일 껌을 씹어대는 종업원이 주문을 받았다. 셰프는 한쪽에 번을 잔뜩 쌓아놓은 채 마오리 타투가 뒤덮인 팔로 패티를 구웠다.

우리는 창가 자리에 앉았다. 방금 닦은 것처럼 테이블이 차가웠다.

"둘은 어떻게 친해?" 클로이가 물었다.

"프랜시스 후버 선생님의 역사 수업을 같이 들어." 셀마가 대답했다. "내가 애를 구해줬지."

"어떻게?"

"그 교실에는 파란 피부를 보고 달려드는 늑대들이 득실거리거든."

"알 만하네."

주문한 햄버거가 나왔다. 그대로 먹으려는 나를 클로이가 만류했다.

"안 돼! 도니스헬에서 햄버거를 먹을 때는 소스를 뿌리는 거야. 이건 머스터드, 이건 핫소스, 이건 케첩."

"알았어. 어떤 걸 뿌리면 돼?"

"전부."

클로이는 번 위에 소스를 잔뜩 뿌렸다. 소스가 내 파란 손을 타고 흘렀다.

"머스터드는 노란색이고 핫소스랑 케첩은 빨간색이네. 네 손은 파란색이니까 이걸 다 섞으면 대충 내가 되는 거야." 셀마의 말에 클로이가 깔깔대며 웃었다.

"하지만 넌 흑인이 아니잖아."

"패션에 관심 좀 가져. 갈색이 새로운 검정이라고."

"누가 그래?"

"음, 설리나 고메즈?"

우리는 주로 학교 얘기를 했다. 교사, 학생, 수업, 숙제, 진로 같은 것들. 가끔 셀럽이나 텔레비전 쇼 얘기를 할 때도 있었다. 내게 생소한 가수와 배우가 언급될 때면 구글을 열어놓고 검색에 매진

해야 했다. 클로이는 몇 달 전 개봉한 영화 〈데드풀〉〈배트맨 대
슈퍼맨〉을 아직 보지 못했다고 했다. 셀마는 기회가 되면 곧 개봉
하는 〈닥터 스트레인지〉를 같이 보러 가자고 했다. 클로이는 히어
로 영화라면 다 좋지만 〈아바타〉는 질색이라고, 그걸 극장에서 본
건 태어나서 가장 큰 실수였다고 했다.

"스크린을 보는 사람보다 나를 쳐다보는 사람이 더 많았다니
까. 영화사에서 준비한 이벤트인 줄 알았나 봐."

"〈블랙 팬서〉가 영화로 만들어진다는 거 들었어?" 셀마가 물었
다. "라틴계 히어로도 있으면 좋겠는데 말이지."

"없나?"

"없어. 쾌걸 조로 정도?" 셀마는 칼을 휘두르는 시늉을 했다.

햄버거와 콜라를 반쯤 먹었을 때 사이먼에 대한 얘기가 나왔다.

"너희 둘이 사귀는 거, 사람들이 안 좋게 보지는 않아?" 셀마
가 물었다.

"글쎄, 우리는 남들 시선은 별로 신경 안 써서."

"사이먼이 어렸을 때부터 좀 무심하긴 했지. 한번은 잠옷을 입
고 학교에 온 적이 있었다니까. 엄마한테 파자마 데이라고 속이고
말이지. 어디서 염색약을 구해 와서는 머리를 노란색으로 만들어
놓지를 않나. 애들이 놀려도 신경을 안 썼어."

"그래, 사이먼이 그런 성격이라 나랑 같이 다니는 것도 괜찮나
봐. 물론 내가 놀림감은 아니지만."

"미안. 그런 의도로 말한 건 아니었어."

"괜찮아. 그리고…… 맞아. 사이먼이 좀 특이한 성격이지. 그래서 재밌지만."

셀마는 빨대로 컵 바닥이 드러나도록 콜라를 마셨다. 얼음이 달그락거렸다.

"한국은 어떤 나라야?" 클로이가 화제를 돌려 물었다.

"여전히 개를 먹는 사람들이 있어. 선풍기를 틀고 자면 질식이나 저체온증으로 죽을 수도 있다고 믿는 나라고. 베르사유궁전에 화장실이 없다고 생각해. 건물 4층은 Four의 약자인 F로 표기해. 아니면 3층에서 5층으로 건너뛰거나. 죽음을 뜻하는 한자와 숫자 4가 발음이 같거든."

"농담이지?"

"진짜야."

클로이는 잠시 생각하다 웃음을 터뜨렸다. "재미있다. 하긴, 파고들면 제대로 된 나라가 어디 있겠어. 혹시 부산에 가본 적 있어?"

나는 고개를 저었다. "부산은 어떻게 알았어?"

"좀비 영화에서 봤어. 잔인할 줄 알았는데 감상적이더라."

클로이는 내게 어떤 배우를 좋아하느냐고 물었다. 나는 영화나 음악은 잘 모른다고 대답했다. 우리는 한참 동안 배우의 이름을 나열하며 그들이 출연한 영화에 대해 얘기했고, 얼마 후에는 어째서인지 와사비와 머스터드의 차이에 대해 토론하고 있었다. 내가 한국에는 겨자라는 것도 있다고 말하는 순간 대화가 복잡해졌다.

"와사비는 스시를 먹을 때 쓰지. 머스터드는 치킨너깃에 뿌리고, 겨자는 어디에 써?" 셀마가 물었다.

"겨자는 냉면에 넣어."

"냉면이 뭐야?" 클로이가 물었다.

"있어. 차가운 면 요리. 그런데 웃긴 건, 겨자를 영어로 하면 머스터드란 말이지. 하지만 냉면에 들어가는 걸 치킨너깃에 곁들여 먹지는 않아."

"머스터드에는 겨자 말고 뭔가가 더 들어가는 건가?"

"그런 것 같아."

결국 결론을 내리지 못한 우리는 검색을 해보기로 했다. 휴대전화를 꺼냈는데 모르는 주소로 메일이 와 있었다. 학교 계단에 혼자 앉아 있는 나를 찍은 사진이 첨부돼 있었다. 얼굴에는 문신처럼 낙서가 돼 있었고 돌연변이, 장애, 같은 단어가 영어로 적혀 있었다. 조잡하게 편집된, 그래서 더 혐오스럽게 느껴지는 사진이었다. 그 위에 적힌 문장은 치졸하고 유치했다.

"누가 보낸 거야?" 메일을 슬쩍 본 셀마가 물었다.

"모르겠어." 나는 화면을 끄면서 말했다. "사실 얼마 전에 스쿨버스에 쪽지가 붙어 있었어. 포스트잇에 'Blued'라고 적어 놨더라."

"아, 그런 거라면 미치 퍼킹(fucking) 램버트 짓이야." 클로이는
퍼킹이 미치의 미들 네임인 것처럼 말했다. "오래전 버스에 유색
인 전용(colored)이라고 적힌 지정석이 있었잖아. 그걸 인용해서
적은 거지. 전에도 이런 일이 있었어."

"학교에 얘기했어?"

"항의했지. 미치가 자기 짓이 아니라고 길길이 날뛰는 통에 그
냥 넘어갔지만. 학교에서도 일이 커지는 걸 원하지 않았을 테고."

"그래서 어떻게 했어?" 셀마가 물었다.

"아무것도 안 했어. 하지만 언젠가 이 내용을 블로그에 올릴 거
야. 여차하면 이름도 공개해버리지, 뭐."

나는 미국에 와서 처음으로 안전하고 포근한 시간을 보내는 중
이었다. 나와 같은 파란 피부, 내가 좋아하는 셀마 사이에 앉아
소속감을 만끽했다. 우리는 저녁이 될 때까지 함께 있다가 헤어지
곤 했다. 들뜬 마음은 집으로 들어서는 순간 착 가라앉았다. 겨
울을 앞둔 어느 저녁, 어두운 거실이 나를 기다리고 있었다. 냉장
고를 열어놓은 것처럼 어디선가 찬 기운이 뻗어 나왔다. 아빠는
소파에 누워 한국 뉴스가 나오는 유튜브를 시청 중이었다.

"어디 갔다 지금 오노." 아빠가 고개를 돌려 물었다. 눈이 빨갛
게 충혈돼 있었다.

"친구들 만났어요."

아빠는 뭔가를 말하려다 다시 휴대전화로 시선을 돌렸다. 한국에서 시끄러운 일이 벌어지고 있었다. 앵커는 긴장과 흥분이 섞인 말투로 하야, 탄핵, 같은 단어를 빠르게 말했다. 자료 화면으로 박근혜 대통령과 그 측근이라는 최순실의 얼굴이 보였다. 들어주는 사람도 없이 아빠가 쯧쯧, 혀를 찼다.

9

한국에서 박근혜 대통령과 그 주변 인물에 대한 수사가 진행되는 동안 미국은 대통령 선거로 떠들썩했다. 노란 머리에 붉게 상기된 얼굴, 찌푸린 표정으로 소리를 지르던 거구의 백인 남성이 세계에서 가장 강력한 권력자로 선출된 그날 미국은 반으로 갈라졌다. 결과를 인정하지 못하고 낙담한 절반, 비로소 미국이 다시 위대해질 거라고 목소리를 높이는 절반. 그 사이에서 유동하던 이들은 무관심을 선택하고 가라앉거나 파도에 휩쓸리며 불안한 마음으로 팔을 저었다.

남성, 백인, 45세 이상, 고졸 이하 유권자의 과반수가 도널드 트럼프를 지지했다. 백인 남성 유권자의 62퍼센트가 트럼프를 지지

했다. 아프리카계 미국인 여성 중 트럼프 지지자의 비율은 4퍼센트에 불과했다. 트럼프에게 표를 던진 어떤 이들은 정말로 트럼프가 대통령이 되리라고는 생각하지 못한 것 같았다. 한 시민은 뉴스 인터뷰에서 의구심이 가득한 얼굴로 말했다.

"저도 트럼프에게 투표했지만 정말로 될 줄은 몰랐네요. 뭐, 더 많은 표를 얻었으니 당선된 거겠죠."

땡. 득표수는 힐러리 클린턴이 많았다. 과거 조지 W. 부시가 그랬던 것처럼 도널드 트럼프 역시 더 많은 선거인단을 확보한 결과 세계 최강국의 대통령이 됐다.

2016년 12월, 세인빌의 몇몇 가정은 지난 8년간 시달리던 악몽에서 깨어난 것처럼 남부연합기를 내걸었다. 쇠사슬을 연상시키는 X자에 하얀 별을 점점이 박아놓은 깃발이 12월의 매운바람을 맞으며 펄럭였다.

우리 집에서 두 블록 떨어진 곳에는 리앤더와 오스틴 가족이 도로를 마주 보고 살았다. 리앤더 씨가 내건 남부연합기가 마음에 들지 않았던 오스틴 부인은 퇴근 시간 무렵 리앤더 씨의 집 문을 두드리며 항의했다. 두 사람은 이웃 모두가 들을 수 있을 만큼 큰 소리로 싸웠다. 나는 리앤더 씨가 총을 들고 나오지는 않을까 걱정했지만 다행히 그런 일은 벌어지지 않았다. 두 사람이 다투는 소리가 총성만큼이나 크긴 했지만.

리앤더 씨는 남부연합기가 그저 전쟁 깃발일 뿐이라고, 누군가를 비하하려는 의도는 전혀 없다고 주장했다. 오스틴 부인이 의도와 결과가 다른 일은 언제나 있는 법이지 않느냐고 하자 리앤더씨는 이 땅에서 수 세대를 살아온 자신의 가문을 모욕하지 말라고 항변했다. 그 말이 오스틴 부인을 자극했다. 당신네 할아버지가 네덜란드에서 이곳으로 이주해 오기 전부터 내 증조할아버지는 이 땅에서 목화솜을 땄다고, 오스틴 부인은 소리쳤다.

소란이 계속되자 다른 이웃들이 가세했다. 그중에는 퇴근길에 두 사람의 다툼을 목격하고 차를 세운 리처드 앤더슨 씨도 있었다. 앤더슨 씨는 리앤더 씨와 같은 백인이면서 오스틴 부인의 상사이기도 했다. 리앤더 씨와 오스틴 부인 모두 앤더슨 씨를 반겼다. 서로가 납득할 만한 판사가 등장했다고 여기는 듯했다. 둘의 사정을 들은 앤더슨 씨는 오스틴 부인의 손을 들어줬다.

"휴고, 아무리 생각해도 그 깃발은 내리는 게 좋겠어요. 불편해하는 사람들이 있으니까. 작년에 사우스캐롤라이나에서 벌어진 사건도 있었잖아요. 딜런 루프가 흑인 교회에서 벌인 짓이요. 그 사람이 남부연합기와 권총을 들고 찍은 사진이 수두룩했다고 하잖아요."

리앤더 씨는 잔뜩 인상을 쓰며 소리쳤다.

"나는 딜런 루프가 아니고, 내 집은 흑인 교회가 아니고, 여기는 사우스캐롤라이나가 아니잖아. 망할, 이건 그냥 전쟁 깃발이라고!"

리앤더 씨는 문을 쾅 닫으며 집으로 돌아갔다. 절대 신념을 꺾지 않을 것 같았다.

며칠 뒤 셰인빌 주민 한 명이 리앤더의 남부연합기를 프라이드 플래그로 몰래 바꿔놓았다. 오스틴 부인이 벌인 일은 아닌 것이 분명했다. 오스틴 가족은 독실한 감리교 신자들이었고 성소수자에 대해 마냥 열린 마음을 가지고 있지는 않았다. 리앤더 씨는 총천연색 무지개 깃발을 뒷마당에서 태워버린 뒤 다시 남부연합기를 내걸었다. 하지만 얼마 지나지 않아 남부연합기는 감쪽같이 사라지고 깃대에는 프라이드 플래그 두 개가 걸려 있었다. 그런 날이 며칠 반복됐다. 아침마다 자신의 집에 걸린 무지개 깃발을 발견하고 고함을 내지르던 리앤더 씨는 결국 남부연합기를 포기했다. 마지막으로 프라이드 플래그를 태우던 날 리앤더 씨는 씩씩거리며 어차피 대통령은 트럼프야, 이 자식들아, 하고 소리쳤다.

나는 주방에서 샌드위치를 만들던 중에 그 소리를 들었다. 아침 7시였다. 다 만든 샌드위치를 삼각형으로 잘라 한 조각을 입에 넣고 나머지는 터퍼웨어 통 두 개에 나눠 담았다. 하나는 아빠, 다른 하나는 내 몫이었다. 나는 입학한 지 반년 만에 학교 급식에 질려버렸다. 피자는 너무 짰고 나초는 퍼석퍼석했다. 호밀빵은 한 입 무는 순간 입속의 침을 모조리 빨아들였다. 정체를 알 수 없는 콩 요리와 삶은 당근도 입에 맞지 않았다. 정크 푸드가 많았고 가

격에 비해 질이 좋은 것도 아니었다. 아침마다 샌드위치를 만드는 나를 보더니 아빠는 앞으로 2인분을 만들라고 했다. 삼촌이랑 사다 먹는 길거리 음식이 입맛에 안 맞기도 하고, 삼촌이 없을 때는 혼자서 뭘 먹어야 할지 알 수가 없다고 했다. 내가 만든 샌드위치 재료는 빵과 양상추, 햄, 베이컨, 치즈, 딸기잼이 전부였다. 아빠는 치즈를 싫어해서 내 것에만 두 장을 넣었다.

학교 건물 뒤쪽에 작은 공터가 있었다. 앙상한 나무 몇 그루 사이로 도로를 건너면 풋볼 경기장과 체육관이 나왔다. 건물과 공터를 잇는 입구에 종일 해가 닿지 않는 계단이 있었는데 겨울이면 아이들이 일부러 그 위에 차가운 물을 뿌려 빙판길을 만들곤 했다. 나는 그 계단에 앉아 혼자 샌드위치를 먹었다. 점심을 다 먹은 뒤에는 수업이 시작될 때까지 충전하듯 햇빛이 있는 곳을 찾아 걸었다. 수업이 시작되면 교실로 들어갔고, 수업이 끝나면 집으로 돌아갔다. 백악관의 새로운 주인은 사회가 감당하던 비도덕적 행위의 한계치를 높여놓았고, 그래서 누구도 내게 위협적으로 행동하지 않을 때조차 나는 은근한 위압감과 불안에 시달렸다. 집단으로 린치를 가하던 중학생들이, 나를 강도 사건의 용의자로 지목했던 질리언 베일리가, 프랜시스 후버가, 미치 램버트가 두려웠다. 버젓이 남부연합기를 내걸고 프라이드 플래그를 태우던 휴고 리앤더가 두려웠다. 내게 위해를 가할 가능성이 있는 모든 잠재적 가해자가 두려웠다. 혼자 걸을 때는 이어폰을 귀에 꽂

127

고 거북이처럼 몸을 웅크린 채 후드를 뒤집어썼다. 내가 할 수 있는 최선의 위장이었다.

셀마는 그런 나를 잘도 찾아냈다. 걸음걸이를 보면 쉽게 알 수 있다고 했다. 흐느적거린다고 할까, 터벅터벅 걷는다고 할까. 셀마는 그게 내가 성장하고 있다는 증거라고 했다. 뇌가 신체 변화를 따라가지 못해 걸음걸이가 어색해진다는 거였다. 셀마는 내 어깨를 톡톡 두드려 뒤를 돌아보게 했다.

"뭐 들어?"

"아무것도 안 들어."

"이어폰을 꽂고 있잖아."

"고장 난 거야."

나는 이어폰을 흔들었다. 안쪽에서 부품이 달그락거렸다.

"그런데 왜 끼고 있는 거야."

"사람들이 말 거는 게 싫어서."

"아하, 위장이구나."

"그런 셈이지."

"아, 응. 그래, 뭐, 잘됐네."

"뭐가?"

"아냐. 자, 이거."

셀마가 크리스마스카드를 내밀었다. 홀마크에서 제작된 것으로 속지에는 사랑과 안녕을 빈다는 상투적인 문장이 인쇄돼 있었다. 셀마는 그 아래 손 글씨로 메리 크리스마스, 너와 너의 가족에게 축복을, 이라고 적어놓았다. 한국어와 베트남어로 한 줄씩이었다.

"구글에서 검색했어. 이렇게 쓰는 게 맞는지 모르겠지만."

"한국어는 맞아. 베트남어는 나도 잘 모르고."

"그렇구나. 아무튼, 메리 크리스마스. 선물 고를 건데 같이 갈래?"

"무슨 선물?"

"사이먼이랑 클로이."

"나는 선물을 잘 고를 줄 모르는데."

"혼자 가기 심심해서 그래. 가자."

셀마는 셰인빌의 유일한 종합 쇼핑몰인 메이우드에 나를 데려갔다. 가는 내내 사이먼 얘기를 했다.

"어렸을 때부터 아는 사이였고 가족끼리도 자주 만났어. 항상 그랬던 건 아니지만. 중학교 때는 잠시 서먹하기도 했어. 사이먼도 그랬는지는 모르겠지만 나는 확실히 그렇게 느꼈지. 성장이 빠를 때잖아. 새로운 친구들을 만나느라 정신이 없기도 하고. 사이먼은 전과 달라지기도 했고."

"어떤 점이?"

"어렸을 때는 나랑 키가 비슷했거든. 인기가 많지도 않았고. 내가 누나 같았어. 사춘기가 지나면서 그렇게 커버릴 줄 몰랐던 거지. 게다가, 인정하고 싶지 않지만, 엄청나게 멋있어졌고."

"맞아, 사이먼은 멋있지."

사이먼의 하얀 치아와 밝은 미소, 매끈한 피부, 날렵한 팔다리
가 떠올랐다. 루크와 함께 복도에 서 있을 때면 두 사람은 런웨이
를 걷는 모델처럼 돋보였다. 아디다스 매장에 들어간 셀마는 이지
부스트를 사고 싶었는데 그럴 수 없어 아쉽다고 했다.

"사이먼이 카네이 웨스트를 좋아하거든."

"그런데?"

"너무 비싸. 구하기도 힘들고."

셀마는 아디다스 로고가 크게 박힌 스웨트셔츠를 한 벌 샀다.
클로이를 위해 고른 박시한 티셔츠는 내게 입고 나와 보라고 했다.

"여자 옷을 왜 나한테 입혀."

"톤이 맞는지 봐야지."

"아하, 이러려고 데리고 왔구나."

"그것도 있지. 그것만은 아니지만."

셀마는 처음 고른 옷을 마음에 들어 하지 않았다. 티셔츠 색깔
이 피부색에 묻힌다고 했다. 말 그대로 셀마의 아바타가 된 나는
본체의 명령에 따라 몇 차례 더 탈의실을 들락거려야 했다. 결제
를 마친 셀마가 말했다.

"자, 이제 우리 집으로 가자."

"너희 집은 왜?"

"바빠?"

"그런 건 아니고."

"그럼 가자. 선물 포장도 해야 하고, 줄 것도 있어."

셀마의 집은 우리 집에서 자동차로 10분 정도 떨어진 곳에 있었다. 크래프츠맨 스타일의 주택이었다. 셀마의 방은 2층이었다. 화장대 위에 매니큐어와 선크림, 정체를 알 수 없는 작고 큰 병이 잘 정돈된 채 놓여 있었다. 침대 머리 쪽 벽면에는 자동차 번호판과 포스터가 붙어 있었다. 침대 옆 탁자에 놓인 가족사진이 시선을 끌었다. 스튜디오에서 촬영한 것으로 네 사람이 렌즈를 처다보며 각자 포즈를 취하고 있었다. 셀마와 엄마는 중남미계라는 인상이 강한 반면 셀마의 오빠와 아빠는 흑인에 더 가까워 보였다.

"엄마는 멕시코계 사람이야. 아빠는 푸에르토리코계고. 아빠는 부동산 중개업을 해. 오빠는 펜스테이트에 다녀."

"펜스테이트?"

"펜실베이니아주립대학교."

나도 가족사진을 찍은 적이 있나 생각해봤는데 선뜻 떠오르지 않았다. 스튜디오 촬영은 고사하고 모두가 한 화면에 제대로 잡힌 적이 있는지도 의문이었다. 사진을 찍는 건 엄마나 아빠였고, 그래서 언제나 둘 중 한 명은 빠져 있었다. 혼덧현에서 할머니가 찍어준 사진 속에서 나는 징거미새우를 양손에 들고 멀뚱히

서 있었다. 재우는 벙실벙실 웃으며 어딘가로 달려가느라 흐릿했고 그런 재우를 지켜보는 엄마는 뒷모습만 보였다. 아빠는 사진 구석에서 어리둥절한 표정으로 얼굴 반쪽만 찍혀 있었다. 우리는 전혀 가족처럼 보이지 않았다.

셀마가 선물 상자를 내밀었다. 포장을 뜯어보니 하얀 이어폰이 나왔다.

"크리스마스에 맞춰 주려고 했는데 고장 난 걸 쓰고 있는 줄 몰랐네. 빨리 주는 게 좋겠다 싶어서."

"아, 고마워."

"잘되나 확인해봐."

막상 제대로 된 이어폰을 갖게 되니 뭘 들어야 할지 알 수 없었다. 나는 유튜브를 열었다. 내 계정은 한국 것이었고, 그래서 국정조사 청문회 소식이 인기 영상에 올라 있었다. 김기춘, 장시호, 차은택, 고영태 같은 이름이 차례로 보였다. 나는 그 아래로 보이는 걸 그룹의 뮤직비디오를 재생했다.

"돼."

"그래, 안드로이드를 쓰네?"

"응."

"애플도 써볼래? 아이팟이 하나 있는데, 난 이제 안 써서."

벽장에서 잡동사니가 가득 들어 있는 상자를 꺼낸 셀마는 케이블 더미 속에 숨어 있던 아이팟을 낚시하듯 건져 올렸다. 충전

케이블을 연결하자 화면에 사과 로고가 떴다. 셀마는 음악도 많이 저장돼 있으니 가는 길에 들어보라고 했다.

"올드 팝이랑 모던 록이 조금 들어 있을 거야. 사실 그걸 빼면 나머지는 네 취향이 아닐지도 몰라. 다른 애들이 테일러 스위프트를 들을 때 나는 나인 인치 네일스를 들었거든. 혹시 들어본 적 있어?"

"아니, 처음 들어봐."

"람슈타인, 스키니 퍼피 같은 밴드 노래도 있고. 모두 혁명을 꿈꾸던 어르신들이지. 좀 시끄러우려나?"

"시끄러운 게 더 좋아. 고마워."

"오케이. 그럼 이제 여기 좀 봐."

휴대전화를 꺼낸 셀마가 내 얼굴을 찍었다. 그리고 앱으로 사진을 보정하기 시작했다. 화이트 밸런스를 조정하고 사진에서 파란색을 제거하는 작업이었다. 버튼 몇 개를 누르자 화면에 평범한 아시아인 고등학생이 등장했다. 셀마가 파란색을 제거한 내 사진을 전송했다. 순간 울컥하고 마음속에 치밀어 오르는 것이 있었다. 파란색이 없는 내가 그렇게 평범해 보일 줄은 몰랐다. 울분과 낙담, 체념이나 원망 같은 복잡한 심경 사이에서 분명 기분 좋은 찰나도 있었다.

"너도 이걸로 틴더 해봐." 셀마가 말했다.

"너는 해?"

133

"응, 그런데 진짜 사진은 안 써."

셀마는 자신을 백인으로 보정한 사진을 보여줬다. 완전히 다른 사람으로 보였다.

"틴더에서 내 이름은 다이애나 싱클레어야. 고향은 런던, 지금은 가문의 사업 때문에 잠시 버지니아에 살고 있어."

"가문의 사업이 뭔데?"

"몰라. 그것까지는 생각 안 했는데. 뭐, 기름 아니면 금융이겠지. 너도 이야기를 만들어봐. 싱가포르 출신 어때?"

"왜 싱가포르야?"

"이국적이잖아. 스타트업을 운영하고 있고 지금은 시장 조사를 위해 미국을 방문한 거야. 이름은…… 조나단 청."

"챙이 아니고?"

"농담은."

셀마는 케이블이 든 상자를 몇 차례 흔들어 내용물들이 알아서 자리를 잡게 만든 뒤 벽장에 집어넣었다. 노크 소리가 들렸다. "엄마야." 셀마가 말했다. "들어와도 돼요."

문을 열고 들어온 셀마의 엄마가 나를 발견하고 흠칫 놀랐다. 틀어막은 입에서 짧은 비명까지 튀어나왔다. 나는 그런 반응에 익숙했지만 셀마는 당황한 것 같았다. "엄마!" 셀마가 새우처럼 몸을 팅기며 소리쳤다. "제 친구에요, 제이."

스콧 아주머니는 속에 있는 단어들이 제자리를 찾아가기를 기다리는 것처럼 뜸을 들인 뒤 말했다. "쟤가 누군지는 알아. 친구가 놀러온다고 미리 말했어야지."

"선물할 게 있어서 잠시 온 거예요. 곧 갈 거예요."

스콧 아주머니는 사진보다 나이 들어 보였다. 주름이 많았고 뺨은 부피감 없이 안쪽으로 움푹 꺼져 있었다. 그래서인지 신경질적인 인상도 풍겼다.

"그래, 얼른 정리하고 이만 집에 가는 게 좋겠네. 곧 식사 시간이잖아." 아주머니는 내가 아니라 셀마를 보면서 그렇게 말했다. 두 사람은 잠시 어색한 눈빛을 주고받았다. "알았어요." 셀마가 말했다. 아주머니는 문을 열어놓은 채 아래층으로 내려갔다.

"아직 파란 피부를 마주하는 게 익숙하지 않으신가 봐." 나는 발소리가 멀어진 것을 확인하고 말했다.

"그것 때문이 아니야."

"아니면?"

"엄마는 네 삼촌 때문에 걱정인 거야."

"캔 삼촌? 삼촌이 왜?"

셀마는 벗어두었던 외투를 걸쳤다. 나는 셀마에게 배웅해주지 않아도 괜찮으니 삼촌 얘기나 계속해보라고 했다. 셀마는 침대에 걸터앉아 가족사진 옆에 있는 사진을 가리켰다.

"마빈 삼촌이야. 엄마 남동생. 문제아긴 했는데 나랑 오빠를 엄청 예뻐했어. 공부를 지지리도 싫어했지. 고등학교도 졸업하지 않앗을 거야. 리치먼드에 있는 물류센터에 취직했는데 추수감사절마다 게임기 같은 선물을 사 들고 우리를 보러 왔어."

마빈 삼촌은 셀마 남매에게 산타나 마찬가지였다고 했다. 그런 삼촌이 셀마가 중학교에 들어가면서부터 발길이 뜸해졌다. 나중에 듣기로 삼촌이 약에 손을 댔다고 했다.

"몇 년 사이에 다른 사람이 된 것 같았어. 너무 마르고, 눈 밑은 검고, 머리카락이 빠져 있었어. 엄마는 워싱턴에 있는 재활원에 삼촌을 집어넣었어. 거의 체포하듯이…… 우리 엄마 봤지? 한다면 하는 사람이거든. 치료가 끝난 뒤에는 이 집에서 함께 지냈어. 재활 과정을 전해 들었는데 끔찍하더라. 오한이며 경련이며…… 눈앞에 주사기 하나만 있으면 소원이 없겠더래. 그 시간을 견디고 돌아온 거지. 나는 삼촌이 괜찮아진 줄 알았어. 저처럼 일을 나갈 거라고, 나한테 선물도 사 주고 리치먼드 이야기도 들려줄 거라고 생각했어. 그런데 작년부터 다시 약을 하기 시작했대. 그렇게 고생하면서 끊었는데 치료가 물거품이 된 거야. 엄마는 삼촌을 죽일 기세로 무슨 일이 있었는지 캐물었어. 계속해서 입을 열지 않았다면 정말 그랬을지도 몰라. 삼촌은 파티에서 약을 얻었대. 공짜로. 마약상들이 삼촌을 알아본 거야. 한 번만 다시 하게 만들면 삼촌이 무너질 줄 알았던 거지. 정말로 그렇게 됐고. 삼촌은 다시 재활원에 들어갔어. 이번에는 얼마나 오래 있을지 몰라."

"그게 캔 삼촌이랑 무슨 상관이 있어서 그래?"

"아…… 혹시 모르는 거야?"

난 내가 뭘 모르는지도 모르고 있었다.

"갱들과 함께 일한다는 소문이 있잖아. 마약을 거래하고 불법 사업장을 운영하는, 그런 사람들."

나는 만우절에 고약한 거짓말을 들은 것처럼 셀마를 쳐다봤다.

"몰랐구나."

"응, 하지만 그게 삼촌 잘못은 아니잖아?"

"그렇지. 네 잘못도 아니고, 엄마는 그냥 걱정이 되는 거야."

"왜? 내가 그런 사람일 것 같아서? 너한테 약이라도 팔까 봐?"

"그런 말이 아니잖아."

화가 난 건 아니었다. 억울한 것도 아니었다. 그런데도 내 말투는 퉁명스러웠다. 나는 짐을 챙겨 일어났다. 스콧 아주머니는 주방에서 뭔가를 정리 중이었다. 셀마가 문 앞까지 따라 나왔다. 나는 이어폰을 귀에 꽂고 집을 나섰다. 막 해가 저물고 있었다. 거리에는 아무도 없었고 노면은 차갑고 단단했다. 이어폰에서 시끄러운 노래가 흘렀다. 가사는 귀에 들어오지 않았다. 속이 울렁거렸다. 주머니에 손을 넣고 걸었다. 집에 도착해 차가운 문고리를 쥐고 돌릴 때까지도 울렁거리는 속은 가라앉지 않았다.

크리스마스가 지나고 2주간 방학이었다. 아빠가 출근하면 한

발짝도 밖으로 나가지 않고 이불 속에 엎드려 삼촌의 이름을 검색했다. 안강우라는 이름은 3년 전 지역신문 광고란과 샌프란시스코 지역 한인회 홈페이지에서 한 번씩 등장했다. 광고 속 안강우는 보험 중개업에 종사하는 중년 여성이었고 샌프란시스코의 안강우는 치과 의사였다. 삼촌이 언론에 오르내릴 정도로 큰 잘못을 저지른 건 아니구나, 하고 안심한 뒤로도 캔스워시로는 선뜻 걸음이 향하지 않았다. 스트립 클럽 화장실의 따귀 소리가 귓가에 메아리쳤다.

침대에 누워 책을 읽는 동안 태양이 무심히 기울었다. 눈이 내리는 날에는 산란하는 빛의 파편으로만 그 존재를 짐작할 수 있었다. 제설차가 쓸고 간 자리에 검은 흙과 젖은 콘크리트 바닥이 드러났고 그 옆으로 수북이 쌓인 눈은 며칠이 지나도록 녹지 않았다. 일을 마치고 돌아온 아빠가 차를 대고 집으로 들어왔다. 나는 이불을 걷고 거실로 나왔다. 트레이더조스 비닐 봉투에 먹을 것을 가득 담아서 돌아온 아빠는 전자레인지에 냉동 피자를 돌린 뒤 머그컵에 보드카를 따랐다.

"강우 가게에 폰을 놔두고 왔다." 물을 마시듯 잔을 비운 아빠가 말했다. 어느새 얼굴이 붉었다. "한인회 안 있나. 윤 회장님. 전화 오기로 돼 있는데, 듣고 있나?"

"네, 듣고 있어요."

"강우 가게 가서 폰 좀 가 온나. 사무실에 있을 기다. 아나, 뒷문 열쇠 갖고 가고."

아빠는 열쇠를 던진 뒤 다시 잔에 보드카를 따랐다. 술에 취한 아빠는 물이 가득 차 찰랑거리는 컵 같았다. 살짝만 흔들어도 흘러내릴 준비가 돼 있었다. 나는 차고에서 자전거를 꺼내 왔다. 방학이 시작됐을 때 삼촌이 더 이상 쓰지 않는다며 선물한 것이었다. 안장이 삐걱대긴 했어도 바퀴는 부드럽게 굴렀다. 눈길에 자전거가 미끄러지지 않도록 천천히 페달을 밟았다.

늘 가게 앞을 지키던 에디가 보이지 않았다. 캔스워시 영업이 끝난 시간에는 보호소에서 지낸다고 들었다. 그럴 수 있어 다행이라 생각했다. 무릎까지 쌓인 눈은 에디를 이불처럼 덮어버렸을지도 모른다. 겨울이 시작되고 에드워드는 부쩍 몸이 안 좋아 보였다. 알아들을 수 없는 말을 중얼거렸고 기침을 심하게 했다.

가게에는 불이 꺼져 있었다. 뒷문을 열고 아빠가 일하는 사무실로 들어갔지만 휴대전화는 보이지 않았다. 나는 세차장으로 이동했다. 아빠는 가끔 바람을 쐬고 싶다며 세차장 앞에 앉아 담배를 태우고는 했다.

휴대전화는 세차장 사무실 소파 위에 놓여 있었다. 부재중 전화가 몇 통이나 와 있었는데 모두 윤 회장이었다. 어차피 아빠는 취한 상태라 통화가 제대로 될 것 같지 않았고, 그래서 급하게 집으로 돌아갈 필요도 없겠다고 생각했다. 세탁소로 돌아가 〈갤러그〉나 한 판 하고 갈까 하는데 창문 밖으로 삼촌의 목소리가 들렸다. 블라인드를 걷고 밖을 내다봤다. 세차장 구석에 강우 삼촌이 서 있었다. 작업용 장갑과 장화, 턱까지 올라오는 방한 파카를 착용한 채 건물이 만들어낸 비스듬한 그림자 속에 몸을 숨기고 있었다. 뭔가를 경계하듯 찡그린 얼굴이었다. 삼촌 맞은편에는 히스패닉으로 보이는 남자 다섯이 서 있었다. 강우 삼촌은 제일 앞에 선 검은색 가죽점퍼 차림의 남자와 대화 중이었다. 굵은 곱슬머리에 속눈썹이 낙타처럼 길었다. 삼촌은 남자와 뭔가를 주고받은 뒤 악수했다. 히스패닉 남자가 씩 웃었다. 은으로 된 송곳니가 반짝였다.

나는 삼촌이 일을 마치고 가게로 돌아오기를 기다렸다가 조명을 올렸다. 어둠 속에서 나를 발견하고 놀라게 하고 싶지 않았다. 천장에서 쏟아지는 빛에 잠시 얼었던 삼촌이 스위치 근처에 서 있는 나를 발견했다.

"제이? 이 시간에 어쩐 일이야?"

"아빠가 휴대전화를 놔두고 갔다고 해서요."

"찾았어?"

"네."

"나한테 전화하지 그랬어. 갖다 줬을 텐데."

"퇴근하신 줄 알았어요."

삼촌은 씩 웃으며 장갑을 벗었다. 손에는 핏기가 없었다. 시체의 것처럼 차가워 보였다.

140

"아까 밖에 있던 사람들은 누구예요?"

"봤니?" 삼촌은 창밖에 사람들이 있기라도 한 것처럼 그쪽을 힐끔 쳐다봤다.

"보였어요."

"별일 아니야. 그냥 거래."

"왜 이런 시간에 거래를 해요? 그것도 으슥한 곳에서?"

나는 공격적인 어투로 물었다. 삼촌이 어색하게 웃었다.

"왜 그래."

"이상한 얘기를 들었어요."

"무슨?"

"삼촌이 갱이랑 일을 한다고요."

삼촌은 진열대에 놓인 물건을 정리하기 시작했다. 뭐라고 말을 하면 좋을지 생각하는 것 같았다. 물티슈 하나를 새로 뜯어 카운터며 선반 따위를 닦으며 삼촌이 말했다.

"미국에서 살려면 말이야, 제이. 돈이 필요해. 그런데 돈보다 더 중요한 게 안전이야. 누군가에게 공격받지 않을 거라는 확신. 내 가족이 안전할 거라는 확신. 내가 제이크를 위험하게 만들 일을 할 것 같아? 절대 아니지. 방금 네가 본 건, 그래, 사실 좀 은밀한 일이긴 해. 하지만 위험한 일은 아니야. 절대로. 불법은 아니지만 합법이라고 하기에도 애매한 일이지. 그래서 사람들 눈을 피하는 거야."

정리를 끝낸 삼촌은 조명 스위치를 내렸다. 어둠과 정적이 실내를 덮었다. 삼촌이 입구를 향해 내 등을 밀었다. 내 발소리는 수상하리만치 크게 울렸다.

"집에 가자. 데려다줄게."

"자전거를 타고 왔어요."

"두고 가. 추워."

우리는 차에서 별로 말이 없었다. 삼촌이 학교생활에 대해 물어본 것이 전부였다. 안개등을 밝힌 차들이 눈길 위를 느릿느릿 운전했다. 집에 도착했을 때 아빠는 잠들어 있었다. 보드카 병은 절반이나 비어 있었고 먹다 만 피자는 딱딱하게 굳어 있었다. 나는 아빠 옆에 휴대전화를 내려놓았다.

"형님 요새 술 많이 드시니?"

"매일 드세요."

삼촌은 남은 피자를 손가락으로 꾹꾹 눌러본 뒤 말했다. "안 되겠다. 뭐라도 좀 먹자."

우리는 도심에 있는 푸드 트럭에서 핫도그를 사 먹었다. 삼촌은 셰인빌에도 타코벨이 있었으면 좋겠다고 했다. 서울에는 있느냐고 물어보기에 인천에서만 살아서 잘 모르겠다고 대답했다.

"아, 그런데 공항에서 본 것 같아요."

"그럴 줄 알았어. 너 나중에 꼭 타코벨 있는 동네에서 살아. 맥도널드, 버거킹 다 있는 곳에서."

배를 채운 뒤에는 교외로 나갔다. 대형 트럭과 레미콘이 불길한 모습으로 서 있었다. 삼촌은 도로에 차를 세우고 숲속으로 난 좁은 길로 앞장서서 걸었다. 바닥에 쌓인 눈이 발목까지 덮었다. 나무에 매달려 있던 물방울이 옷깃 사이로 떨어져 목덜미에 닿았다. 삼촌과 나는 동시에 어깨를 움츠렸다. 길이 끝나는 지점에 두세 명이 앉을 수 있을 정도로 평평한 바위가 놓여 있었고 그 앞에 너른 호수가 있었다. 우리는 바위에 나란히 앉았다. 누군가 버리고 간 빈 술병이 지뢰 표지처럼 바닥에 박혀 있었다.

"여기가 채석장이었어. 지금은 물이 고여서 호수가 된 거지. 여름에는 사람들이 수영도 해." 삼촌은 호수 반대쪽을 가리켰다. "셰인빌 사람들은 보통 저쪽에서 놀아. 널찍한 공터가 있거든. 나는 조용한 이쪽을 더 좋아하지만."

삼촌의 옆모습이 달빛 아래 흐릿했다. 바람 소리가 최면을 걸듯 잡념을 지웠다. 검은 호수를 보는 동안 마음은 끌려가듯 침전했다. 나는 잠시 모든 것에서 멀어질 수 있었다. 후버 선생님, 미치 램버트, 삼촌의 은밀한 거래, 취한 아빠, 도망간 엄마.

"너한테도 적이 생길 거야." 삼촌이 바람에 이는 물결을 보며 말했다. "모든 사람에게 적이 생기지. 싸울지 달아날지 타협할지, 선택해야 하는 순간이 와. 네가 원하지 않아도 말이야. 사람들이 네게 적을 지정해줄 거야. 누구를 공격하면 되는지, 누구에게 맞서야 하는지 알려줄 거라고. 누군가 공격 명령을 내리면 네가 돌격하는 거지. 함께 돌격하는 사람들이 있을 거야. 하지만 생각해야 해. 고민해야 해. 혼자서는 못 이겨. 가끔은 네가 적이라고 생각하는 사람들과 손을 잡아야 할 때가 있어. 전략적으로 연합해. 필요에 따라 뭉치고 흩어지는 거야. 누구와 손을 잡을지 누구에게 칼을 겨눌지 생각하면서 움직이란 말이야. 널 괴롭히는 모든 이와 싸우다 보면 네가 먼저 지칠 테니까. 내가 무슨 말을 하는지 알겠니?"

나는 고개를 끄덕였다.

"넌 똑똑해. 난 그걸 알아. 그러니까 공부해. 공부해서 대학에 가. 변호사가 되건 의사가 되건 그렇게 해. 그러면 아무도 널 무시하지 못할 거야. 결국 미국은 돈이거든. 사람들이 너한테서 파란색을 보게 만들지 마. 녹색을 보게 만들어. 달러 말이야. 널 우습게 여기는 사람들 안면에 그린백(greenback)을 꽂아주라고."

삼촌이 말하는 동안 내 눈은 줄곧 호수를 향해 있었다. 깊이를 가늠할 수 없는 웅덩이는 검고 막막해 보였다. 그 끝을 확인하고 싶었다.

"여기서 수영해도 돼요?"

"할 줄 알아?"

"네, 좋아해요. 메콩강에서도 많이 했어요."

"추울 텐데."

나는 양말을 벗고 호수에 발을 담갔다.

"괜찮을 것 같아요."

"조심해. 갑자기 깊어지는 곳이 있어."

속옷만 입은 채 물에 뛰어들었다. 겨드랑이와 발가락 사이로 차가운 물이 흘렀다. 발바닥이 바닥에 닿았다. 트램펄린을 타는 것처럼 점프했다. 나는 자유로웠다. 돌고래가 된 것 같았다. 조금도 춥지 않았다.

10

　―제이, 현존하는 국가가 몇 개인지 알아?

　―땡.

셀마의 문자메시지였다. 과제를 하는 중이라고 했다. 삼촌에
관한 대화를 나눈 후로 서먹한 상태였지만 나는 아무렇지 않은
척 대답했다.

　―글쎄, 100개 정도? 너 지금 내가 대답하기도 전에 땡이라고
했지.

　―틀릴 줄 알았으니까. 정답은 200개야. 그럼 도시는? 13000개.

　―많네.

　―많은 정도가 아니야. 13000개라고. 그 100분의 1도 이름을

대지 못할 것 같은데.

　— 그래서?

　— 살 곳을 직접 고를 수 있었다면 어디에 있고 싶어? 살아봤던 곳은 빼고.

　마땅히 떠오르는 곳이 없었다. 나는 세상의 어느 도시도 살고 싶을 만큼 깊이 알지 못했다.

　— 잘 모르겠어. 넌?

　— 발파라이소.

　검색해보니 칠레의 도시였다. 셀마는 몇 해 전 가족들과 함께 산티아고에 사는 이모를 방문했다. 일주일 정도 머무르면서 달의 계곡이 있는 아타카마사막과 산티아고 근처 도시를 구경할 계획이었다. 하지만 첫날부터 독감에 걸린 셀마는 꼼짝없이 침대에 누워 텔레비전만 보고 있어야 했다. 열이 나고 혀가 부어 도저히 움직일 수 있는 상태가 아니었다. 칠레를 떠나기 하루 전 발파라이소에 다녀온 가족들이 셀마를 위한 기념품과 현지 음식을 사왔는데, 셀마는 직접 다녀오지도 못한 곳의 기념품을 보는 순간 억울해서 눈물을 터뜨리고 말았다.

　— 거긴 어떤 곳이야?

　— 나도 모르지. 안 가봤으니까.

　— 발파라이소에서 살고 싶은 이유가 그냥 억울해서야?

　— 그냥 억울해서라니. 정말 서운했다고.

휴대전화에는 길쭉한 칠레 지도가 펼쳐져 있었다. 나는 화면을 좀 더 아래로 내렸다. 엄지손가락이 남극 가까운 한 도시에서 멈췄다. 그 생소한 이름을 머릿속에 집어넣기 위해 소리 내어 읽었다. 방문자들이 찍은 사진 속에는 귀여운 펭귄과 눈으로 덮인 마을 풍경이 담겨 있었다. 얼어붙을 듯 차가워 보이는 초원과 바다가 있었다. 그 너머가 남극이라고 했다. 그곳에 가고 싶었다. 맹렬한 추위를 경험하고 싶었다. 조지아 닭 공장의 냉동 창고에 갇힌 후로 줄곧 냉기에 끌리는 나를 만족시켜줄 것 같았다.

─나는 푼타아레나스.

─굿.

셀마가 대답했다.

─언젠가 다 같이 발파라이소를 거쳐서 푼타아레나스로 가자.

─다 같이?

─셀마, 제이, 클로이.

─좋아.

2017년 4월, 세인빌의 기온은 섭씨 7도에서 20도를 오르내렸다. 땀에 젖은 티셔츠를 걱정할 필요는 없을 날씨였다. 오히려 내게 끈적끈적하게 달라붙은 건 후버 선생님이었다. 어떻게 사람 한 명이 지구보다 더 심하게 나를 괴롭힐 수 있는지 이해가 되지 않았다. 더 이상 수업 시간에 인종차별 발언을 듣지 않게 될 거라던 해먼 선생님의 예상은 빗나갔다. 후버 선생님은 역사 교사인 자신의 지위를 교묘하게 활용했다.

"과거 미국에서는 모계의 신분이 세습됐어. 그래서 백인 남성은 흑인 여성 노예를 임신시키고 그 자녀를 노예로 사용했지. 물론 대부분 아는 사실이겠지만 이 교실에 모르는 사람도 있을 것 같아서. 다시 말하면, 세네갈 여성이 누구와 결혼하든 그 자식은 세네갈인이라는 말이야. 이란은 이란, 이집트는 이집트." 후버 선생님은 나를 힐끔 흘겨본 뒤 말을 이었다. "베트남은 베트남. 지금이 18세기라면 말이야."

"그때는 아직 베트남이라는 나라가 없을 땐데요." 셀마가 끼어들었다.

"나한테 역사를 가르치는 거야?"

"모르는 사람도 있을 것 같아서요."

수업이 끝나고 셀마와 함께 건물을 나왔다. 학교 앞에는 자녀를 태우러 온 학부모의 차량 행렬이 길게 늘어서 있었다. 주차장을 빠져나가는 차들까지 더해져 학교 앞 도로는 항상 붐볐다. 공연장 입구처럼 북적이는 학생들 틈에서 클로이가 보였다. 느린 걸음으로 주차장을 가로지르는 중이었다.

"클로이 블로그 있잖아." 셀마가 말했다.

"응."

"거기에 후버 선생님 이야기를 쓰면 어떨까. 널 챙이라 부른 거랑 은근한 차별 발언 같은 거. 실명은 밝히지 않지만 여지는 남겨

두는 거지. 미치 이야기도 쓰고."

"사악하네."

"우리한테는 클로이라는 무기가 있는 거야. 좋은 일에 쓰면 좋은 무기, 나쁜 일에 쓰면 나쁜 무기."

우리는 클로이를 향해 걸었다. 셀마가 계속해서 말했다.

"저 무기는 어느 도시에서 살고 싶어 할까?"

"세련된 도시겠지. 그러니까……." 나는 머릿속으로 미국 지도를 그렸다. "로스앤젤레스나 뉴욕."

"민주당 강세 지역이네. 미국 밖에서는?"

"헬싱키나 스톡홀름?"

"음, 나는 바르셀로나 아니면 칸쿤. 내기할까?"

"좋아, 무슨?"

"도니스헬이지, 뭐."

셀마가 큰 소리로 클로이를 불렀다. 클로이는 뒤를 돌아보더니 지금은 아니야, 하듯이 고개를 젓고 가던 길을 갔다.

"왜 저래? 무슨 일 있나?"

"몰라."

운전석에 앉은 스콧 아주머니가 셀마를 발견하고 경적을 울렸다. 나와 눈이 마주친 아주머니가 고개를 돌렸다. "내일 봐." 셀마가 손을 흔들며 멀어졌다. 나는 집을 향해 최대한 천천히 걸었다. 가는 길에 클로이에게 문자메시지를 남겼지만 답은 오지 않았다.

셀마와 클로이가 곁에 없을 때면 전원을 분리한 가전제품처럼 기분이 늘어졌다. 위이이잉, 하는 소리와 함께 내부에서 모터가 멈춘 것 같았다. 나는 적당한 무관심과 포기로 미국 생활을 버티고 있었다. 아빠도 사정은 비슷했다. 관성이 부자의 삶을 떠밀고 있었다. 복사와 붙여넣기를 반복하는 일과 속에서 아빠는 느리게 부패하는 중이었다. 거실 소파에 앉아 휴대전화만 들여다보고 있을 때면 미국이 아닌 곳으로 달아난 듯 보였다. 한국으로, 인천 서구로, 구미 도량동으로. 미국이 슈퍼볼로 떠들썩할 때도 아빠는 씨름과 배드민턴을 시청했다. 한국 국가대표의 축구 시합이라면 친선경기 하나도 빼놓지 않았다. 〈사랑이 꽃피는 나무〉 〈TV 손자병법〉 〈한 지붕 세 가족〉 같은 옛날 드라마를 보여주는 유튜브 채널에서 눈을 떼지 않았다. 1980년대 광고를 하염없이 보고 있기도 했다. 30년 전 복식과 헤어스타일, 지금과는 다른 말투에 푹 잠긴 아빠는 편안해 보였다.

가끔 아빠가 시청하는 창백한 뉴스 화면에 무심코 시선을 뺏길 때가 있었다. 하루는 앵커가 서울 강서구에서 진행된 공립 특수학교 건설 관련 토론회 소식을 전했다. 주민들 일부가 삿대질을 하며 그 자리에는 특수학교가 아니라 한방병원이 들어와야 한다고 주장했다. 장애 학생을 둔 학부모들이 그 앞에서 무릎을 꿇고 읍소하는 중이었다. 아빠는 박근혜 대통령과 최순실의 뉴스를 볼 때처럼 쯧쯧 혀를 찼다. 주민과 학부모 중 어느 쪽을 한심하게 여긴 것인지 궁금했다. 어쩌면 양쪽 모두를 비난하며 미국으로 건너온 자신의 판단이 옳았음을 은밀히 자축했을지도 모른다.

아빠가 온종일 유튜브를 본다는 얘기를 들은 삼촌이 차를 끌고 집으로 왔다. 얼마 전 새로 텔레비전을 장만했다며 전에 쓰던 걸 우리에게 주겠다고 했다. 스마트 텔레비전은 아니었지만 삼촌이 크롬캐스트를 함께 가지고 온 덕에 인터넷 연결이 가능해졌다. 큰 화면으로 유튜브를 볼 수 있게 됐다는 뜻이다. 아빠는 텔레비전을 처음 본 사람처럼 놀라워했다. 세팅을 끝내자 알고리즘이 추천하는 영상이 주르륵 떴다. 삼촌은 KBS 뉴스 채널을 선택했다. 기자가 5월에 있을 대선 관련 소식을 전했다. 우리는 선거 결과를 예측하는 여론 동향 분석과 후보 유세 장면을 보다 밖으로 나왔다. 함께 아이홉에서 저녁을 먹었다. 삼촌이 음식을 주문하는 동안 펜과 메모지를 든 종업원이 나를 힐끔힐끔 쳐다봤다. 나는 테이블에 놓인 케첩 통을 만지작거리며 시선을 피했다. 음식이 나오기를 기다리고 있을 때 셀마가 문자메시지를 보냈다.

— 뭐 해? 나는 숙제 중.

— 나는 아이홉. 아빠랑 삼촌이랑.

— 클로이는 연락 없지?

— 응, 너도?

— 나도. 맛있어?

— 아직 음식은 안 나왔어. 종업원이 쳐다봐.

― 뭐야, 사진 찍어서 보내줘.

나는 주문을 받던 종업원의 사진을 찍어 보냈다.

― 변태 같이 생겼네.

아빠와 삼촌은 대화를 나누느라 내가 웃음을 참고 있다는 사실을 알아차리지 못했다. 테이블에 팬케이크와 오믈렛, 샌드위치가 놓였다. 아빠는 지난 주말 교인들과 삼겹살 구워 먹은 이야기를 했다. 김치며 마늘을 잔뜩 먹었다고 했다.

"먹다가 잠깐 슈퍼마켓에 갔는데, 양놈들이 손가락으로 코를 막더라니까. 얼굴은 웃는데, 냄새 난다는 시늉을 그래 하더라고. 냄새는 즈그가 훨씬 심하면서. 내가 한국 살 때는 양놈들 겨드랑이 냄새가 이래 심한 줄 상상도 못 했다. 살다 살다 처음 봤다."

"그래서 걔들 데오드란트 뿌리잖아요."

"그게 뭔데?"

"겨드랑이에 뿌리는 탈취제요."

"그거 뿌리면 마늘 냄새도 좀 덜 나나?"

"그렇겠죠."

"나도 하나 사까?"

"사다 드려요?"

"그래."

아빠는 그 양놈들에게 칭찬받고 싶어 하는 것처럼 보였다. 그들이 머리를 쓰다듬어주기를, 귀여워해주기를, 그래서 갈색이나 검은색들과는 구분되는 존재로 인정받기를 바라는 것 같았다.

"또 필요한 거 없으시고요?"

"효자손 구할 데 어디 없나? 물이 안 좋아서 그런가 요새 몸이 가렵다."

"그것도 같이 구해 드릴게요. 어디 물린 자국 같은 건 없죠? 많이 가려우면 베드버그일 수도 있으니까 조심하세요."

"그게 뭐고."

"진드기요. 미국에 좀 있어요. 혹시 모르니까 주기적으로 가게에 이불이랑 베개랑 싹 들고 오세요."

"빨래하믄 없어지나?"

"건조기 잘 돌리면요."

아빠는 잠시 말이 없었다. 뭔가를 생각하던 아빠는 포크로 팬케이크에 아무렇게나 구멍을 내며 입을 열었다.

"이민 올 게 아니라 판교로 이사 갈 걸 그랬다. 그새 집값이 얼마나 올랐는지. 내가 암만 생각해도 돈 있으면 한국이 제일 살기 좋다."

"돈 있으면 어디든 살기 좋지요. 나중에 애넌데일 같은 데 가서 사세요. 한국인도 많고 괜찮아요."

"꼭 그렇지만도 않다. 내가 좀 살다가, 기회 되면 한국 돌아갈까 생각도 가끔 한다. 니 이번에 대통령 누가 될 것 같노?"

"누가 되긴요. 당연히 문재인이죠."

"그래도 혹시 모르지 않겠나? 홍준표랑 안철수랑 단일화하면?"

"에이, 하겠어요? 해도 안 될 것 같지만요."

아빠와 삼촌이 대화하는 동안 나는 밖을 보고 있었다. 가게 앞을 지나는 클로이가 보였다. 낮에 봤을 때처럼 고개를 숙인 채였다. 유리창을 두드려 클로이를 불렀다. 나를 발견한 클로이가 방향을 틀어 식당으로 들어왔다. 삼촌과 아빠에게 안녕하세요, 하고 짧게 인사하며 내 앞에 섰다.

"아까는 미안. 도저히 얘기할 기분이 아니었어."

"무슨 일 있어?"

"사이먼이랑 헤어졌어." 클로이는 어깨를 털듯 축 늘어뜨렸다. "얘기하면 좀 괜찮을까 했는데 역시 별로네."

"왜, 어쩌다."

"다음에, 다음에."

말을 마친 클로이가 돌아섰다. 식당을 나가 주머니에 손을 꽂고 돌멩이 같은 것을 툭툭 차면서 걸었다. 어색한 걸음걸이를 보면서 셀마가 보는 내 뒷모습도 저렇겠구나 생각했다.

"자도 파란색이네?" 아빠가 말했다. "세인빌에 하나 있다 카드만. 친구가? 뭐라 카대?"

"남자친구랑 헤어졌대요."

나는 클로이가 모퉁이를 돌아 보이지 않게 될 때까지 유리창에 얼굴을 가까이 붙이고 있었다. 밖을 지나던 행인이 나를 보고 화들짝 놀라 넘어질 뻔했다.

다음 날 학교 복도에서 사이먼을 봤다. 캐비닛 앞에서 루크를 비롯한 여러 애와 함께 얘기를 나누고 있었다. 사이먼은 이별하지 않은 사람처럼 밝게 웃었다. 서글서글한 눈으로 내게 손을 흔들어주기까지 했다. 나는 사이먼이 쓸모없어진 클로이를 폐기 처분한 것이라는 생각을 떨칠 수 없었다. 반짝이는 트로피, 자신이 선량한 이웃이라는 것을 증명하는 명찰, 파란 피부의 친구라는 타이틀, 한때 그러했던 기록.

11

토요일 오후, 후버 선생님이 캔스워시를 찾았다. 나는 〈갤러그〉 개인 최고 기록을 갱신하던 중이었다. 스테이지가 전환되는 순간 검은 화면에 비친 후버 선생님을 발견했다. 빨랫감이 한가득 담긴 바구니를 내려놓으며 옆에 있던 주민에게 하필 프롬(prom)을 앞둔 주말에 세탁기가 고장 났다고 투덜거리는 중이었다. 주민은 이럴 때를 대비해서 세탁소가 있는 것이 아니겠느냐고 대답했다. 후버 선생님은 좀 더 대화를 나누고 싶은 것 같았지만 먼저 빨래를 끝낸 주민이 자리를 떴다. 〈갤러그〉 신기록도 거기서 멈췄다. 기록 창에 이름을 입력하고 돌아서는 나를 후버 선생님이 발견했다.

"안녕, 제이." 후버 선생님은 무표정한 얼굴로 내게 말했다. 내

표정도 그와 같았을 것이다. 토요일 오후 캔스워시에서 만나고 싶지 않은 인간 목록 1위에 기꺼이 후버 선생님을 올려놓을 수 있었다. 사무실에서 나온 아빠가 입 모양으로 누고? 하고 물었다.

"학교 선생님이요."

"아, 선생님? 안녕하세요."

"네, 안녕하세요. 제이 아버지신가 보네요."

후버 선생님은 나와 아빠의 얼굴에서 용케도 닮은 부분을 찾아냈다. 두 사람이 악수했다.

"반가워요, 미스터 안. 프랜시스 후버라고 해요. 세인빌고등학교에서 역사를 가르쳐요."

"호상 안입니다."

아빠는 영어도 경상도 사투리처럼 했다. 그러면서도 꼭 성을 이름 뒤에 붙여 말했다. 후버 선생님은 세제 코너 앞을 잠시 서성이다 세탁기에 옷을 집어넣었다. 아빠가 한국어로 내게 속삭였다.

"프랜시스라 캤나?"

"네."

"아따 이름 멋있네. 생긴 거랑 이름이랑 좀 안 어울리긴 한다."

세탁기에 동전을 집어넣는 후버 선생님을 지켜보던 아빠가 문득 생각이 난 듯 말을 이었다.

"니 학교생활은 괜찮나?"

"네."

"친구도 좀 만나고 그라나?"

"네."

"친구 누구, 이름이 뭔데."

"클로이랑 셀마요."

"며칠 전에 식당에서 본 파란 애는 누고."

"걔가 클로이예요."

"아 맞나. 뭐 애인이랑 헤어졌다 안 캤나? 갸하고 좀 잘 지내보지 왜."

"왜요."

"혹시 아나."

"뭘요."

"와, 그, 똑같이 파란색이고……."

후버 선생님이 아빠를 불러 섬유유연제가 있는지 물었다. 아빠가 빈 진열대를 채워 넣기 위해 창고에 간 사이 나는 자리를 떴다. 먼저 집으로 돌아와 방문을 닫고 음악을 듣거나 영화를 봤다. 아빠는 퇴근 시간보다 조금 일찍 집으로 돌아왔다.

한동안 연락이 없던 클로이는 나흘 뒤에야 지금 잠시 볼 수 있느냐고 문자메시지를 보냈다. 우리는 집 근처에 있는 놀이터 벤치에 앉았다. 녹슨 그네 주위에 폐타이어 몇 개를 쌓고 철조망을 둘러놓은 곳이었다. 그네가 바람에 흔들리며 삐걱거렸다. 멀리서 농구공 튕기는 소리가 들렸다. 클로이는 몸에 붙는 녹색 형광 크롭 티에 헐렁한 청바지, 포레스트 검프가 미국을 횡단할 때 신었던 나이키 신발을 신고 있었다. 학교에 가지고 다니던 백팩을 어깨에 걸친 채 긴 금발 머리가 제멋대로 뻗치도록 내버려두었다. 1990년대 뮤직비디오에서 빠져나온 것 같았다. 나는 지오다노에서 구입한 회색 홈웨어 차림이었다. 한국에 있을 때는 헐렁하던 것이 어느덧 꼭 맞았다. 클로이가 백팩에서 보온병을 꺼내 속에 든 것을 뚜껑에 따랐다.

"술이야?"

"보드카. 오늘 프롬이잖아."

학교에 플래카드나 안내 벽보 따위가 붙어 있던 것이 기억났다. 몇 주 전부터는 티켓을 파는 부스가 설치되어 있었다.

"옆집에 루나라는 친구가 사는데 곧 졸업이거든. 프롬에 가져간대서 나도 좀 나눠 달라고 했어."

"마셔도 돼?"

"이 정도는 다들 해. 술만 마시겠어? 몰리도 할걸."

"몰리가 뭔데?"

"엑스터시. 자, 여기."

클로이가 보온병 뚜껑을 내밀었다. 한 모금 마시자 입안이 쓰고 화끈거렸다. 잠시 후 명치에 작은 촛불을 켠 듯 열이 올랐다.

무당벌레 한 마리가 클로이의 종아리를 타고 올라왔다. 클로이는 녀석을 잡아 손 위에 올렸다. 무당벌레는 뾰족한 발끝으로 클로이의 파란 손가락을 찌르며 전진했다. 클로이와 나는 홀린 것처럼 그 동작에 집중했다. 붉은 외피에 박힌 검은 점, 겉껍질 아래 접혔다 펼쳐지는 몇 겹의 날개, 마디로 나뉜 다리와 배, 위치를 파악하기 힘든 눈과 절묘하게 구부러진 더듬이. 무당벌레는 잠시 후 검지 끝에서 날개를 펼치고 날아갔다. 클로이가 아쉬운 듯 손을 털었다.

"어렸을 때 말이야. 다 자라고 나면 엄마 아빠랑 같은 피부색이 될 거라고 믿었어. 뱀이 허물을 벗는 것처럼 파란 껍질을 벗으면 진짜 피부가 나올 거라 생각했지. 동화를 너무 많이 봐서 그랬을지도 몰라. 개구리 왕자, 백조 왕자, 미녀와 야수. 이 파란 피부는 마녀가 내린 저주고, 내 진짜 모습은 따로 있다고 생각했어."

클로이는 보드카를 한 잔 더 따랐다. 우리는 번갈아가며 한 모금씩 마셨다.

"만약에, 우리가 아이를 낳으면 어떤 색일까?"

보드카가 목에 걸려 기침이 터졌다. "글쎄." 나는 입술을 닦으며 말을 흐렸다. 항간에는 파란 피부가 라이거나 노새처럼 생식능력이 없다는 소문이 있었다. 파란 피부로 태어난 남성은 발기가되지 않는다거나 고환이 한쪽밖에 없다는 소문도 돌았다. 내 경험에 비춰보건대 모두 사실이 아니었다. 클로이는 대홧거리를 찾는 듯 이따금 말이 없었고, 나는 클로이가 입을 열기를 기다렸다.

"넌 좋겠다. 파란 아시아인이라서."

"그게 왜 좋은데?"

"파란색이랑 아시아인은 크게 모순되는 단어가 아니잖아. 나는 파란 백인이라고 불린단 말이야. 그 말을 하는 사람도 자기가 무슨 말을 하는지 모를걸. 파란 백인이라는 건 검은 흰색만큼이나 말이 안 돼. 그러니까, 여기서 말하는 백인은 색을 의미하는 게 아닌 거지. 생물학적인 개념도 아니고, 조상이나 출생지를 의미하지도 않아. 문화적인 개념도 아니야. 검고 희다는 건 다 정치적인 개념이야. 신분, 카스트. 출신과 피부색을 나타내는 단어는 모두 그런 용도로 사용된다고. 백인, 라틴계와 아시아인, 흑인."

"그런가."

"그렇다니까. 파란 피부도 그 어딘가에 놓이겠지."

"놓여야 해?"

"놓으니까."

보드카를 머금은 입안이 따가웠다. 그 불편한 감각에 익숙해질 때까지 가글하듯 혀를 굴렸다. 클로이는 무릎을 가슴께로 모았다.

"나 이사해. 그 얘기 하러 왔어."

"이사?" 나는 놀라서 되물었다. "갑자기? 어디로?"

"그렇게 됐어. 아빠 일 때문에. 미네소타로 가. 알래스카를 제외하면 거기가 미국에서 가장 추운 지역이래. 그거 알고 있었어?"

"몰랐어."

"난 추운 곳이 좋아. 더우면 정신이 아득해져. 혹시 너도 그렇지 않아? 어쩌면 파란 피부는 그런 인종인지도 몰라. 추운 환경에 적응한 돌연변이."

나는 냉동 창고에 갇혀 있었던 기억을 떠올렸고, 어쩌면 클로이의 말이 사실인지도 모르겠다고 생각했다.

"사이먼이랑 헤어진 것도 이사 때문이야?"

"아니, 미네소타로 간다는 말을 하기 전에 헤어졌어. 사이먼한테 다른 사람이 생긴 것 같아."

"뭐라고 했는데?"

"요즘 생각이 많다고 그러더라고. 어떤 생각을 하느냐고 물었더니 사람들이 우리를 보는 눈이 신경 쓰인대. 이미 헤어질 결심을 내린 뒤에 하는 말 같았어. 결론을 내린 것 같네, 하고 말했더니 내가 동의한다면 그만 만나자고 하더라."

표면적으로는 동의를 구했지만 실질적으로는 통보였고, 클로이에게는 이별을 유예하거나 거부할 권리가 없었다. 사이먼이 주도한 관계였다. 시작과 끝도 사이먼의 결정에 달려 있었다.

"우리 엄마는 베트남으로 도망갔어. 동생만 데리고. 걔는 파란 피부가 아니라서 그랬던 것 같아."

어째서 불쑥 그런 말을 꺼냈는지 모르겠다. 나 역시 너만큼이나 비참하고 불행하다고 항변하고 싶었는지도 모른다. 그래서 다정한 위로와 연민의 말이 돌아오기를 원했는지도. 내가 자신과 결코 다르지 않다는 사실을 클로이가 알아주기를 바랐다.

"힘내." 클로이가 말했다. "힘내자."

클로이는 자정이 다 돼서야 집으로 돌아갔다. 내가 바래다주겠다고 했지만 클로이는 혼자 있고 싶다고 했다. 가로등 아래로 종종걸음을 걷는 클로이는 어느새 괜찮아 보였다. 앞으로도 괜찮을 것이다. 한동안 힘들겠지만. 이런 일은 아무렇지 않게 극복할 것이다. 대학에 가겠지. 작가 아니면 기자가 되겠지. 뒤늦게 법에 흥미가 생길지도 모른다. 그렇다면 변호사가 될 테지. 뭐든, 클로이는 되고 싶은 사람이 될 것이다. 셀마는? 역시 좋은 대학에 갈 것이다. 컨설팅 회사 같은 곳에서 일할지도 모른다. 의자 각도를 두고 실랑이하지 않아도 되는 퍼스트 클래스에 앉아 말레이시아에서 할 미팅을 준비하는 삶을 살겠지. 딜러가 되거나 증권거래소 같은 곳에서 일할 수도 있겠고. 타인의 미래를 짐작하는 건 어렵지 않았다. 사이먼, 루크, 에밀리, 네이트, 레이철, 미치…… 모두의 궤적을 이을 수 있었다. 수년 후의 윤곽선을 그릴 수 있었다. 하지만 내 미래를 생각해본 적은 없었다. 내게는 1년 후도 불투명했다. 인천을 떠나 조지아로 향할 때처럼, 여전히 불확실한 인간이었다. 가지를 치던 생각이 엄마에게 닿았다. 2년 전, 미국 이민을 앞두고 있던 베트남 이주 여성을 상상했다. 한국인 남편이 멋대로 정한 자신의 미래를 저항 없이 받아들이기 어려웠던 사람,

164

그래서 힘든 선택을 내려야 했던 사람을 상상했다. 엄마도 불확실한 인간이었을 것이다. 무엇을 욕망하는지도 모른 채 인내했을 것이다. 인내가 병이 되고 독이 되었을 것이다. 그런 채로 힘든 결정을 내렸을 것이다.

옷장 속에 있던 캐리어를 꺼냈다. 인천에서 미국으로 올 때도, 오래전 베트남을 오갈 때도 사용하던 것이었다. 안쪽 주머니에 넣어둔 서류 뭉치는 한번 접어 넣으면 다시 밖으로 나오는 법이 없었다. 비행기표를 인쇄한 종이, 신분증과 여권 복사본, 베트남 추천 관광지를 정리한 리플릿 따위가 아무렇게나 뒤엉켜 있었다. 기입을 잘못하는 바람에 제출하지 못한 출입국 심사 카드도 그대로였다. 거기 할머니 집 주소가 적혀 있었다.

공책 한 장을 찢어 엄마한테 하고 싶은 말을 썼다. 아빠, 삼촌, 제이크와 영임 숙모, 병국이 형, 셰인빌고등학교와 캔스워시 이야기를 생각나는 대로 적었다. 버스에 붙어 있던 포스트잇, 후버 선생님의 실언과 미치 램버트의 괴롭힘, 그리고 클로이와 셀마에 대해서 썼다.

클로이는 나처럼 파란 피부를 가진 애예요. 얼마 전 사이먼과 사귀다 헤어졌어요. 사이먼에게 좋아하는 사람이 생긴 것 같아요. 아빠는 내가 클로이를 만나면 좋겠대요. 그런데 나는 셀마를 좋아해요. 내가 왜 이런 이야기를 쓰고 있는지 모르겠네요. 웃기죠?

버지니아에 오면서 바꾼 전화번호를 편지 마지막 부분에 적어 놓았다. 베트남 할머니가 아직 살아 계신지, 엄마가 여전히 혼덧현의 오래된 집에 살고 있는지 알 수 없었지만 언젠가 꼭 엄마에게 전해졌으면 했다. 편지는 다음 날 보냈다.

12

셀마와 함께 클로이를 만났다. 셋이 함께하는 도니스헬에서의 마지막 만찬이었다. 패티 굽는 소리와 대화로 시끄러운 주방 근처 대신 바깥 테이블 하나를 점령했다. 나는 차양이 만든 그늘 아래에 기를 쓰고 몸을 구겨 넣었고 셀마와 클로이는 대수롭지 않게 햇빛 아래 앉았다. 클로이의 생일이 얼마 남지 않은 날이었다. 셀마는 메뉴판에 있는 모든 음식을 주문해 햄버거로 탑을 쌓고 생일 축하 노래를 불렀다. 노래가 끝난 뒤에는 햄버거 위에 소스를 잔뜩 뿌렸다. 목이 말랐던 클로이는 콜라부터 비우고 곧바로 한 잔을 더 주문했다.

"어제 굉장한 아이디어가 떠올랐어." 클로이가 말했다. "파운드케이크 알지? 밀가루, 달걀, 설탕, 버터를 1파운드씩 사용해서 그렇게 부른대."

"그런데?" 셀마가 물었다.

"투파운드케이크를 만드는 거야."

"그게 뭐야."

"모든 재료를 2파운드씩 사용하는 거지."

"너 정말……."

"천재적이지?"

"그래, 천재 씨. 사이먼하고 헤어진 건 어때? 좀 괜찮아?"

클로이는 기침을 참는 듯 멈칫했다가 고개를 끄덕였다. 컵 안에서 얼음이 달그락거렸다.

"괜찮아. 솔직히 말하면 사이먼과 내가 진지하게 만났던 건가 싶기도 해. 사이먼은 남자친구라기보다 오빠 같아서. 내가 보살핌을 받아야 한다고 생각하는 사람들이 더러 있거든. 사이먼도 그중 하나였는지 몰라."

"그럼 괜찮은 거지?"

"응, 괜찮아. 잘됐지. 미네소타에 가면 모든 게 새로울 테니까. 그동안 못 했던 걸 하나씩 완성할 거야."

"가령?"

"일단은 글을 써야지. 고등학교를 졸업하기 전에 책을 낼 수 있을지도 몰라. 작곡도 제대로 배우고 싶어. 파란 피부라서 좋은 게 뭔지 알아? 굉장히 높은 확률로, 내가 성취한 일이 파란 피부 중 최초가 된다는 거야. 파란 피부 최초의 작가, 작곡가."

클로이는 이미 그런 존재가 된 것처럼 자신감에 차 있었다.

얼마 후 고개를 돌려보니 길을 걸어가는 에디의 모습이 보였다. 에디는 나를 발견하고 다가왔다. 나는 에디에게 잠시 기다리라고 한 뒤 치즈버거와 콜라를 주문했다.

"돈으로 주면 안 돼?" 에디가 물었다.

"돈은 안 돼요. 잠시만 기다려요."

거리에 앉아 있으려는 에디를 일으켜 의자에 앉혔다. 에디는 꾸벅꾸벅 졸았고 이따금 무료한 듯 머리카락을 뽑았다. 햄버거를 다 먹은 뒤에는 인사도 없이 가던 길을 갔다. 우리는 에디가 길을 꺾어 사라질 때까지 뒷모습을 지켜봤다.

방학이 시작되고 일주일 후 클로이가 셰인빌을 떠났다. 이사 초기에는 수시로 연락을 했지만 얼마 지나지 않아 문자메시지를 주고받는 횟수가 뜸해졌다. 적응하느라 정신이 없겠지 생각하면서도 서운함이 가시지는 않았다. 블로그로 접하는 소식이 밝아서 마음은 놓였다. 클로이는 사진을 많이 올렸다. 지평선이 보이는 방, 지하층 문을 열고 나가면 등장하는 미끄럼틀과 그네가 있는 정원. 겨울이 되면 하얀 세상이 펼쳐질 거라고, 그 풍경이 기대된다고, 클로이는 블로그에 썼다. 보름 후에는 보이어저스국립공원 사진을 올렸다.

셀마는 방학 동안 사이먼과 함께 버지니아대학교에서 주최하는 프리칼리지 프로그램에 참여한다고 했다. 두 달가량 그곳에서 지내며 수업을 들을 예정이었다. 친구 둘이 동시에 셰인빌을 떠난 까닭에 나는 3개월이나 되는 방학을 아무 계획도 없이 혼자 보내야 했다. 삼촌이 구독하는 넷플릭스 계정을 함께 사용 중이었고 거실에 놓인 커다란 텔레비전으로 유튜브를 시청할 수도 있었지만 개연성 없는 액션 영화나 드라마 시즌 하나를 5분으로 축약한 영상 클립을 보면서 시간을 허비하고 싶지는 않았다. 피상적인 간접경험 대신 깊은 지식과 감정의 고양이 필요했다.

셰인빌의 공공 도서관에는 서른 석 정도의 열람실이 있었고 무제한 도서 대출이 가능했다. 나는 주로 소설이나 사회과학 서적을 읽었다. 그런 책을 읽기 위해서는 〈프렌즈〉를 볼 때보다 훨씬 많은 어휘를 알아야 했다. 모르는 단어는 메모장에 따로 정리했다. 책이 지겨워지면 DVD와 블루레이를 빌려 보기도 했다. 후드 티를 뒤집어쓰고 몇 시간씩 자리를 지키다 문을 닫을 때가 돼서야 도서관을 나섰다. 밤이 되면 자전거를 타고 채석장에 갔다. 사람들이 두려워하는 어둠이 내게는 안식처가 되었다. 빛이 없는 세상에는 색깔도 존재하지 않았다. 사물이 검게 채색된 시간, 물에 잠겨 있는 동안 나는 투명했다. 호수에 둥둥 떠 있으면 어둠은 정수리 위로 시커먼 입을 벌렸다.

채석장에서 수영한다는 얘기를 들은 삼촌이 차라리 하루 1달러만 내면 되는 공공 수영장을 이용하는 게 어떻겠느냐고 했다. 삼촌이 수영복까지 선물하는 바람에 어쩔 수 없이 수영장을 찾은 적이 있었다. 생각보다 많은 사람이 운동 중이었는데 어느 레인에 도 흑인은 보이지 않았다. 흑인은 체지방이 적고 근육과 뼈의 밀도가 높아서 수영에 불리하다는 분석이 많았다. 그러나 실은 세상에 은근히 깔린 편견, 배척과 경계가 흑인이 수영장을 찾지 않는 이유였다. 1953년, 라스베이거스의 라스트프런티어호텔은 도러시 댄드리지라는 흑인 배우가 항의의 의미로 발을 담근 수영장물을 죄다 교체해버렸다. 1964년에는 플로리다의 먼슨호텔 사장제임스 브록이 분리 규정을 어긴 채 수영장에 들어가 시위하는 흑인들을 발견하고 그곳에 염산을 부었다. 나는 그런 이야기가 적힌 책을 도서관에서 찾아 읽었다. 2016년 리우올림픽에서 시몬 매뉴얼은 흑인 여성 수영 선수 최초로 두 개의 금메달을 목에 걸었다. 미국이 올림픽에 참가한 지 120년 만의 일이었다. 시몬 매뉴얼이 금메달을 땄을 때, 미국이 환호하는 대신 반성해야 했다고 생각한다.

그날 내가 찾은 공공 수영장에는 루크가 있었다. 레인 하나를 독차지하고 상어처럼 물살을 가르는 중이었다. 루크를 구경하던 나는 한참 후에야 빈 레인에 몸을 담갔다. 하지만 팔을 한 번 젓기도 전에 안전요원이 달려와 나오라고 소리쳤다. 커다란 고함 소리가 메아리로 웅웅거렸다. 나는 팔을 붙잡힌 채 물 밖으로 끌려

나왔다.

"제가 뭘 잘못했나요?"

"몰라서 물어?"

안전요원은 나를 짐짝처럼 들어 탈의실에 밀어 넣은 뒤 거칠게 문을 닫아버렸다. 탈의실에는 서너 명이 옷을 갈아입는 중이었다. 칸막이가 있는 샤워실이 비기를 기다렸다가 몸을 씻었다. 머리를 감으면서, 안전요원이 나를 쫓아낸 이유를 찾아내려 애썼다. 사용하면 안 되는 레인에 들어갔던 걸까. 어쩌면 내가 물감을 뒤집어쓰고 코스프레 중인 인간이라 생각했을지도 모른다. 나는 안전요원이 나쁜 사람은 아니라고, 우리 사이에 단순한 오해가 있었던 것뿐이라고 믿기로 했다. 안전요원에게 이유를 따져 묻고 항의해야 했다는 생각은 뒤늦게 했다. 이째서 안전요원의 행동이 그럴듯한 일처럼 느껴졌을까. 왜 내게 잘못이 있었을지도 모른다고, 이런 취급을 받는 것이 당연하다고 생각했을까. 왜 내가 피해자임을 자각하지 못했을까. 어째서 그 짧은 순간, 나는 합리화를 하며 자책하기까지 했을까.

물줄기 사이로 사람들이 소곤대는 소리가 들렸다. 수건을 두르고 나왔을 때 루크가 보였다.

"헤이, 제이. 미안." 루크가 말했다.

"네가 왜?"

"팀을 말렸어야 했는데. 안전요원 말이야."

172

"그걸 왜 네가 말려?"

"내가 아니면 누가 말려." 루크는 당연하다는 듯 웃었다. "개인적으로 아는 사이인데, 나쁜 사람은 아니야. 좀 다혈질인 게 흠이긴 하지. 우리랑 같은 세인빌고등학교 출신이래. 풋볼 선수였다던데."

"그 사람이 왜 날 쫓아냈는지 모르겠어."

"파란 피부를 처음 본 거야. 널 보고 당황했겠지. 팀은 믿기지 않을 정도로 세상 물정에 어둡거든. 아직 클린턴이 대통령인 줄 알고 있을걸." 루크는 몇 칸 떨어진 캐비닛 앞에 서서 옷을 갈아입었다. "참, 예전에 우리 엄마를 만난 적이 있다며. 혹시 내가 도와줄 일이 있으면 얘기해. 언제든, 뭐든."

루크가 다시 웃었다. 그렇게 환하고 건강해 보이는 미소는 처음 봤다. 치아가 이상하리만치 가지런하고 빛이 났다. 루크에게 도움을 청했다면 공공 수영장을 이용할 수도 있었겠지만 세상 물정 어두운 풋볼 선수 출신 안전요원을 다시 마주하고 싶지는 않았다.

채석장이 만들어낸 호수에는 안전요원도, 다른 회원도, 레인도, 소독약 냄새도 없었다. 새파랗게 차가운 물과 그 틈새를 유영하는 나만 존재했다. 이렇게 계속해서 깊은 곳으로 내려가면, 속을 파고 내려가면 지구 반대편을 뚫고 나가겠지. 그곳에는 뭐가 있을까. 태평양? 운이 좋으면 호주겠지. 호주에서 살아도 좋겠다.

아무도 나를 모르는 곳에서. 생경한 동식물이 자라는 곳에서. 사방 수 킬로미터 내에 아무도 살지 않는, 그런 황량한 아웃백 지역은 기꺼이 나를 품어줄 텐데. 또, 물속에 머리를 담그고 엄마와 재우를 생각했다. 아빠와 삼촌, 셀마와 클로이를 생각했다, 사이먼과 루크, 후버 선생님과 미치도 생각했다. 좋은 기억보다 잊고 싶은 기억이 많았다. 억울한 순간이 많았다. 미래가 더 나을 거란 기대도 되지 않았다. 생각에 생각이 엉켰다. 실타래처럼 데굴데굴 굴렀다. 그러면 나는 더 깊은 곳으로 잠수했다. 좋지 않은 기억은 모두 그곳에 버렸다. 느린 걸음을 걷듯 콩닥콩닥, 심장 소리만 남은 몸이 나른히 하늘을 날고 있는 듯했다. 물 밖으로 나오면 입에서는 풀 냄새가 났고, 안개에 섞인 입김은 파랗게 공기 속으로 옅어졌다.

한 시간 정도 물에 잠겨 있으면 비로소 일과를 마무리한 기분이 들었다. 젖은 몸을 닦고 자전거에 올랐다. 거주지 근처까지 후미진 도로가 이어졌다. 양쪽으로 어둑한 숲이 펼쳐졌고 외진 가로등에 나방이 떼 지어 몰려들었다. 힘차게 페달을 밟고 있을 때 쉐보레 한 대가 상향등을 깜빡이며 다가왔다. 나는 자전거를 도로 오른쪽으로 붙이고 차가 앞질러 가기를 기다렸다. 하지만 차는 속도를 높이지 않았다. 거리를 좁혀 다가와 옆에 나란히 붙었다. 창문이 내려가더니 굵직한 팔이 그 위에 얹혔다. 코와 턱에 수염을 기르고 머리를 삭발한 남자가 조수석에 앉아 있었다. 멕시코 갱을 연상시키는 치카노 타투가 몸을 덮고 있었다. 운전대를 잡은 백인은 깡마른 체구에 와이셔츠 차림이었다. 처지고 충혈된 눈이 나를 향했다. 운전석에 앉은 백인이 치카노에게 말했다.

"맞다고 했잖아요."

"그렇네. 가까이에서 보는 건 처음이야."

"악마라고 그러던데요."

"악마는 무슨, 그냥 돌연변이지. 어이 꼬마, 집에 가는 거야?" 치카노가 내게 물었다.

"네."

"태워줘?"

나는 고개를 저었다.

"삼촌은 잘 있어? 캔 말이야."

치카노가 웃을 때 은색 송곳니가 반짝였다. 나른했던 몸이 태양 아래에서 바짝 말라버린 개구리처럼 경직됐다. 나는 페달에 발을 얹고 자전거를 몰았다. 쉐보레는 내 옆에 바짝 붙었다. 운전석에 앉은 백인이 이따금 들이받을 듯 자전거를 향해 핸들을 틀었다. 재미로 그러는 것 같았다.

"캔은 잘 있냐니까."

"직접 물어보세요."

"어이." 치카노는 차에 있던 스니커즈 봉지나 담뱃갑 따위를 집어 던졌다. 몇 개는 내 얼굴로 날아왔다. "얘기할 때는 나를 봐."

고개를 돌렸을 때 치카노의 허벅지에 올려놓은 총이 보였다. 광택을 내며 번쩍거리는 총신이 날카롭게 벼린 칼 같았다. 치카노는 으르렁거리는 개를 달래듯 방아쇠에 손가락을 걸어놓았다.

"삼촌이 딴짓거리 하는 것 같지는 않아?"

"어떤 거요?"

"우리 말고 다른 사람을 만난다거나 말이야."

"가게에 손님들이 많이 와요."

"그런 얘기가 아니잖아."

"저는 잘 몰라요."

"뭐라고?" 치카노가 문 밖으로 몸을 내밀었다. "웅얼거리지 말고 크게 얘기해, 이 자식아!"

"잘 모른다고요."

"그래, 잘 모르겠지. 수상하다 싶은 게 있으면 좀 알려줘."

"제가 왜요."

"크게 말하라고 했잖아!"

치카노가 버럭 소리를 지르며 총으로 대시보드를 내리쳤다. 운전석 쪽에서 깜짝 놀라 핸들을 트는 바람에 자전거가 균형을 잃었다. 흙탕물 위에 넘어진 나를 보고 차에 앉은 둘은 폭소를 터뜨렸다.

맞은편에서 사이렌이 울렸다. 빨갛고 파란 불빛이 번쩍였다. 치카노가 눈을 찌푸리며 총을 품속에 넣었다. 백인은 갓길에 차를 세웠다. 몇 미터 떨어진 곳에서 순찰차 전조등이 우리를 비추고 있었다. 순찰차에서 잡음 섞인 무전이 들리더니 잠시 후 윈스턴 보안관이 운전석에서 걸어 나왔다. 보안관은 쉐보레 운전석으로 다가가 허리를 숙여 두 사람을 노려봤다.

"혼자 가고 있길래 태워주려 한 거예요." 백인이 묻지도 않은 말에 대답했다.

"개소리."

"이 길은 위험하다고요."

"그렇게 만드는 인간들이 있지."

"누구 얘긴지 모르겠네."

"요즘 세인빌에 유통되는 약이 부쩍 늘었다는 얘기가 있던데."

"누구 얘긴지 모르겠다니까요."

백인이 능글맞게 웃었다. 윈스턴 씨는 얼굴을 잔뜩 찡그리며 나를 쳐다보고는 다시 허리를 숙여 두 사람에게 말했다.

"너희들이 길에 쓰레기를 버리든 무단 횡단을 하든 오줌을 싸든 나체로 활보하든 난 신경 쓰지 않아. 내일 당장 웨스트버러침 례교회에 가서 설교를 듣는다고 해도 콧방귀나 뀌고 말겠지. 하지만 그게 세인빌 주민들을 불편하게 만든다면, 아주 작은 피해 라도 준다면, 그때부터는 얘기가 달라져. 소란 피우지 말란 말이 야. 조용히 은퇴하고 싶으니까."

"얼마든지요." 치카노가 빈정거리는 말투로 끼어들었다. "우리도 바라는 일이거든요."

내 쪽으로 침을 뱉은 치카노가 백인에게 손짓했다. 백인은 음악을 크게 틀고 도로 끝으로 사라졌다. 윈스턴 씨는 허리춤에 손을 얹고 차가 시야에서 완전히 사라지기를 기다렸다가 내게 말했다.

"넌 왜 이 시간에 혼자 돌아다니는 거야."

"죄송해요. 그냥……."

"질문이 아니야." 윈스턴 씨가 말을 끊었다. "그냥 위험한 곳에, 위험한 시간에 돌아다니지 말라는 거지."

윈스턴 씨가 차로 돌아가 무전을 주고받는 동안 나는 자전거를 일으켰다. 팔꿈치와 무릎이 흙탕물에 젖어 지저분했다.

"저 사람들이 누군지 아니." 윈스턴 씨는 다소 누그러진 말투로 물었다. 나는 모르겠다고 대답했다.

"얼굴이 허연 녀석은 래리 콜맨이라는 놈이야. 시답잖은 약쟁이지. 하지만 수염을 기른 녀석은 알아두는 게 좋을 거다. 차포 마르틴이라는 갱이거든."

서늘한 눈빛이 기억났다. 은색 송곳니와 품속에 넣어둔 커다란 권총도.

가로등이 밝은 길이 나타날 때까지 윈스턴 씨는 호위하듯 내 뒤를 따라 운전했다. 그 호의가 달갑지만은 않았다. 집으로 들어간 나는 거실 창문으로 누가 따라오지는 않았는지 살폈다. 거리에는 쥐 새끼 한 마리 보이지 않았다. 유리창 앞에 작고 약한 소년이 겁먹은 얼굴로 서 있을 뿐이었다. 커튼을 쳤다.

13

한국에서 석사과정을 밟고 있던 인도인 유학생 키슬라이 쿠마르가 이태원의 한 식당에서 출입을 금지당했다는 기사를 읽었다. 보안요원은 노 인디언, 하고 짧게 말한 뒤 재차 항의하는 키슬라이 쿠마르에게 카자흐스탄, 파키스탄, 몽골, 사우디아라비아, 이집트 사람은 규정상 입장이 불가능하다고 대답했다. 함께 식당을 찾은 러시아, 콜롬비아, 아프가니스탄, 프랑스, 캐나다 사람이 먼저 신분증을 제시하고 입장한 뒤에 벌어진 일이었다. 나는 클로이에게 기사를 번역해 공유했다.

─대체 무슨 생각인 걸까.

클로이의 답신이었다.

─그렇지?

─내 블로그 읽어봐. 네가 좋아할 만한 글을 써놨어.

클로이의 블로그에는 매일 새로운 글이 올라왔다. 미네소타에서 새로 다니게 된 고등학교, 미네소타의 관광지, 파트타임으로 일하는 가게, 새로 만난 친구들에 대한 이야기. 내가 모르는 이름들이 댓글을 달았다. 반가워. 행운을 빌어. 함께하게 돼서 기뻐. 좋은 글이야. 멋지다. 사진 속 클로이는 활짝 웃고 있었다. 건강하고 편안해 보였다. 그 안온함 속에서 클로이는 뭔가를 결심한 것 같았다. 일상 이야기를 올리던 블로그에 전혀 다른 분위기의 글이 올라오기도 했다.

흑인이 진화해서 백인이 된다고 믿는 사람들이 있더라고요. 원숭이가 진화해서 사람이 된다고 생각하는 것처럼요. 멍청하긴. 백인이 진화해서 파란 피부가 된다고 믿지는 않으면서. 진화는 그런 식으로 진행되지 않아요. 변화가 우월함을 의미하는 것도 아니고요. 갈래가 나뉜 것뿐이지. 네가 있던 곳으로 돌아가라는 말은, 사실 전 인류에게 아프리카로 돌아가라고 외치는 것과 같아요.

인류는 원래 털북숭이였대요. 사냥과 더운 기후에 적응하면서 털이 사라졌고, 맨살을 쏘아대는 자외선을 차단하기 위해 멜라닌을 생성하기 시작했어요. 멜라닌이 많으면 피부는 검어지죠. 검은 피부는 생존을 위한 선택이었던 거예요. 하얀 피부도 마찬가지예요. 농경 생활이 시작되면서 비타민D를

181

섭취하기 힘들어진 인류가 자외선을 활용해 비타민D를 생성하기 시작했거든요.

파란 피부는 새로운 가능성이겠지요. 생각해봐요. 언젠가 초록색 피부를 가진 인류가 태어날지도 몰라요. 피부색만으로 무지개를 만들 수 있을지도 모르고요. 여전히 파란 피부를 바라보는 시선에는 불편한 구석이 있죠? 나는 흑인과 백인이 충돌하는 가운데 놓인 외계인이니까요. 하지만 나는 이 갈등이 무의미하다는 것을 증명하는 존재이기도 하지 않을까요?

클로이는 세인빌고등학교의 누군가가 'Blued'라고 적은 포스트잇을 스쿨버스 의자에 붙였다는 폭로 글도 올렸다. 제목은 '세인빌의 짐 크로 법. 21세기의 로자 파크스를 기다리며'였다. 댓글에는 널 위한 거야 J, 라고 적어놓았다. 클로이는 그 게시물이 가벼운 해프닝으로 끝날 거라 생각한 모양이었다. 자신의 영향력을 간과한 행동이었다.

영국의 한 인권활동가가 그 내용을 자신의 트위터에 옮기면서 일이 걷잡을 수 없이 커졌다. 유명 소설가와 흑인 래퍼가, 민주당 정치인이 그 트윗을 인용하며 클로이를 응원했다. 며칠 뒤에는 미국의 주요 언론사 몇 곳이 클로이의 블로그를 짤막하게 언급했다. 클로이는 미치 램버트의 이름을 한 글자도 공개하지 않았는데 그 편이 더 효과적이었다. 클로이가 자신의 이름을 블로그에 공개해버릴까 두려웠던 미치는 죽은 듯 조용히 지냈다. 후버 선생님이 은밀한 차별 행위를 중단하고 얌전히 수업만 진행하게 된 것도 그 즈음이었다.

클로이를 향한 공격적인 댓글도 끊이지 않았다. 그러나 클로이는 주눅 들지 않았다. 멈추지 않고 질주했다. 논리가 부실한 댓글은 리스트를 만들어 전시했고 응원하는 댓글에는 일일이 답변을 달았다. 자신의 주장을 반박하는 글은 일정 부분 동조하거나 비판했다. 이도 저도 아닌 욕설은 무시로 일관했다. 나는 덩달아 당당해졌다. 세상 모든 사람이 나를 보호해줄 것 같은 기분이었다. 어깨를 펴고 당당하게 집으로 걸어가는 내게 셀마가 차를 몰고 왔다.

"정신 나갔어?"

나는 영문을 몰라 눈만 끔뻑거렸다.

"왜?"

"왜라니. 샬러츠빌 말이야."

"샬러츠빌이 왜?"

셀마가 답답하다는 듯 말을 이었다.

"신남부연합과 신나치당, 몰라?"

샬러츠빌은 인구 5만 명이 조금 못 되는 세인빌 근처 도시였다. 남부연합이나 나치 같은 무게감 넘치는 단어를 그 작은 도시와 연결시키기가 쉽지 않았다. 셀마는 휴대전화를 꺼내 기사를 보여줬다. 카우보이모자를 쓴 백인들이 남부연합기와 하켄크로이츠를 들고 있었다. 행렬의 선두에 티키 횃불이 이글거렸다.

"가자, 태워줄게. 시위가 여기까지 번질지도 몰라."

셀마는 함께 차를 타고 가는 동안 이야기를 계속했다.

2017년 5월, 샬러츠빌은 남북전쟁 당시 남부군의 장군이었던 로버트 E. 리의 동상을 철거하기로 결정했다. 그걸 막기 위해 백인우월주의자들이 '우파여 단결하라(Unite the right)'라는 구호를 외치며 횃불을 들고 샬러츠빌로 모여들었다. 이에 반발하는 시위대 역시 샬러츠빌에 집결하면서 갈등이 고조되기 시작했다. 6월과 7월에는 쿠클럭스클랜(KKK)이 동상 철거 반대 시위를 벌였다. 8월로 접어들며 긴장은 최고조에 달했다. 8월 12일, 마침내 양쪽 시위대가 충돌하며 폭력 사태가 벌어졌다. 당시 경찰은 남부연합기와 하켄크로이츠를 든 백인 시위대를 보호했고 저항하던 시민들에게는 최루가스를 뿌렸다. 그날 극우 시위대 중 한 명인 제임스 알렉스 필즈 주니어가 차를 몰고 반대 측 시위대를 향해 돌진했다. 이 사고로 헤더 헤이어라는 여성이 사망했다.

"토머스 제퍼슨 대통령이 버지니아 출신인 거 알아? 미국 독립선언문 작성에 참여한 사람, 불의가 법이 될 때 저항은 의무가 된다는 말을 한 사람 말이야. 샬러츠빌에 살았지. 백인 농장주였고, 소유한 흑인 노예가 200명이었어. 지금도 몬티셀로에 가면 노예농장 투어를 할 수 있어. 로버트 E. 리보다는 토머스 제퍼슨의 동상을 제거하는 쪽이 효과가 좋을 텐데. 토머스 제퍼슨도 21세기까지 이런 일이 벌어지고 있을 거란 생각은 못 했겠지? 그 시대 기득권에게는 이런 문제의식조차 없었을지 몰라. 차별은 그 시스템의 피해자만 인지할 수 있는 독가스 같은 거니까. 수십 번의 경험이 필요한 게 아니야. 몇 번, 어쩌면 딱 한 번의 끔찍한 경험이 회복할 수 없는 상처를 폐에 남기는 거야. 그리고 숨을 쉴 때마다 그 기억이 되살아나는 거지. 사람들은 그걸 몰라. 차별이 강물처럼 흘러야지만 차별인 줄 안단 말이야. 사실 차별은 곳곳에 놓인 지뢰밭 같은 거야. 딱 한 번의 폭발에도 우린 불구가 된다고."

"넌 교장 선생님이랑 얘기가 잘 통하겠다."

"헤먼 선생님? 그럼, 우리는 얘기를 많이 해. 관심사가 일치하거든. 다른 학생들은 모르는 비밀 결사대 같은 거지. 특혜 같은 걸 받는 건 아니니까 오해하지는 마."

셀마는 운전이 서툴렀다. 신호등 앞에서 급하게 브레이크를 밟았고 신호가 바뀐 뒤에도 출발하지 않아 기다리던 차가 경적을 울리게 만들었다. 멀미가 날 것 같았지만 셀마가 운전하는 차에 타고 있다는 사실이 기분 좋았다.

"저기, 셀마."

"알아, 너희 집을 지났지. 한 바퀴 더 돌자."

"왜?"

"할 말이 있어."

다시 신호에 걸려 차가 섰다. 셀마는 앞만 보고 있었다.

"무슨 할 말?"

"사실 이 얘기를 하고 싶어서 차에 태운 거야."

"샬러츠빌 때문이 아니라?"

"거기서 시위가 벌어진다고 셰인빌이 위험하겠니."

신호가 바뀌었다. 차가 말처럼 튀어 나갔다.

"알았어. 무슨 얘기를 하고 싶었어?"

"사이먼 있잖아."

"응, 사이먼."

"내가 요즘 걔를 만나."

안전벨트가 목을 죄어오는 기분이었다.

"들었어? 내가 사이먼을 만난다니까."

"사이먼은 클로이 남자친구잖아."

"남자친구였지."

"그래도 어떻게……."

"프리칼리지 프로그램을 같이하면서 가까워졌어. 나도 어쩌다 이렇게 됐는지 몰라. 기숙사, 파티…… 키스, 뭐 그런 거야."

"클로이도 알아?"

"아직."

"클로이도 알아야 해."

"그건 안 돼. 내 말은, 그래, 클로이도 알아야지. 하지만 그게 꼭 지금일 필요는 없잖아."

셀마는 집을 조금 지나쳐 브레이크를 밟았다. 차에서 내리는 나를 붙들고 말했다. "클로이한테는 내가 말할게." 나는 고개를 <u>끄</u>덕였다.

셀마의 낡은 코롤라는 커브를 그리며 멀어졌다. 신이 나서 방방 뛰는 것 같았다. 차가 그럴 수 있나. 아마 셀마가 그랬겠지. 신이 나서, 획획 핸들을 꺾고 힘차게 브레이크를 밟았겠지. 방에 들어온 뒤에도 셀마의 조목조목 예쁜 얼굴이 생각났다. 점토를 곱게 펴 바른 듯한 갈색 피부, 커다랗고 장난기가 섞인 눈, 하얗고 가지런한 치아, 환한 미소. 나를 설레게 하던 그 웃음소리.

14

주황색 곱슬머리의 사서가 책에 부착된 바코드를 찍었다. 문을 닫기 전이라 서둘러 책을 대여하려는 주민 대여섯이 차례를 기다리고 있었다. 사서는 내가 빌린 사회학과 역사 서적을 보며 놀란 표정을 지었다.

"가만, 너 한국에서 왔다는 애잖아. 이런 책을 다 읽을 수 있어?"

"아직은 사전이 필요해요."

"그렇다고 해도…… 어지간한 어른들보다 네가 더 어려운 책을 빌려. 오늘 사람들이 어떤 책을 대출했는지 알아?《그레이의 50가지 그림자》《아기를 위한 처음 100단어》《심연: 그레이의 50가지 그림자》《건강한 생활을 위한 30일 식단 가이드》…… 미국에 이민 온 거지? 몇 년이나 됐어?"

"2015년부터 살았어요."

"내 말이! 이제 2년 조금 넘게 지낸 거잖아."

"저기요? 사람들이 기다리고 있잖아요." 줄을 서 있던 주민이 말했다.

"얘기 중인 거 안 보여요? 조용히 하고 기다려요." 사서가 쏘아붙이고 이어 말했다. "피부가 파란 애들이 다 똑똑한 걸까?"

"가장 유명한 파란 피부는 테러범인걸요."

"혹시 모르지. 어쩌면 그 사람들도 똑똑한 테러범일지. 클로이도 도서관에 자주 왔었는데 요즘은 안 보이네."

"이사 갔어요."

"그랬구나. 어디로?"

"미네소타요."

"추운 곳에 갔네. 안부 전해줘. 다음!"

책을 받아 도서관을 나왔다. 가방이 평소보다 무겁게 느껴졌다. 하드커버 도서 두 권이 들어 있어 그런 것만은 아니었다. 사서는 한동안 생각하지 않던 셀마와 클로이의 문제를 다시 떠오르게 만들었다. 어쩌면 셀마가 사이먼과의 관계를 클로이에게 영원히 비밀로 할지도 모르겠다는 생각이 들었다. 직접 클로이에게 진실을 알려줘야겠다고 생각한 적도 있었지만 그건 셀마와 클로이, 두 사람을 동시에 힘들게 하는 일이 될 것 같았다. 결국 나는 입을 다물기로 결심했다. 클로이를 둘러싼 세계는 안전하며 밝아 보였고, 나는 그 낙원을 망치고 싶지 않았다.

언론과 유명인이 몇 차례 언급한 후로 클로이의 블로그는 변혁을 꿈꾸는 십대의 아이콘이 되어 있었다. 클로이가 올리는 진중한 글은 학교 소식과 가족 이벤트, 소소한 일상 이야기 사이에서 무겁게 반짝였다.

증오범죄연구자 브라이언 레빈이 말한 증오의 피라미드 5단계는 다음과 같아요. 1단계 편견, 2단계 편견에 의한 행동, 3단계 차별 행위, 4단계 폭력 행위, 5단계 제노사이드. 한 사회가 앞에서 말한 단계를 밟아가는 걸 지켜볼 필요도 없어요. 세계 곳곳에서 1단계부터 5단계까지 모든 상황이 동시에 진행되고 있으니까요. 심지어 가해 국가이 대다수는 제1세계에 속해 있죠.

클로이는 전기 및 회고록 분야에서 몇 차례나 베스트셀러를 출간한 적이 있는 출판사와 미팅을 진행했다. 끊임없이 새로운 일이 벌어지는 인생이 즐겁다고, 클로이는 썼다. 미래에 대해서도 얘기했다. 고등학교 3학년이 되는 내년에 대해서, 대학교 진학에 대해서, 긴 학업 계획과 그 후에 있을 훨씬 긴 인생에 대해서. 그래서 클로이의 블로그에 철거하다 만 듯한 공구와 자재가 보이는 공사장 사진이 올라왔을 때는 의아할 수밖에 없었다. 사진 구석에는 커다란 비닐봉지로 감싼 물체가 놓여 있었다. 댓글로 수십 개의 물음표가 찍혔다. 이건 어디야? 퀴즈? 으스스한데.

클로이에게서는 답이 없었다. 사람들이 해명을 기다리는 사이에 클로이의 엄마, 라는 아이디가 댓글을 달았다. 게시물이 올라오고 하루가 지난 시점이었다.

이건 클로이가 올린 사진이 아닙니다.

이게 대체 무슨 소리야, 하고 중얼거리는데 클로이의 엄마가 다른 댓글을 이어 올렸다.

클로이를 위해 기도를.

누군가의 장난이라 생각했다. 클로이의 블로그가 인기를 끌면서 괜한 시비를 걸거나 헛소리를 늘어놓는 놈들이 수두룩했으니까. 그렇지만 클로이가 올린 수상쩍은 사진은 여전히 설명이 되지 않았다. 나는 휴대전화를 열었다. 이틀 전까지 클로이와 나눈 대화 목록이 떴다. 우리는 미치 녀석이 어떻게 변했는지 얘기하면서 함께 통쾌해했다. 클로이에게서 받은 커다란 엄지 이모티콘이 흔들리고 있었다.

— 별일 없지? 도서관 사서가 안부 전해달래. 주황색 머리카락을 가진 사람.

한 시간이 지나도록 답이 없었다. 나는 셀마에게 전화해 클로이의 블로그가 이상하다고 말했다. 셀마는 그러지 않아도 며칠 전부터 클로이와 연락이 되지 않는다고 했다.

"뭐, 누가 장난친 거겠지." 셀마가 말했다.

"그렇겠지? 그런데 왜 연락이 안 될까."

"여행 갔을지도 모르지. 방학이잖아. 미네소타에는 캠핑 스폿이 널렸고, 그런 곳에서는 통화도 힘들 거야. 나 같으면 며칠은 휴대전화를 꺼놓을걸."

"이상한 사진이랑 댓글은 또 뭐고."

"해킹을 당했을지도 모르지. 요즘 주목을 많이 받았잖아. 너무 신경 쓰지 마. 내일 도니스헬에서 볼까?"

"좋아."

이튿날 도니스헬에서 만난 우리는 평소의 절반도 대화를 나누지 않았다. 휴대전화를 자주 들여다봤고, 눈이 마주치면 크리스마스를 앞두고 블라인드 데이트에 나온 사람들처럼 어색하게 웃었다.

"아무 일도 없겠지?" 햄버거를 반쯤 먹었을 때 내가 물었다.

"그럼." 셀마가 대답했다.

여름방학이 끝났다. 후버 선생님은 11학년 1학기에도 역사 수업을 담당했다. 미치와 네이트도 함께 수업을 들었다. 나른한 수요일 오후에 진행된 수업은 예상과 달리 나쁘지 않았다. 후버 선

샘님은 헛소리를 하지 않았고 미치는 나를 무시하다시피 했다. 네이트와 레이철이 논쟁을 벌일 만한 토론 주제도 없었다. 19세기 초 미국 역사 수업이 50분간 지루하게 진행됐을 뿐이다. 그런데 묘하게 나를 불편하게 만드는 요소들이 있었다. 아이들은 자기들끼리 뭔가를 쑥덕거리다 고개를 돌려 나를 봤다. 어떤 이야기가 한쪽에서 시작돼 파문처럼 교실에 퍼져나가는 중이었다. 네이트가 귓속말로 미치에게 뭔가를 전달했을 때, 휴대전화를 꺼내 기사를 검색한 미치는 믿을 수 없다는 듯 눈을 휘둥그레 떴다.

불편한 분위기는 수업이 끝나고 복도로 나온 뒤에도 이어졌다. 등 뒤에서 수군거리는 소리가 들렸다. 곁눈질로 스치듯 향하는 시선도 느낄 수 있었다. 내키지 않는 퍼레이드를 하는 기분이었다. 관중 사이에는 루크와 사이먼도 있었다. 캐비닛에서 교과서를 꺼내고 있을 때 미치가 야생 짐승처럼 달려와 나를 돌려세웠다.

"들었어?" 미치가 말했다. "클로이 말이야."

"클로이가 뭐."

"잡아먹혔다더라."

복도에 있던 애들의 시선이 일제히 나를 향했다. 그렇게 하라는 명령을 하달받은 군인들 같았다. 불안과 동정의 눈빛이 없지 않았지만 가장 선명하게 드러낸 감정은 호기심이었다.

"개 먹혔대. 잡아먹혔대. 어제 발견됐대. 구역질 나. 너도 조심하는 게 좋겠다. 그렇지?"

미치는 누군가 방해하기 전에 재빨리 할 말을 쏟아냈다. 미치의 말에는 두서가 없었지만 벌어져서는 안 될 일이 벌어졌다는 것을 짐작할 수 있었다. 몸속의 장기가 돌처럼 단단해지는 것 같았다.

루크와 사이먼이 다가왔다. 두 사람의 커다란 그림자가 미치를 에워쌌다. 미치가 뒤를 돌아보는 순간 루크가 미치를 세게 밀었다. 미치는 날아가듯 캐비닛에 부딪혔다. 철판이 덜컹거리는 소리가 날카로웠다.

"적당히 해." 루크가 말했다.

"조심하라고 알려준 것뿐이야." 미치가 항변했다. "제이도 클로이처럼 되면 안 되니까."

"사람이 죽은 건 장난이 아니야."

"장난을 치려던 게 아니라니까. 그냥……."

이번에는 사이먼이 미치에게 달려들었다. 팔꿈치로 미치의 목을 꽉 눌렀다. 미치는 눈을 질끈 감고 숨 쉬기가 힘들다고 말했다. 수업 시작을 알리는 종이 울렸다. 루크가 미치의 목덜미를 붙들어 교실로 보냈다. 학생들이 흩어지고 난 뒤 복도에는 나와 사이먼만 남아 있었다.

"괜찮아?" 사이먼이 흥분한 목소리로 말했다. "방금 기사를 봤어. 어떻게 이런 일이……."

나는 사이먼에게 잠시 혼자 있고 싶다고 말했다. 사이먼은 뭔가를 말하려다 말고 자리를 떴다.

휴대전화를 꺼내 클로이 알리야, 라고 적어 뉴스를 검색했다. 몇 개 되지 않는 기사의 헤드라인을 장식한 단어들이 점처럼 눈에 들어왔다. 파란 피부, 살해, 용의자, 체포, 카니발리즘. 기사를 아래로 내리자 웃고 있는 클로이의 사진이 나왔다. 클로이의 블로그를 열었다. 새로운 댓글이 잔뜩 달려 있었다. 추모와 애도 사이에 간헐적인 조롱이 섞여 있었다. 까불더니 꼴좋다. 언젠가 이렇게 될 줄 알았지. 맛있으려나? 어떤 댓글은 초밥 이모티콘으로 도배가 돼 있었다.

사람들은 선한 얼굴로 살을 벤다.

화장실로 달려갔다. 변기에 머리를 박고 토하기 시작했다. 내게 벌어질 모든 불행을 암시하는 것처럼, 속에 든 것을 모조리 게운 뒤에도 구역질은 그치지 않았다.

기사를 제대로 읽을 수 있기까지는 며칠이 걸렸다. 사건 내용을 타임라인별로 정리한 기사, 해석과 추측을 다룬 유튜브 영상이 수십 개는 됐다. 아빠는 휴대전화에 클로이의 사진이 커다랗게 실린 뉴스 기사를 띄워놓았다. 삼촌이 선물한 텔레비전에서도 클로이의 얼굴이 보였다. 〈폭스뉴스〉의 특별 편성 프로그램이었다. 앵커와 기자가 문답을 주고받으며 소식을 전했다. 아빠는 내용의 절반도 알아듣지 못하는 것이 분명했지만 채널을 돌리지는 않았다.

클로이는 2017년 8월에 사망했다. 미니애폴리스의 카멜센터 3층 상가에서 시체가 발견되기까지 일주일이 걸렸다. 경찰을 부른 것은 야간 당직을 서던 경비원 맥스 브라운이었다. 맥스는 순찰을 서던 중 펑 하고 터지는 소리를 들었으며 곧이어 지독한 냄새에 코가 마비될 지경이었다고 진술했다. 경찰은 시체가 들어 있던 비닐이 밀봉돼 있다가 터진 것으로 보인다고 언론에 전했다. 소문대로, 용의자는 시체 일부를 먹었다. 손톱과 머리카락 같은 부위였고 그것도 아주 조금이었다. 경찰은 그런 행위가 종교의식이나 미신의 일환이었던 것으로 판단했다. 결국 식인을 했다는 기사는 인터넷 언론의 클릭베이트(clickbait)였던 것으로 밝혀졌다. 하지만 누군가 파란 피부의 인육을 섭취했다는 생각, 그 끔찍한 인상만큼은 머리에 남아 나를 괴롭혔다. 가짜로 만들어낸 상상에서 한동안 벗어날 수 없었다.

용의자는 클로이의 블로그를 수시로 방문하며 동선을 파악한 것으로 알려졌다. 아르바이트를 끝낸 클로이가 몰을 운영하지 않는 시간대에 카멜센터 앞을 지난다는 사실을 알아낸 용의자는 같은 건물 내에 몇 달째 비어 있던 상가에서 살인을 저지르기로 결심했다. 약물과 주사기, 군용 나이프가 범행 도구였다. 경찰 관계자는 용의자가 당시 사용한 약물이 이미 치사량이었으므로 나이프는 직접적 사인이 되지 못했을 거라고 전했다. 범행을 마친 용의자는 휴대전화로 범행 장소를 촬영한 뒤 블로그에 사진을 올

렸다. "그것도 미신이었나요?" 기자가 물었다. "아니요." 경찰이
대답했다. "그럼요?" "……아무튼 아닙니다."

　용의자가 크리슈나를 섬기는 신도라는 소문이 퍼져 인근 지역
힌두교인과 인도, 파키스탄 출신에 대한 테러가 벌어졌다. 사실
은 미네소타에 거주 중인 소말리아계 난민이 저지른 일이라는 사
실이 밝혀진 후로는 난민 수용 정책에 대한 비난이 화두에 올랐
다. 그 난민이 정신과 치료를 받은 이력이 있다는 기사가 보도되
자 정신이상자에 대한 통제와 관리가 이루어져야 한다는 주장이
커뮤니티를 휩쓸었다. 사람들은 새로운 사실이 알려질 때마다 면
밀하게 타격할 대상을 찾아 고개를 돌렸다. 카멜센터 앞 한쪽에
서는 시위가, 그 반대편에서는 추모 행사가 벌어졌다. 트럼프 대
통령은 성명을 발표했다. 표면적으로는 클로이에 대한 애도를, 그
이면에는 이민자 집단을 향한 명확한 경고와 분노를 담고 있었다.
자신의 메시지가 지지층을 결속시킬 것을 알고 있었다.

　뉴스를 보고 있을 때 윈스턴 보안관이 집을 찾아왔다. 애도를
표하듯 모자를 벗고 손을 앞으로 모은 채였다. 나는 유족이 아니
었지만 윈스턴 씨는 내가 클로이에게 느꼈을 동질감과 그로 인한
정서적인 충격을 이해하고 있었다.

　"누고?" 소파에 앉은 아빠가 물었다.

　"보안관이요."

　"보안관? 보안관이 와?"

"클로이 때문에 걱정돼서 왔나 봐요."

"클로이가 누고."

"파란 피부요."

"아…… 니 친구라던 가?" 아빠가 혀를 쯧 찼다. "걱정도 팔자다."

윈스턴 씨는 클로이에게 벌어진 일이 어디까지나 한 미치광이의 단독 범행임을 강조했다. 그렇지만 샬러츠빌에서 시위가 벌어진 지도 얼마 되지 않았으니 조심하는 게 좋겠다고 했다. 윈스턴 씨가 말을 마치고 돌아갔을 때 텔레비전에서는 드라마 〈브루클린 나인-나인〉이 방영 중이었다. 아빠는 앤디 샘버그의 과장스러운 표정을 잠시 감상하다 채널을 돌렸다. 내가 느끼는 공포에 한 톨도 공감하지 못하는 것 같았다.

그해 10월 1일, 라스베이거스 만달레이베이호텔 32층 스위트룸에 투숙 중이던 스티븐 패덕이 컨트리 뮤직 페스티벌을 관람하던 군중을 향해 총기를 난사했다. 그 사건으로 예순한 명이 목숨을 잃었다. 민주당과 공화당이 총기 규제 정책을 두고 각자 목소리를 높였다. 언론이 가세하고, 국회와 백악관이 논의를 더하고, 로비스트와 칼럼니스트가 발 빠르게 움직였다. 클로이는 잊혔다. 파란 피부는 총기 문제에 비해 정치적인 활용 가치가 높지 않았다.

클로이의 추모 사이트가 개설됐다. 내가 알지 못하는 사람들이 쓴 추도문이 RIP 해시태그와 함께 달렸다. 조롱이나 비방하는 글, 논란의 여지가 있는 글은 클로이의 가족이 삭제했다. 미안해. 사랑해. 잊지 않을게. 숙제를 해치우듯 비슷한 문장이 반복됐고, 그래서 진심으로 애도하는 것 같지 않았다. 사이먼과 루크, 에밀리의 이름도 보였다. 모두 클로이를 사랑하고, 지켜주지 못해서 미안하고, 영원히 잊지 않겠다고 했다.

셀마와 나는 추모 사이트에 아무 글도 올리지 않았다. 대신 도니스헬에서 만나 햄버거 세 개를 주문했다. 구석 테이블에 마주 앉은 우리는 조용히 클로이를 추억했다.

15

    핼러윈이 되자 셰인빌의 아이들이 코스튬을 길지고 사탕을 받으러 돌아다녔다. 나는 집에 있는 불을 모두 껐다. 트릭 오어 트리트(Trick or Treat), 하고 외치던 아이들이 유리창에 다닥다닥 얼굴을 붙였다. 집 안을 들여다보던 아이들은 어둠 속에서 튀어나온 나를 보고 괴물, 괴물, 하고 소리쳤다. 커튼으로 가리자 아이들은 짧은 팔다리를 흔들며 달아났다. "괴물, 괴물!" 셰인빌의 주택단지에 비명이 메아리쳤다.

    추수감사절에는 월마트에서 칠면조샌드위치를 사다 먹었다. 아빠는 고기가 좀 차다고 했다. 전자레인지에 돌려서 다시 내놓았더니 이번에는 빵이 퍽퍽하다고 했다. 트리도, 장식도, 산타의 선물과 캐럴도 없는 크리스마스가 지났다. 해가 바뀌었다.

한 중국 자동차 회사가 셰인빌 인근에 위치한 유리 공장을 인수했다. 회사는 본사에서 파견된 직원들에게 사전 협의된 매장에서 현금처럼 사용할 수 있는 쿠폰을 지급했는데, 그중에는 캔스워시도 있었다. 주말이 되면 중국인 노동자들이 세탁소에 몰려와 차례를 기다렸다. 모두 공영 주택단지의 다세대주택에 거주하는 사람들이었다. 아빠는 중국인들이 통하지도 않는 중국어며 영어로 사람을 귀찮게 한다고 투덜거렸지만 가게는 호황이었다. 삼촌은 포르셰를 구입했다. 아빠에게는 보너스를 지급했다. 아빠는 그 돈으로 비싼 술과 안주를 사다 쟁여놓고 겨우내 먹고 마셨다.

나는 반년이 지나도록 클로이에게 벌어진 끔찍한 사건에서 벗어나지 못했다. 평생 그럴 수 없을 것 같았다. 세계는 무채색이었다. 나는 내면으로 침잠했고 타인의 영역에서 멀어지려 했다. 셀마의 선곡과 이어폰의 도움을 받았다. 공장 기계 소리를 흉내 낸 기타에 정신을 뺏기는 동안에는 고통으로부터 단절되는 기분이었다. 수업 시간을 제외한 모든 순간에 이어폰을 꽂고 외부의 접근을 봉쇄했다. 덕분에 화장실에 있을 때도 몸 밖으로 뭔가를 분출하는 불쾌한 소리에서 해방될 수 있었다. 하지만 그건 청각을 제거한 상태로 포식자들 사이에 몸을 던지는 행동이기도 했다.

학교 화장실 문 아래쪽은 종아리 높이로 뚫려 있어서 밖을 지나는 사람이 있는지 쉽게 알 수 있었다. 나인 인치 네일스의

⟨Closer⟩를 듣고 있을 때 누군가 내 앞에 섰다. 뭔가를 고민하듯 잠시 그 자리에 서성거리던 사람은 곧 옆 칸으로 이동했다. 문을 열고 닫는 동안 칸막이가 덜컹거렸다. ⟨Closer⟩가 끝나고 ⟨Ruiner⟩가 재생되기 직전, 나는 바닥에서 그림자를 발견했다. 고개를 들자 칸막이 위로 올라온 휴대전화 카메라가 보였다.

내가 문을 열고 나갈 때까지도 상대는 촬영을 멈추지 않았다. 나는 옆 칸 문을 세게 걷어찼다. 미치가 당황한 얼굴로 튀어나왔다.

"무슨 짓이야?" 내가 물었다.

"아무 일도."

"내 사진을 찍었잖아."

"아니라니까! 왜 그래. 무슨 걱정이라도 있어(What's eating you)?"

뭐가 널 먹고 있어? 미치는 자신의 말이 그렇게 해석되기를 원했을 것이다. 아마도 나를 조롱할 의도로. 클로이를 떠올리게 하기 위해서. 나는 미치에게 다가갔다. 휴대전화를 보여달라고 할 생각이었다. 위협할 의도는 없었다. 미치가 사진만 지우면 아무것도 문제 삼지 않을 생각이었다. 하지만 미치는 내가 다가서는 것을 공격 신호로 받아들인 모양이었다. 권투 선수처럼 몸을 홱 돌리며 손을 뿌리친 미치는 내게 발을 걸었다. 나는 그대로 넘어지며 타일 바닥에 턱과 배를 세게 부딪쳤다. 갈비뼈가 너무 아팠다. 그 틈에 미치는 달아났다. 복도로 나갔을 때는 아무도 보이지 않았다. 나는 욕을 내뱉었다. 저주의 말을 토했다. 미국에 온 후로 증오가 내 속에 자리 잡는 일은 수두룩했지만 그것을 밖으로 꺼낸 건 처음이었다. 끈적이는 생명체를 입으로 뱉어낸 기분이었다. 프로페서 엑스가 고개를 내밀었다가 가만히 문을 닫았다.

나는 미치가 저지른 일을 누구에게도 말하지 않았다. 분쟁과 동요에 휘둘리고 싶지 않았다. 하지만 바지를 내리고 변기에 앉은 나를 비추던 렌즈, 미치의 의기양양한 표정, 갈비뼈의 욱신거리는 통증, 그로 인한 찝찝한 감정은 며칠째 오염 물질처럼 내게 들러붙어 있었다.

캔스워시를 찾아 주말 내내 게임을 했다. 삼촌에게 동전을 가득 받아 와 〈갤러그〉와 〈동키콩〉 기록을 갈아치우기 시작했다. 더러운 것을 씻어내고 싶었다. 아무도 나를 해치지 못하는 곳에서, 상큼한 세제 향을 맡으며 안전한 기분을 느끼고 싶었다. 이따금 삼촌이 내 뒤를 오갔다. 병국이 형이 그러던 것처럼 게임을 방해하며 장난을 쳤다. 나는 반응하지 않았다. 함께 저녁을 먹으러 가자는 제안에도 응하지 않았다. 이틀 내내 게임을 하며 고득점자 리스트에 FCK, SOB, ASS 같은 글자를 도배해놓았다.

일요일 저녁, 삼촌이 내 뒤에 와서 섰다. 마지막으로 건조기를 돌리던 중국인 고객이 세탁물을 챙기던 중이었다.

"그만."

나는 못 들은 척했다.

"그만해."

커다란 곤충 한 마리가 내려와 비행기를 납치하는 레이저를 쏘는 순간 삼촌이 게임기 전원을 끄고 이어폰을 뽑아버렸다. 검은 화면에 내 얼굴이 비쳤고 시끄러운 음악은 이어폰에서 계속 흘러나왔다.

"제이야, 그만."

나는 게임기 전원을 연결하고 부팅이 되기를 기다렸다. 스타트 버튼을 누르라는 안내와 게임 설명 아래로 남코 로고가 떴을 때 삼촌이 내 옆구리를 세게 쥐었다. 나는 새우처럼 몸을 말며 신음을 터뜨렸다. 내가 쓰러지기 직전에야 삼촌은 손을 놓았다.

"무슨 일이야."

"아무 일도 아니에요."

"너같이 거짓말 못하는 애는 처음 본다."

삼촌은 밤새 대답을 기다릴 것처럼 내 앞에 서 있었다. 삼촌에게는 충분한 인내심과 시간이 있었고, 무엇보다 나를 아끼는 마음이 있었다.

"조카가 종일 말도 없이 게임만 하고 있으면 뭔가 이상해 보이지 않겠니. 그것도 꼭 옆구리를 다친 것처럼 구부정한 자세로 있으면. 학교에서 무슨 일이 있었던 거지? 그렇지?" 삼촌이 세상에서 가장 다정한 목소리로 다시 물었다. "누가 그랬니. 얘기해도 돼. 이름만 알려줘. 내가 조용히 정리할게. 알겠지? 이름, 그걸로 끝."

눈물이 터질 것 같았다. 어쩌면 나는 캔스워시에서 종일 게임만 하는 나를 삼촌이 봐주기를 기다렸는지도 모른다. 그래서 집이나 도서관에 숨어 있지 않고 캔스워시로 왔던 것이다. 종일 게임을 하며 애처럼 투정을 부렸던 것이다. 내가 평안이 아니라 해결책을 찾기 위해 캔스워시를 찾았다는 사실을, 나는 몰랐고 삼촌은 알았다.

"미치 램버트요."

삼촌은 내 어깨를 부드럽게 두드린 뒤 어딘가에 전화를 걸었다. 통화는 1분도 이어지지 않았다. 전화를 끊은 삼촌은 나를 차에 태웠다. 가게를 정리하고 나온 병국이 형이 함께 차에 올랐다.

삼촌은 셰인빌의 한 주택단지로 차를 몰았다. 소화전이나 가로등, 집의 외벽과 울타리 따위가 묘하게 낙후되었다는 느낌을 주는 동네였다. 블록을 한 바퀴 돌며 주소를 확인한 삼촌은 와인색 왜건이 주차된 집 맞은편에 차를 세웠다. 포치에 페루 문양이 새겨진 염색 천이 널려 있었고 그 아래 작은 테이블과 의자 두 개가 놓여 있었다. 선반 용도로 사용하는 낡은 슈트케이스 주위로 빈 술병이 아무렇게나 쌓여 있었다. 재떨이에는 짧은 담배꽁초가 보였다. 테이블에 놓인 커다란 유리병과 갈대는 장식인 듯했지만 제 역할을 수행하지 못했다. 삼촌은 손을 핸들에 얹은 채 그 집을 주시했다. 이따금 1990년대에 유행했던 한국 가요를 흥얼거리면 병국이 형이 껌을 짝짝 씹으며 그 멜로디를 따라 했다. 노래 세 곡을 다 부르기 전에 미치가 밖으로 나왔다. 안쪽을 향해 뭐라고 소리를 지르더니 문을 쾅 닫았다. 신경질적으로 발을 구르며 어디론가 걸어가기 시작했다. 삼촌은 그 뒤를 따라 차를 몰았다.

시내 방향으로 걷던 미치가 신발 끈을 묶기 위해 잠시 멈춰 섰을 때 병국이 형이 차에서 내렸다. 대로변이었지만 근처에는 주차된 차가 몇 대 있을 뿐 사람은 한 명도 보이지 않았다. 그래서 대낮에도 으스스하게 느껴지는 길이었다. 병국이 형은 친구를 부르는 것처럼 미치를 향해 달려가며 말했다.

"이봐, 미치. 미치 맞지? 잠깐만."

미치는 멍청한 얼굴로 그 자리에 서 있었다. 손을 흔들며 다가간 병국이 형은 스트립 클럽 화장실에서 삼촌이 그랬던 것처럼 미치의 뺨을 세게 후려쳤다. 미치는 한쪽 무릎을 반쯤 꿇은 상태로 어딘가 고장 난 듯 움직이지 못했다. 선 채로 기절한 것 같았다. 병국이 형이 반대쪽 뺨을 때리자 미치는 정신을 차리고 일어섰다. 형이 미치의 멱살을 쥐고 벽으로 몰아세웠다. 그리고 미치에게만 들릴 법한 목소리로 뭔가를 말했다. 미치는 겁에 질려 있었다. 멀리서도 그 사실을 알 수 있었다. 고개를 끄덕이며 주위를 두리번거리던 미치는 내가 탄 차를 발견했다. 틴팅이 짙어 내부가 보일 리 없었지만 미치는 차 안에 내가 있다는 사실을 알아차린 것 같았다. 병국이 형은 몇 가지 질문을 했고 미치는 휴대전화에서 뭔가를 찾아 병국이 형에게 보여줬다. 병국이 형은 그 화면을 촬영한 뒤 미치의 휴대전화를 바닥에 던져 박살 날 때까지 밟았다.

"사진을 찍었대." 차로 돌아온 병국이 형이 강우 삼촌에게 말했다.

"무슨 사진?"

"제이가 화장실 변기에 앉아 있는 사진."

"왜?"

"잡지사 기자가 사진을 사겠다고 했나 봐."

"그러니까 왜?"

"소문이 있잖아. 파란 피부에 관한 이런저런 소문."

"어떤 소문?"

"보통 허리 아래쪽 얘기지."

"미친 새끼." 삼촌은 주먹으로 핸들을 세게 쳤다. "누군지 알아냈어?"

"응, 연락처를 찍어놨어. 잡지사 소속 기자래."

"무슨 잡지가 화장실에 앉아 있는 애 사진을 실어?"

"〈위클리월드뉴스〉 비슷한 잡지지, 뭐."

"미친 새끼, 미친 새끼!"

19세기 중반 사진사 질리는 다게레오타이프(daguerreotype)라는 사진술을 이용해 흑인 노예의 나체 사진을 찍었다. 미치에게 사진을 찍어달라고 의뢰한 기자가 그 사실을 알고 있었는지 모르겠다.

"맷 데이먼 좋아해?" 집으로 차를 몰던 삼촌이 내게 물었다. "미국이 1000조 원을 쓰게 만든 인간인데."

농담 같았는데 무슨 말인지는 알아듣지 못했다. 병국이 형만 킥킥 웃었다.

"직접 시나리오를 쓴 데뷔작으로 스물일곱 살에 아카데미를 수상했지. 본인이 주연이었고, 심지어 로빈 윌리엄스가 상대역이었어. 맷 데이먼이 어떻게 그럴 수 있었을 것 같아?"

"노력했겠죠."

"그야 당연하지. 하지만 그걸 물어본 게 아니야. 맷 데이먼이 어떻게 노력을 할 수 있었느냐는 거지."

"재능이 있었을 테고 목표를 향해 달렸을 테고……."

"그래, 알아. 그런데 어떻게 그럴 수 있었겠느냐고. 어째서 맷 데이먼은 마트에서 일을 한다거나, 거리에서 마약을 판다거나, 총을 맞지 않고 열심히 공부해서 하버드에 갈 수 있었겠느냐고."

"맷 데이먼이 하버드에 다닌 줄 몰랐어요."

"이제 알았잖아. 내 말은, 맷 데이먼이 잘나서 그랬겠느냐는 거야. 물론 똑똑한 인간이겠지. 재능도 있겠지. 그런데 그런 재능을 발휘할 수 있게 만들어준 건 사회가 펜스를 쳐놓았기 때문이라고. 제프 베이조스? 마크 저커버그? 다들 그 속에서 안전한 거야. 그 펜스를 누가 치는 줄 아니? 바로 우리야. 노동을 하고 세금을 내서 맷 데이먼이 공부할 수 있게 도와주는 거야. 미국이라는 나라 자체가 거대한 네포베이비(nepo baby)란 말이야. 네포베이비가 뭔지 알아?"

"모르겠어요."

"금수저란 뜻이야. 좋은 부모를 만났다는 말이지. 물론 그 부모는 폭력으로 부를 일군 사람이고, 자식들을 위해 보모를 잔뜩 데려왔어. 미국만 그런 건 아니지. 다른 예를 들어볼까? 아무 노래나 하나 말해봐. 유명한 걸로." 삼촌은 어서, 하듯 손가락을 딱딱 튕겼다.

"〈Yesterday〉요."

"비틀스, 영국 놈들. 좋은 노래지만 인도의 노동력과 이란에서 나는 기름이 없었으면 탄생하지 않았겠지. 아까 우리가 혼내준 자식 이름이 뭐라고 했지?"

"미치 램버트요."

"미치 램버트." 삼촌은 그 이름을 외우듯 두어 차례 중얼거렸다. "그 자식이 네 자존감을 무너뜨리게 내버려두지 마. 〈갤러그〉 고득점자 리스트에 이름을 올릴 시간에 힘을 키워."

석양이 지고 있었다. 하늘이 불타는 것 같았다. 거대한 불덩어리가 지상으로 떨어져 내리는 중이었지만 바람은 찼다. 경이로움과 불안이 나를 집어삼킬 듯 동시에 소용돌이쳤다. 삼촌은 혼란의 중심으로 차를 몰았다.

"제이, 내가 몇 년 전에 자동차 한 대로 대륙 횡단을 시도했다는 얘기한 적 있니?"

"아니요. 처음 들어요."

"미국 땅이 남한의 100배야. 그곳을 직접 다녀보고 싶었어. 전부는 아니라도. 셰인빌에서 출발해 아칸소, 애리조나, 캘리포니아, 샌디에이고, 로스앤젤레스, 솔뱅, 샌프란시스코, 시애틀, 옐로스톤국립공원, 러시모어산, 시카고, 뉴욕을 지나 다시 셰인빌로 돌아오는 일정을 짰지. 7300마일 정도 돼. 3주짜리 휴가였던 셈이야. 하고 싶은 것도 많았어. 모하비사막 투어, 내셔널몰 구경, 케이준과 크리올 요리 먹기, 14온스짜리 텍사스 바비큐 먹기……리스트가 빼곡했다니까. 그런데 출발한 지 이틀 만에 돌아왔어."

"왜요?"

"제이크가 생겼거든. 3개월이랬어. 도로에서 그 얘기를 듣고 바로 차를 돌렸지. 나는 그날 이후로 여행을 포기했지만 너는 언젠가 꼭 시도해봐. 미국이 아닌 곳도 좋아. 유럽, 아프리카, 중동, 아시아, 오세아니아. 미국의 스무 배가 되는 세상이 있다고."

내 사진이 잡지나 커뮤니티에 퍼지는 일은 없었다. 병국이 형은 문제없도록 잘 정리했으니 안심해도 괜찮다고 했다. 그 말에 확신이 넘쳤다. 삐걱대던 세계가 천천히 제자리를 찾아가는 것 같았다.

후버 선생님의 전근 소식을 들은 것도 그 무렵이었다. 후버 선생님은 다음 수업이 셰인빌고등학교의 마지막 시간이 될 거라고 했다. 셀마가 예스, 하며 주먹을 쥐었다.

"무슨 할 말 있니, 셀마?"

"지금은 없어요. 다음 시간에는 아주 많을 것 같네요."

"아직 이번 학기 채점이 끝나지 않았다는 걸 알아둬. 너같이 성실한 학생에게는 GPA가 중요할 테지."

"선생님은 공정한 사람이라 믿어요. 그 뭐냐, 바이킹 전사의 후예니까요."

나를 둘러싼 세상은 좋은 방향으로 변화하고 있었지만 나는 아이처럼 들뜨지 않았다. 클로이에게 벌어진 일은 나를 무디고 단단하게 만들었다. 엄마를 향한 그리움은 희석됐다. 분노는 가루가 되어 마음 어딘가에 가라앉았다. 나는 그 침전물이 부유하도록 애써 휘젓지 않았다. 더 이상 편지를 보내지 않았고 구글 맵을 뒤지지도 않았다. 전화가 오기를 기다리지도 않았다.

이민 후 3년 동안 저렴하고 칼로리가 높은 미국 음식을 섭취한 나는 뒤늦은 성장통에 시달렸다. 다리가 찢어질 듯한 통증에 밤마다 잠에서 깼다. 나는 신음하며 더러운 것을 털어내듯 허공에 발차기를 했다. 이후로는 소처럼 먹었고 죽은 것처럼 잠을 잤다. 여름방학을 앞두었을 때에는 내 키가 셀마를 넘어섰다. 셀마는 나와 대화하기 위해 고개를 들어야 했는데 그럴 때마다 알 수 없는 위화감을 느끼는 것 같았다.

내적인 변화가 함께 찾아왔다. 버지니아의 셰인빌에서 열일곱 살을 지나던 나는 변화를 향한 갈증으로 허덕였다. 더 이상 구독형 서비스에서 볼 만한 프로그램이 없나 뒤적거리는 삶을 살지 않았다. 어느덧 나는 이전과 다른 사람이었다. 차갑고 냉정했다. 분노에 휩쓸리지 않았다. 가슴에 감정을 맡기는 대신 머리로 사고했다. 내 작았던 세계는 폭발적으로 확대되고 있었다.

16

셀마가 문자메시지를 보냈다. 저녁에 공원에서 불꽃 축제와 축포 행사가 있을 거라고 했다. 7월 4일이 휴일이라고 생각했을 뿐, 독립기념일이라는 사실은 잊고 있었다. 이민 생활이 3년 차에 접어들었지만 미국의 기념일에는 적응하기가 힘들었다. 나는 여전히 7월 4일보다 8월 15일에 익숙했다.

— 퍼레이드도 한다던데? 근처 도시에서도 사람들이 구경하러 찾아올 거야. 같이 보러 갈까?

— 아니, 됐어. 재밌게 봐.

나는 화면을 끄고 읽던 책으로 눈을 돌렸다. 팀 오브라이언의 소설 《그들이 가지고 다닌 것들》은 정말로 베트남전쟁에 파병된 군인들이 무엇을 가지고 다녔는지 설명하는 것으로 시작했다. 캔 따개와 주머니칼, 비상식량, 치실 따위.

내용에 집중하려던 찰나 다시 전화가 왔다. 병국이 형이었다. 스피커폰으로 통화를 하면서 내키는 대로 책장을 넘겼다. 단어와 문장이 획획 지나갔다. 참호 속에서 발견된 시체, 논 밖으로 튀어 나온 다리, 진흙과 포성, 널브러진 군용 물품과 무기.

"제이, 나 지금 병원이야." 수화기에서 뭔가 웅성거리는 소리가 났다. 형의 목소리에 힘이 없었다. 긴장한 것 같았다.

"병원은 왜요? 무슨 일 있어요?"

병국이 형이 상황을 설명했다. 나는 통화를 끝내고 가방에 책을 넣었다. 다른 짐도 간단히 챙겨 밖으로 나왔다. 열심히 자전거 페달을 밟았다. 날이 더웠다. 혀를 빼물고 숨을 쉬면서노 속도를 늦추지는 않았다.

윈스턴 보안관이 병실 앞에 서 있었다. 허리에 손을 얹고 의심 많은 눈빛으로 사람들을 살피는 중이었다. 꼭 다문 입술이 핏기 없이 창백했다. 병원 관계자들은 보안관이 귀찮을 물웅덩이라도 되는 양 피해 걸었다. 휴게실에 있던 병국이 형이 내게 가까이 오 라고 손짓했다. 우리는 딱딱한 의자에 나란히 앉았다. 보호자들 이 들락거리며 캔 음료를 뽑아 갔다. 자판기가 요란한 소리와 함 께 콜라를 뱉어냈다. 냉각 팬 돌아가는 소리가 희미하게 휴게실 을 메웠다.

"네가 알아야 할 게 있어."

병국이 형은 말을 잇기 전 형광등을 보며 눈을 몇 번 깜빡였다.

지난밤, 수동 세차장 마지막 칸에서 차포가 삼촌을 쐈다. 가슴에 한 발, 배와 등에도 한 발. 보안 카메라에 달아나는 차포의 모습이 담겨 있었다. 삼촌은 몸에 총알이 박힌 채 차도를 향해 기었다. 트럭운전사가 삼촌을 발견하고 911에 신고했다. 캔스워시 입구에서 도로까지 긴 핏자국이 남았다.

차포는 엘살바도르 출신 이민자들이 모여 조직한 갱단의 일원이었다. 마라 살바트루차 같은 대형 조직에는 비할 바가 못 되었지만 버지니아의 소도시를 중심으로 세를 불려가는 중이었다. 삼촌이 나를 데려갔던 클럽 하이힐도 갱단에서 운영하는 곳이라고 했다. 삼촌이 그토록 기세등등했던 이유가 거기 있었다. 차포는 조직이 운영하는 사업체를 통해 자금을 세탁했는데, 그 액수가 안전 범위를 넘어설 때면 인근 도시의 건실하고 평범한 점포 몇 곳을 추가로 동원했다. 캔스워시는 위급 상황에 호출되는 앰뷸런스였다. 조직은 위험을 감수한 대가로 삼촌에게 수수료를 지급했다. 그 액수는 세탁소와 세차장으로 벌어들이는 수익과 비교도 되지 않았다.

삼촌의 헌신에도 차포는 경계를 늦추지 않았다. 엘살바도르의 빈민가에서 성장하며 살아남은 차포에게 경계심은 생존을 보장하는 담보였다. 조직원을 이용해 지속적으로 정보를 수집하던 차포는 한 경쟁 조직이 자신과 같은 방식으로 캔스워시를 활용한다는 사실을 확인했다. 그 이야기를 전한 조직원은 상대 조직이 맡긴 금액이 차포가 굴리는 비자금의 몇 배나 된다고도 귀띔했다. 중국 공장이 들어오면서 캔스워시의 매출이 늘어나던 때였다. 포르셰를 구입하고 씀씀이가 늘어난 삼촌을 보며, 차포는 모든 정황이 맞아떨어진다고 생각했을 것이다.

엘살바도르 출신의 갱은 신중한 성격이 못 됐다. 같은 지역을 기반으로 활동하는 조직 사이에 갈등이 심화되던 시기였다. 차포는 경쟁 조직의 성장에 일조한 삼촌을 응징하기로 결심했다. 삼촌이 보관 중인 돈을 가로채 상대 조직에 타격을 줄 목적도 없지 않았다.

총알은 삼촌의 위를 관통했다. 아슬아슬하게 간을 비켜났지만 대신 척추를 망가뜨렸다. 총알은 삼촌의 사연을 궁금해하지 않았다. 가족이 있는지, 아이가 몇 살인지 묻지 않았다. 피부를 뚫고 혈관을 찢고 뼈를 부수며 그저 파괴와 절멸을 향해 전진했다.

병국이 형은 지금은 손을 씻은 조직원에게 그 이야기를 들었다고 했다. 미치 램버트의 주소를 알아낸 것도 그 조직원이었다.

"뭐든지 알아내는 놈이지. 돈만 주면 당장 차포의 위치를 알려줄 거야. 웃긴 게 뭔지 알아? 녀석이 그러는데, 깡 형은 다른 놈들 돈을 관리하지 않았다는 거야. 아내와 아들이 있는 사람이 가족을 위험하게 만들 리 없잖아. 하지만 차포 마르틴이 그렇게 믿으

216

면 그렇게 되는 거지."

병국이 형과 이야기를 끝내고 나왔을 때도 윈스턴 씨는 복도를
서성이고 있었다. 일을 마무리하고 뒤늦게 도착한 아빠가 보안관
의 레이더에 걸려들었다. 나는 아빠와 함께 윈스턴 씨를 만났다.
통역을 자처했지만 실은 아빠가 실언을 하지 않도록 막기 위해서
였다. 윈스턴 씨는 가게에 드나드는 사람이 없었는지, 누군가 삼
촌과 수상한 대화를 나누지는 않았는지 물었다. 아빠는 긴장한
기색이 역력했다. 질문에 대답할 때마다 물을 마셨다. 윈스턴 씨
는 이따금 대화 중에 갑자기 입을 다물고 침묵을 유지하며 아빠
의 반응을 살피곤 했다. 그러면 아빠는 묻지도 않은 말을 장황하
게 늘어놓았다. 자신은 아는 것이 별로 없으며 양병국이라는 직원
이 자세한 사정을 알 거라고 말했다. 윈스턴 씨의 눈이 반짝였다.

윈스턴 씨와 병국이 형의 대화는 길고 거칠었다. 복도에서도
두 사람의 목소리가 들렸다. 보안관을 대면하기 전부터 화가 나
있던 병국이 형은 대화가 진행되는 동안 점점 더 흥분했다. 형은
공무원이란 작자들은 하나같이 세금만 처먹는 도둑놈이라고 소
리쳤다. 윈스턴 씨 역시 물러서지 않고 병국이 형을 윽박지르며
아는 내용을 모두 털어놓지 않으면 유치장에 처넣을 거라고 받아
쳤다. 두 사람의 고성은 덩치 좋은 간호사가 당장 입 다물지 않으
면 쫓아낼 거라고 호통치기 전까지 이어졌다.

저녁이 됐다. 독립기념일 축제 시작을 알리는 대포와 폭죽 소

217

리가 울렸다. 쿵쿵거리는 진동을 따라 심장이 불규칙한 박자로 두근거렸다. 병국이 형이 나를 불렀다.

"형수는 제이크를 돌봐야 해. 나는 가게를 봐야 하고. 낮에는 네가 깡 형을 돌봐줘. 밤에는 내가 있을 거야. 옆에서 응원해주자. 그게 힘이 될 거야."

나는 그렇게 하겠다고 했다. 종일 삼촌 옆에 붙어 있을 자신도 있었다. 다음 날 아침이 되자마자 다시 도서관을 찾아 책을 잔뜩 빌렸다. 주황색 곱슬머리를 한 사서는 무인도에라도 가는 거냐며 웃기지도 않은 농담을 했다. 웃기지 않았으므로 웃지 않았다. 빌린 책을 병실에 갖다 놓고 묵묵히 페이지를 넘겼다. 이따금 셀마가 문자메시지를 보내 삼촌의 상태가 어떤지 물었다. 복사한 내용을 붙여 넣듯 아직 잘 모르겠다고만 대답했다. 진짜 이야기는 전하지 않았다. 소변 줄을 통해 오줌이 흘러나오고 있다는 것, 오줌 방울이 투명한 백에 고이는 중이라는 것, 삼촌의 몸에서 구린내가 난다는 것, 내가 그걸 닦아주고 있다는 것.

병실에는 보호자용 철제 서랍장이 있었고 그 위에는 달력과 시계가 놓여 있었다. 내 눈은 초침을 따라 움직였다. 1초에 한 눈금씩, 지루하게 흘러가는 궤적을 따라 숫자를 셌다. 그 느린 속도로 삼촌은 시들어갔다. 나도 그랬다. 우리는 수축하고 있었다. 우리를 정의하는 길이와 질량, 우리가 차지하는 부피, 혈관을 흐르는 피와 창백한 피부 같은 것이 모조리 줄어들고 있었다. 나를 지칭

하는 고유한 어떤 것, 육신이 아닌 나를 지칭하는 그 무언가, 나를 정의해주는 핵심, 그 심지, 이를테면 영혼 따위가 쪼그라들었다.

밤이 되면 병국이 형이 병원으로 왔다. 나는 삼촌 귀에 괜찮을 거라고, 다 잘될 거라고 속삭인 뒤 병실을 나왔다. 실은 하나도 괜찮지 않았다. 음수대를 발로 걷어찼다. 어딘가 잘못 맞았는지 발끝부터 정수리까지 찌릿하게 저려왔다. 저기요, 하고 소리치던 간호사는 내가 캔의 보호자라는 것을 알고 입을 다물었다. 머릿속에서 누군가 힘없이 주저앉는 기분이었다.

삼촌은 일주일 후 정신을 차렸다. 내가 병실을 지키고 있던 일요일 아침이었다. 바늘에 찔린 것처럼 손가락이 움찔하나 싶더니 천천히 눈을 떴다. 간호사를 호출한 뒤 숙모와 병국이 형에게 차례로 연락했다. 의사가 의료용 펜라이트로 삼촌의 동공을 확인하는 동안 나는 삼촌의 손을 쥐고 있었다. 땀이 차도 놓지 않았다. 삼촌의 손아귀에 조금씩 힘이 돌아오는 것을 느낄 수 있었다.

병국이 형은 숙모와 제이크를 데리고 도착했다. 숙모는 눈물을 터뜨렸다. 의사는 고비를 넘긴 것 같다고 했지만 삼촌은 아직 말을 할 수 있는 상태가 아니었다. 병국이 형이 병상에 붙어 앉았다. 영문을 모르겠다는 듯 눈을 천천히 끔뻑거리는 삼촌에게 상황을 설명했다. 차포가 총을 쐈다고, 그래서 일주일간 입원한 거라고, 사건 규모가 큰 터라 연방수사국이 투입되었다고, 경찰이

219

차포를 찾고 있다고, 영임 형수와 제이크는 괜찮다고, 가게도 문제없이 잘 돌아가고 있다고. 삼촌은 잠시 후 힘겹게 엄지손가락을 들어 보였다. 눈이 시릴 만큼 화창한 일요일이었다.

나는 셀마에게 전화를 걸었다. 우리는 도니스헬에서 만났다. 삼촌 소식을 들은 셀마가 의자를 힘차게 당겨 앉으며 말했다.

"의사는 뭐래?"

"괜찮아질 거래. 위험한 상황은 다 지나갔다고 했어. 잘됐어. 다 잘됐어."

"다행이야. 날씨마저 좋네."

"내 말이, 이런 날에 집에 있는 건 날씨에 대한 예의가 아니지."

셀마는 그 표현을 좋아했다. "너희는 정말이지 예의를 엄청나게 중요시하는구나."

"꼭 그렇지는 않아. 상대적으로 그런 편이지."

"재미있어. 또 어떤 표현이 있어?"

"음, 우리는 놀라거나 신기한 일이 있을 때 와우(wow)를 거꾸로 말해."

"어떻게?"

"우와."

"진짜? 그렇게 말한다고?"

"응, 발이 넓다는 건 아는 사람이 많다는 뜻이고 입이 무겁다는 건 진지하다는 의미야. 귀가 얇다는 건 남이 하는 말에 잘 휩쓸린다는 거."

"또?"

"밥 먹었느냐고 묻는 말이 인사야. 다음에 한번 보자고 하는 말도 그대로 들으면 안 돼. 그건 언젠가 볼 때까지 잘 지내고 있으라는 의미에 가까워."

"어떻게 그래?"

"그냥 그래."

셀마와 얘기하는 동안 한국 생각을 할 수 있어 좋았다. 누군가에게 뭔가를 가르쳐줄 수 있다는 사실도 기뻤다. 나쁜 일은 하나도 벌어지지 않을 것 같았다.

셀마가 인간에게 가장 위협이 되는 생물이 뭔지 아느냐고 물었다. 나는 모기가 아니겠느냐고 말했다. 정답이었다. 한 해에 70만 명을 죽인다고 했다.

"그다음은?"

독이나 이빨이 있는 생물일 것 같았다. 뱀, 거미, 혹은 악어, 어쩌면 개미. 셀마는 그때마다 고개를 저었다. 뱀이 상당히 많은 사람을 죽이지만 순위로는 세 번째라고 했다.

"모기를 제외하면 인간에게 위협이 되는 생물은 인간 자신이야. 인간은 한 해에 40만 명의 인간을 죽이지. 인류를 위해서라면 모기나 뱀을 잡기보다 인간을 죽이는 편이 더 나아."

우리 대화는 거기서 멈췄다. 셀마는 햄버거를 손에 쥔 채 한참 동안 생각에 잠겨 있었다. 입을 오물거리고는 있었지만 딱히 뭔가를 씹는 것 같지는 않았다. 가게에는 에드 시런의 노래가 흘렀다. 나는 잘 모르는 가사를 띄엄띄엄 흥얼거렸다. 노래가 끝났을 때 셀마가 말했다.

"나 사이먼이랑 헤어진 것 같아. 진작 얘기하려 했는데, 너희 삼촌 문제도 있고 해서. 괜찮아질 때까지 기다렸어."

나는 셀마 가까이 몸을 당겨 앉았다.

"어쩌다? 왜?"

"사이먼이 내 몸에 손을 댔어."

"만졌다고?"

"때린 것 같아." 셀마는 그때를 상기하듯 잠시 입을 다물었다가 말을 이었다. "좀 다퉜거든. 왜 그랬는지도 모르겠어. 그냥 사소한 언쟁 같은 거…… 무슨 노래를 누가 불렀나 그런 거 있잖아. 검색하면 뻔히 나올 걸 가지고 기 싸움을 한 거지. 한참을 다투다 결국 검색을 했어. 내가 맞았지, 뭐. 사이먼이 무안했는지 장난스럽게 내 손을 때리더라. 나는 웃었어. 사이먼이 물끄러미 나를 보더니 이번에는 주먹으로 내 팔을 때렸지. 그걸 몇 번 반복했어. 처음엔 장난 같았는데 조금씩 강도가 세지는 거야. 마치 내가 어디까지 버틸 수 있는지 실험하는 것처럼. 나는 그만 때리라고, 아프다고 정색을 해야 했어. 사이먼이 고개를 저으며 피식 웃었어. '아, 우리 사이를 네가 통제하겠다는 거야? 그럼 이건 어때?' 사이먼이 내 배를 때렸어. 어디를 때려야 가장 아픈지 아는 것 같았어. 숨이 안 쉬어지더라."

셀마는 주위에 보는 눈이 없나 확인한 뒤 팔을 걷었다. 어깨 아래로 멍 자국이 꽤 컸다. 나는 사이먼의 커다란 손을 떠올렸다. 아팠을 것이다.

"그런 뒤로 끝이야. 지금까지 서로 연락을 안 하고 있어. 어쩌면 내가 민감한 건지도 몰라. 사이먼 입장에서는 정말 장난이었는지도 모르지. 하지만 나는 누가 몸에 손을 대는 게 정말 싫단 말이야. 어렸을 때 엄마한테도 맞은 적이 있었거든. 아마 그때 기억 때문일 거야. 엄마는 정신병원에 입원했었어. 실은 아직도 약을 먹어. 그걸 먹으면 기분이 가라앉는데."

"우리 아빠한테도 먹이고 싶네."

셀마가 휘파람을 불듯 웃었다. 숨결이 닿는 곳마다 내 몸의 솜털이 일어났다. 나는 간지러워서 어깨를 움츠렸다.

우리는 식사를 끝낸 뒤에도 한참 동안 테이블을 차지하고 있었다. 대화 사이에 공백이 많았다. 헤어지기 전에 셀마에게 정말 괜찮으냐고 물었다.

"그럼, 내가 준 아이팟 갖고 있어? 좀 줘봐."

셀마는 저장된 곡 중에서 하나를 재생시킨 뒤 가는 길에 들으라고 했다. 글로리아 게이너의 곡이었다. 내가 부서질 것 같아? 누워서 죽기를 기다릴 것 같아? 아니, 난 살아남을 거야. I will survive.

셀마가 걱정됐다. 그러면서도 셀마가 사이먼이랑 헤어졌다는 소식에는 기분이 좋았다. 자전거를 타고 집으로 돌아오면서, 글로리아 게이너의 노래를 몇 번이고 반복해 들으면서, 차례를 기다리다 보면 내게도 기회가 오지 않을까 생각했다. 방금 전까지 셀마와 함께 있었지만 금세 셀마가 보고 싶었다.

아빠는 교회에서 돌아오지 않은 모양이었다. 나는 방에 들어가 책을 읽다가 깜빡 잠이 들었다. 일어나니 거실에서 말소리가 들렸다. 아빠가 윤 회장과 통화 중이었다. "네, 잘됐습니다. 네네, 곧 회복 안 하겠습니까. 가가 얼라였을 때부터 강단이 보통이 아니었다니까요. 네네. 네, 네네. 그라믄 다음 주일에 뵙겠습니다. 네, 네네."

창문 밖으로 차가 몇 대 지나갔다. 해가 저물었다. 사위는 어둠에 잠식당했고 나는 깊고 안락한 잠에 빠졌다. 안식의 한가운데에서 때로 꿈을 꿨다. 베트남에 있을 엄마와 이 세상 사람이 아닌 클로이, 자신의 방에서 잠들어 있을 셀마가 함께 모여 있었다. 친구들에게 엄마를 소개했다. 한 번도 해본 적이 없는 일이라 무척이나 어색했다. 괜히 볼이 빨개져 무리에서 멀어진 채로 세 사람이 나누는 대화를 듣기만 했다. 엄마는 베트남어로, 친구들은 영어로 얘기했지만 소통에는 문제가 없었다. 엄마는 여전히 예뻤고 클로이의 얼굴은 상처 하나 없이 깨끗했다. 셀마가 환하게 웃으며 뭔가를 말하려 했을 때, 아빠가 나를 깨웠다.

"자나."

여름이었지만 아빠의 손은 이상하게 차가웠다.

"일나라. 옷 입어라."

"몇 시에요?"

나는 눈을 비볐다. 밖은 여전히 어두웠다. 열린 창문으로 바람이 불었다. 누군가 끝을 쥐고 흔드는 것처럼 커튼이 펄럭였다. 아빠가 가라앉은 목소리로 말했다.

"새벽 2시다. 옷 입어라."

17

　유골함을 든 숙모가 교회를 나서는 순간 아빠가 주저앉아 울었다. 숙모는 제자리에 서서 아빠가 일어나기를 기다렸다. 보다 못한 친척들이 아빠를 끌어냈다. 그 사람들도 울고 있었다. 숙모와 제이크, 친분이 있던 한인들, 병국이 형과 입이 걸던 친구들까지, 장례식에 참석한 사람들은 각자의 이유로 울었다. 울고 떠들며 감정을 쏟아냈다. 땅을 쳤고 서로를 부둥켜안았다. 나만 예외였다. 한 뼘 크기의 작고 하얀 도자기에 삼촌이 담겨 있는데, 그래서 터질 듯 슬픈데 눈물이 나오지 않았다.

　삼촌은 캔스워시를 시작할 때부터 많은 보험을 들어놨다고 했다. 재산보험, 책임보험, 직원상해보험, 손해보험, 건강보험, 생명

보험, 거기에 장례보험까지. 언젠가 이런 일이 벌어질 거라 예상한 것 같았다.

"좆같은 나라야." 장례가 끝나고 병국이 형이 말했다. 우리는 정장 차림으로 연석에 앉았다.

"앰뷸런스 비용만 1000달러다. 그나마 보험 있어서 이 정도지, 원래는 4000달러 정도 되는 거야. 응급실에 입원비까지 더하면 이게 다 얼마냐. 사람을 살리지도 못했으면서."

살리지도 못했으면서, 하는 병국이 형의 목소리가 떨렸다. 형은 담배를 한 모금 길게 빤 다음 손가락으로 재를 튕겨냈다. 불씨가 저만치 날아갔다.

"이런 일 처리할 때 눈탱이 안 맞으려면 잘 지켜봐야 해. 장례지도사한테 맡긴다고 다 끝나는 게 아니라니까."

형은 누구에게 하는 건지 모를 조언을 던진 뒤 생각에 잠겼다. 이마에 주름을 새기며 긴 숨을 쉬는 동안 담배 냄새가 옅어졌다.

"어떻게 할 거예요?"

"뭘."

"뭔가를 하려는 거잖아요."

"무슨 말이야."

형이 일어나 주차장으로 걸었다. 나는 뒤를 따르며 계속해서 물었다.

"손을 씻은 조직원이 있다면서요. 미치 램버트의 주소를 알려준 그 사람이요. 차포가 왜 삼촌을 쐈는지 알려줬던 그 사람 말이에요. 차포가 어디 있는지 그 사람이 알려줬죠? 거기 가서 뭔가를 하려는 거죠?"

병국이 형은 말이 없었다. 나는 형을 앞질러 걸으며 말했다.

"같이 가요."

조수석의 문 손잡이를 쥐었을 때 병국이 형이 내 어깨를 홱 끌어당겼다. 가까이 다가온 얼굴은 무서운 표정을 짓고 있었다.

"집으로 가."

"싫어요."

나는 문을 잡은 손을 놓지 않았다. 병국이 형이 쓴웃음을 지었다.

"넌 너무 튀어. 표적이 되기 딱 좋아. 깃발이나 과녁 같을 거야. 여기에 총을 쏘면 된다고 광고할 셈이야?"

형이 검지로 내 이마를 눌렀다. 나는 형의 손을 치우며 말했다.

"가만히 있으면 뭐가 달라져요?"

"놈들은 너를 쉽게 건드리지 않아. 그럴 필요가 없으니까. 파란색은 네 보호색이기도 해. 그러니까 쓸데없는 생각하지 말고 집으로 가."

병국이 형은 조수석에서 여행용 배낭을 꺼내 내게 건넸다.

"캔이 자기 죽으면 이거 너 주라더라."

형은 차를 몰고 떠났다. 나는 검은 정장에 어울리지 않는 여행용 배낭을 메고 무더운 8월의 셰인빌을 걸었다. 대기는 바닥에 힘없이 가라앉아 있었다. 바람 한 점 불지 않았다. 태양은 지상을 향해 점액질의 열기를 뚝뚝 떨어뜨렸다. 저녁이 되자 하늘에 구름이 끼기 시작했다. 태풍이 온다는 뉴스를 봤다. 창문 밖으로 비릿한 살균제 냄새가 났다.

그날 이후 사흘 밤낮으로 폭우가 그치지 않았다. 어깨와 머리 위로 작고 차갑고 단단한 돌멩이가 떨어지는 것 같았다. 하수도가 범람해 발목까지 물이 찼다. 셰인빌 주민들은 창문을 잠그고 배수로를 점검했다. 폭우 속에 선 사람들의 바지가 축축하게 젖어 허벅지에 감겼다. 저지대에 위치한 가게들은 비가 내부로 들어오지 않도록 문틈마다 옷가지를 쑤셔 넣었다. 나흘째 되던 날 아주 잠시 해가 떴고 다시 사흘간 검은 잉크 같은 비가 내렸다. 지붕을 세차게 때리던 비는 기어이 내부로 스며들어 천장에 커다란 얼룩을 남겼다. 아빠는 빗물이 떨어지는 자리마다 냄비를 가져다 놓았다. 냄비는 제각각 다른 음으로 똑똑 소리를 냈다. 번개가 쳤다. 섬광이 하늘을 달리며 주위를 환하게 밝혔다. 사물의 밑바닥마다 그림자가 졌고 바람은 우듬지를 매섭게 흔들어댔다. 삼촌이 괜찮을지 걱정됐다. 괜찮겠지? 좋은 장례보험에 들어놓았으니까. 많은 돈을 썼으니까.

시간이 지날수록 감정이 희뿌옇게 번지다 침전물이 되어 가라앉았다. 무거운 것부터 차례대로, 가벼운 것들은 흙탕물이 되어 소

229

란하게 회전하고 있었다. 마음에 세워놓은 벽이 모래성처럼 무너졌다. 커다란 축이, 원칙이, 단단했던 어떤 것이 부러지고 있었다.

2018년 9월, 연방수사국은 셰인빌 외곽에 위치한 가구 판매점을 포위했다. 수감 이력이 있는 범죄자를 대상으로 한 탐문 수사로 밝혀낸 차포 일당의 주거지였다. 현장에 있던 조직원과 직원을 체포한 경찰은 조사에 착수했지만 차포를 발견하지는 못했다. 조직원들은 차포의 행방을 모른다고 항변했다. 당시 체포된 조직원 중에는 래리 콜맨도 있었다. 차포를 처음 만났을 때 운전석에 앉아 있던 백인. 윈스턴 씨가 직접 신문했지만 관련 혐의를 밝혀내는 데는 실패해 구금 시간을 채운 뒤 풀어줄 수밖에 없었다.

연방수사국은 보안관서로 캔스워시의 직원들을 호출했다. 이번에는 평범한 인터뷰가 아니었다. 삼촌의 불법행위에 가담한 사람이 있는지 확인하는 수사였다. 나는 아빠와 함께 신문을 받았다. 제대로 준비하는 게 좋을 거라는 윤 회장의 조언에 우리는 전문 통역사를 신청했다. 전화로 호출된 사람은 한국계 미국인이었다. 어쩌면 조선족 출신이었을지도 모른다. 한국어 발음이 좋지 않았다. 신문이 시작되기 전 아빠는 통역사에게 말 좀 잘해주면 좋겠다고 부탁했다. 통역사는 들은 말만 전달하겠다고 선을 그었다.

연방수사국 수사관은 시종일관 날카로운 말투로 아빠를 몰아

230

세웠다. 그 앞에서 우리는 피해자도, 피해자의 가족도 아니었다. 범죄와 연루되었을지도 모르는 이민자 집안의 용의자였다. 아빠는 진땀을 흘리며 사건 발생 전후로 있었던 일을 복기했다. 하지만 수사관이 장부와 물품을 대조해가며 맞지 않는 항목을 조목조목 따지고 들 때는 아빠도 참지 못하고 한마디 했다.

"장부 그런 거 기억도 안 나요. 인자 집에 좀 갑시다. 내 동생이 죽었어요. 그만 좀 괴롭히란 말입니다."

"차포 마르틴의 가족도 소중한 사람을 잃었을지 모르죠." 통역사는 수사관의 말을 건조한 투로 전달했다.

신문을 마치고 나오니 윈스턴 씨가 기다리고 있었다. 꾹 눌러쓴 카우보이모자 아래 지친 눈빛이 드러났다. 윈스턴 씨는 내게 병국이 형에게서 연락이 오면 얘기해달라고 했다. 강우 삼촌과 차포 조직 사이에 벌어진 사건이 확대될 것을 걱정하고 있었다.

"양을 언제 마지막으로 봤지?"

"캔 삼촌 장례식에서요."

"양과 차포가 동시에 사라진 게 우연은 아니겠지. 양을 찾는 건 나 혼자가 아니야. 차포 일당도 분명 혈안이 돼 있을 거라고. 어쩌면 래리가 널 찾아갈지도 몰라. 일이 커지기 전에 꼭 나한테 연락해. 대화로 문제를 해결할 줄 모르는 놈들이니까."

"사람을 찾는 건 경찰이 할 일인데요."

"뭐?"

"지키는 것도 경찰이 할 일이고요."

"예의를 지켜." 윈스턴 씨는 눈싸움을 하는 것처럼 턱을 당겼다. "캔이 죽은 건 안 된 일이지만 선을 넘지는 말아야지. 그리고 난 경찰이 아니라 보안관이다."

"제가 살던 곳에는 그런 구분이 없어서요."

내뱉듯이 대꾸했지만 기분은 나아지지 않았다.

아빠와 함께 보안관서를 나섰다. 바람이 서늘하고 차분했다. 잔디가 갈색으로 바스러졌다. 차에 오르기 전 주차장 맞은편에 서 있는 래리 콜맨을 발견했다. 주머니에 손을 꽂고 장승처럼 서 있었다. 래리가 멀리서 지켜보고 있을 뿐인데도 나는 뱀을 마주한 쥐처럼 몸이 굳었다. 바로 뒤에 보안관서가 있다는 사실은 잊어버렸다. 주머니에서 천천히 손을 뺀 래리는 빈손으로 총을 쏘는 시늉을 하며 입 모양으로 탕, 하고 말했다. 맞지도 않은 가슴 언저리가 얼얼했다.

"안 타고 뭐 하노?"

아빠가 말했다. 나는 마취에서 풀린 것처럼 조수석에 앉아 안전벨트를 채웠다. 주저하며 고개를 돌려보니 래리가 서 있던 자리에는 낙엽만 쌓여 있었다.

영임 숙모는 캔스워시를 매물로 내놓았다. 장례식이 끝나고 한 달이 지났을 때였다. 삼촌도 병국이 형도 없는 마당에 혼자서 운영할 여력이 없다고 했다. 상황이 힘들면 내가 운영해보겠다고 아빠가 운을 뗐지만 숙모는 고개를 저었다.

"아주버님한테 이런 일까지 부탁드릴 수는 없어요."

아빠가 숙모의 의도를 이해했을지 모르겠지만, 그건 삼촌이 운영하던 가게를 아빠에게 맡기고 싶지 않다는 완곡한 거절이었다. 숙모는 캔스워시를 처분한 돈으로 애넌데일에서 네일숍이나 발마사지 가게를 인수할 거라고 했다. 그곳 한인 타운에 친척이 살고 있다고, 진작 갔어야 했다고 한숨을 쉬었다.

숙모는 토요일에 세인빌을 떠났다. 아빠가 이삿짐 정리를 돕겠다고 했지만 숙모는 그것 역시 마다했다. 업체에서 처리할 거라 일이 많지 않다고 했다. 통화가 끝난 뒤 아빠는 막막한 심정으로 고지서를 뒤적였다. 옆에 놓인 종이에는 생활에 필요한 항목과 비용이 빼곡히 적혀 있었다. 수도 요금, 전기 요금, 가스 요금, 하수와 폐기물 처리 비용, 통신비, 자동차를 포함한 각종 보험비, 주유비, 식비. 아빠는 영임 숙모보다 두 배는 긴 한숨을 쉬었다.

캔스워시는 호프만이라는 백인이 인수했다. 말수가 적고 덩치가 큰 남자로 은퇴하기 전에는 중장비 제조사의 영업 관리 담당자였다고 했다. 등은 구부정하게 말려 있었고 머리카락이 허옇게 세서 늙고 하얀 곰 같았다. 굵은 안경 렌즈 너머로 작은 눈이 감정 없이 깜빡였다. 호프만은 인수인계가 끝나고 일주일 뒤 아빠를 해고했다. 당일 해고 통보를 받은 아빠는 짐도 제대로 챙겨 오

233

지 못했다. 아빠가 이제 세탁소라면 치가 떨리는 데다 호프만을 만날 엄두도 안 난다고 해서 내가 대신 캔스워시를 방문했다. 손님이 뜸한 시간을 골라 가게 문을 열었다. 간판 상호는 이미 호프만스워시로 교체돼 있었다. 실내 장식이 세련되게 바뀌었고 게임기도 자취를 감췄다. 그 빈 공간을 세탁 용품이 차지했다. 세차기계는 철거되고 수동 세차장은 셀프 세차장으로 바뀌어 있었다. 그만큼 직원이 잘려 나갔을 것이다. 아빠가 쓰던 물건은 휴게실 옆 창고에 놓여 있었다. 가져가도 되겠느냐고 물었더니 카운터를 지키던 직원이 심드렁한 표정으로 고개를 까딱거렸다. 짐을 챙겨 밖으로 나오니 에드워드 채프먼이 멀뚱히 나를 올려보다 손을 내밀었다. 나는 주머니에 넣어둔 달러 몇 장을 건넸다.

"도넛을 사 드세요. 약은 안 돼요."

"알았어."

"저는 이제 여기 오지 않아요. 오늘은 잠깐 들른 거예요."

"그럼 이제 누가 나한테 먹을 걸 줘?"

"모르겠어요."

"넌 안 줄 거야?"

"저는 이제 여기 오지 않는다니까요."

"세인빌을 떠나는 거야?"

"아니요. 그냥 여기 오지 않게 된 것뿐이에요."

"왜?"

"삼촌이 죽었어요."

"너희 삼촌이 누군데?"

"캔이요. 알고 있었어요?"

에디는 고개를 저었다. "언제 죽었는데?"

"세 달 전에요."

"몰랐어."

집으로 돌아가니 아빠는 취해 잠들어 있었다. 해고 노동자가 남아도는 시간을 처리하는 값싼 방법이었다. 아빠는 인천에 있을 때보다도, 조지아 닭 공장에서 일할 때보다도, 처음 셰인빌에 정착해 적응하느라 힘들어할 때보다도 많은 술을 마셨다. 식사를 거른 채 술만 마시기도 했다. 어떤 때는 술을 마셔야 제정신이 들었다. 술기운이 사라지면 좀비처럼 멍하니 앉아 이 현실이 믿기지 않는다는 듯 거실이며 부엌을 두리번거리다 밀려드는 허기를 견디지 못하고 전자레인지에 냉동 피자를 데웠다. 자정이 넘어 화장실 입구에 누워 있는 아빠를 소파에 옮겨놓은 적이 몇 번은 됐다. 아빠는 부서질 듯 가벼웠다.

텔레비전에서는 한국 드라마가 재생되고 있었다. 소파에 놓인 아빠의 휴대전화에 쓰다 만 문자메시지가 보였다. 일자리 좀 없을까요? 발신을 기다리는 커서가 물음표 옆에서 느릿느릿 깜빡였다.

아빠는 토요일 저녁마다 다음 날 입을 옷을 준비해놓았다. 일요일 아침이 되면 깔끔한 정장 차림으로 교회에 갔다. 미팅을 앞둔 영업 사원처럼 열기에 차 있었지만 매번 아무 성과 없이 예배만 끝내고 집에 돌아왔다. 해가 떨어지기 무섭게 보드카를 꺼낸 아빠는 저녁이 되기도 전에 취해 월요일 아침까지 잠을 잤다. 그런 날이 몇 주간 이어졌다.

여름과 겨울 사이, 하지만 가을이라고 명하기에는 그리 상쾌하지 않은 어느 일요일 아침, 결혼식 때나 착용하던 넥타이를 목에 건 아빠가 나를 깨웠다. 삼촌 장례식 때 입었던 정장이 침대에 놓여 있었다.

"입어라. 머리 좀 단정하게 하고, 퍼뜩!"

시온장로교회는 셰인빌에서 차로 30분쯤 떨어진 곳에 있었다. 교인은 마흔 가구 정도로 모두 근처 도시에 흩어져 살았다. 교회 건물 외벽에 걸린 커다란 십자가가 압도적이면서도 우스꽝스러웠다. 몸집을 부풀려 겁을 주려는 두꺼비 같았다. 아치형 창문의 유리는 스테인드글라스로 돼 있었고 설교단 오른쪽으로 성가대를 위한 무대가 마련돼 있었다. 천장이 높았다. 나는 붉은 융을 깔아놓은 장의자에 앉아 예배가 시작되기를 기다렸다. 그렇게 많은 한국인과 한자리에 있는 것이 오랜만이라 몸이 가려울 정도로 어색했다. 가슴이며 팔을 벅벅 긁고 있으니 아빠가 가만히 있으라며 옆구리를 찔렀다. 부모를 따라 교회에 온 십대 아이들은 조심스러운 기색도 없이 빤히 나를 쳐다봤다. 나는 머리가 벗겨지고 점잖게 생긴 목사의 설교를 들으며 눈치껏 아멘을 따라 했다. 찬

송가를 부를 때는 입만 벙긋거렸다. 예배는 한 시간 동안 이어졌다. 축도가 끝나기 전부터 주섬주섬 성경책을 챙겨 일어나던 아빠는 제일 먼저 입구로 달려가 자리를 잡았다. 교인들이 하나둘 우리 앞을 지나갔다.

"야가 우리 첫쩹니더. 재일이 일로 온나. 뭐 하노. 퍼뜩 인사 안 드리고."

사람들은 지난 2년간 매주 교회를 나온 아빠보다 내게 더 관심을 보였다. 나는 어느새 시선을 끌기 위한 장식품이었다. 사람들이 모이면 아빠는 개중 한 명에게 다가가 말을 붙였다.

"전에 부탁드린 거 안 있습니까."

아빠에게 붙들린 교인이 난처한 듯 주위를 두리번거렸다. 스치듯 내게 꽂히던 시선이 다시 아빠를 향했다.

"알아보고 있으니까 좀 기다려봐요. 내가 연락드릴게."

"그 쪼매 빨리 안 되겠습니까?"

"아, 그것참 연락드린다니까요."

모든 대화가 그런 식이었다. 아빠는 필사적이었다. 경계와 동정 사이에 놓인 눈빛이 우리를 훑었다. 아빠는 머리를 조아렸고 사람들은 도망치듯 자리를 떴다.

나는 매주 교회에 끌려갔다. 하지만 기다리는 연락은 오지 않았다. 그동안 개수대 옆에 더러운 그릇들이 쌓여갔다. 쓰레기통은 뚜껑이 닫히지 않을 정도로 넘쳤다. 밤이 되면 아빠는 술에 취해 대상 없는 분노를 방사했다. 어떤 유탄은 우연히 나를 맞혔다.

"재일이, 일로 와봐라."

설거지를 마치고 쓰레기를 비우러 나가던 참이었다. 아빠는 잠꼬대인 양 일로 빨랑 와보라니까, 하고 중얼거렸다. 아빠를 무시하고 밖으로 나갔다. 쓰레기를 버리고 돌아온 뒤에는 욕실로 들어가 손을 씻었다. 아빠가 등 뒤에서 소리쳤다. "웃기나?" 목소리 끝이 갈라졌다. "니도 내가 웃기나?" 나는 물을 세게 틀고 비누칠을 했다.

욕실을 나왔다. 테이블에는 월마트에서 판매하는 5달러짜리 프라이드치킨과 보드카가 놓여 있었다. 저것도 같이 치울걸. 아빠는 소파를 놔두고 카펫 위에 쪼그려 앉아 있었다. 수납장 앞에서 속이 불편한 사람처럼 등을 구부린 채 바닥을 보고 있었다. 내가 서 있는 곳에서는 뒷모습만 보였다. 보드카와 기름이 뒤섞인 냄새, 시큼한 갈색 토사물을 상상한 나는 얼굴을 찌푸렸다.

"토하면 안 돼요."

아빠가 튀김 기름으로 번들거리는 입술을 닦으며 슬그머니 고개를 돌렸다.

"토하지 마세요."

아빠가 일어나 소파에 앉았다. 손에 쥔 작은 권총은 뒤늦게 발견했다. 총구가 나를 가리키고 있었다.

"일로 온나. 앉아봐라."

아빠는 방아쇠울에 손가락을 걸고 어설픈 카우보이 흉내를 내며 빙글빙글 돌리더니 테이블에 총을 던져놓았다. 손바닥보다 작은 크기였다. 손잡이 부분에는 루거, 슬라이드 부분에는 LCP라는 글자가 새겨져 있었다. 나는 아빠 옆에 앉았다. 소파가 아래로 푹 꺼졌다.

"강우 그래 되고 나니 불안해서 살 수가 있나."

나는 경계심을 풀었다. 아빠 입에서 풍기는 군내를 맡아서였다. 그 냄새의 정체를 알고 있어서였다. 한때 내 입에서도 그런 냄새가 났었다. 턱이 얼얼하도록 악다문 입에서 풍기는, 두려워하는 사람의 냄새였다. 공포의 냄새였다. 아빠는 내 어깨를 바짝 당겨 안더니 어깨동무를 했다. 내게 베트남 피가 흐른다는 것을, 내 피부가 파란색이라는 것을, 그래서 그 오랜 시간 자신이 나를 배척해왔음을 망각한 것 같았다. 아무 노력 없이도 우리 관계가 봉합될 수 있으리라 믿는 것 같았다.

그날 밤 역시 나는 불면의 시간에 걸쳐 있었다. 벽에 비친 나무 그림자는 나를 향해 걸어오는 사람처럼 보였다. 눈을 감았다 뜰 때마다 가까워졌다. 흔들거리는 나무 그림자 아래에서, 나는 상실한 것들에 대해 생각했다. 엄마에게서는 연락이 없었고 클로이와 삼촌은 세상을 떴다. 아빠는 기계처럼 멍했다. 래리 콜맨을 생각했다. 래리는 보안관서를 나서는 나를 지켜보고 있었다. 병국이 형을 찾기 위해서 그랬을 것이다. 내가 형의 소식을 알고 있을

239

거라 생각했겠지. 그 후로도 나를 따라다녔을지 모른다. 윈스턴 씨는 래리가 시답잖은 약쟁이라고 했지만 내 생각은 달랐다.

거실로 나갔다. 아빠가 코를 골고 있었다. 그 소리마저 힘이 없었다. 나는 서랍장을 열었다. 조심스레 들어 올린 총은 생각보다 훨씬 묵직했다. 영화에서 본 것처럼 권총 손잡이를 쥐고 그 팔을 쭉 뻗은 뒤 한쪽 눈을 감았다. 눈에 보이는 것들, 인천에서 가져온 피에로 시계와 십자가, 가족사진이 담긴 액자, 스탠드 전구, 청소기 따위를 차례로 겨눴다. 총을 든 파란 피부의 내가 창문에 비쳤다. 나는 침샘에 독을 품은 인간이었다. 피를 굳히고 신경을 마비시키는 맹독을 뱉는 인간이었다. 비현실적인 생물이었고 그래서 위험해 보였다. 그게 좋았다. 불가피한 희열이 몸을 데웠다. 그토록 경멸하던 힘에, 나는 취해 있었다.

후드티 한 벌로 총을 감싸 백팩 가장 아래로 밀어 넣었다. 그 위에 수영복과 수건, 바셀린, 아이팟 따위를 쌓아 올렸다. 가방을 메면 등에 총의 굴곡이 뭉툭하게 느껴졌다. 그런 채로 학교에 갔다. 백팩에 온통 신경이 쏠렸다. 시커먼 중력장이 형성된 듯, 가만히 있어도 몸이 기우는 것 같았다. 눈썰미 있는 교사라면 내 행동을 수상쩍게 여겼을 테지만 몇 달 전 갱에게 삼촌을 잃은 파란 피부는 섣부른 관심을 내비치기에 적절한 상대가 아니었다. 셀마와는 의도적으로 거리를 뒀다. 삼촌을 잃은 내게 회복할 시간을 주려는 듯 셀마 역시 다가오지 않았다. 나는 타인과 공간을 공유하

240

되 연결되어 있지는 않았다. 집으로 돌아오면 서랍에 총을 넣어두었다가 밤이 되면 거실로 나와 다시 총을 챙겼다. 겨드랑이에 땀이 축축하게 고인 채 잠자리에 들었다. 불안감은 벌어지지도 않을 일을 대비하는 방식으로 나를 피폐하게 만들었다.

가방에 총을 넣어 다닌 지 열흘 만에 래리 콜맨을 만났다. 아침부터 기분 나쁜 바람이 분다 싶더니 학교가 끝날 쯤에는 자전거를 끌 수 없을 정도로 거센 비가 쏟아졌다. 빗물이 앞을 가려 눈을 뜨기가 쉽지 않았다. 학교 앞에는 아이를 데리러 온 학부모들의 차량이 줄지어 서 있었다. 경적이 울리고 서로를 부르는 소리, 빨리 뛰라고 외치는 소리, 휴대전화를 들고 달려가는 아이들 사이를 빠져나와 인적이 뜸한 길로 자전거를 몰았다. 빗속을 뚫고 가는 동안 속옷까지 다 젖어버렸다. 지름길로 접어드는 순간 래리 콜맨이 나타났다. 나는 급히 멈춰 섰다. 그러지 않았다면 래리와 부딪혔을지도 모른다. 래리는 몸에 달라붙는 가죽점퍼와 청바지 차림이었다. 구불구불한 머리카락을 타고 빗물이 흘렀다. 지저분하고 허기진 야생동물 같았다.

"양은 어디 있어?"

나는 래리를 한 번 쳐다본 뒤 페달에 발을 얹었다. 래리는 걸음을 옮겨 길을 막았다. 나는 반대쪽으로 핸들을 틀었고, 래리는 자전거 옆으로 돌아와 나를 밀었다. 나는 균형을 잡지 못하고 바닥에 넘어졌다. 도로에는 자동차 한 대 보이지 않았다. 저녁 장사

241

를 하는 가게들은 문을 열기 전이었다.

"말해."

래리는 주먹을 쥐고 있었다. 그 실루엣이 나를 뒤덮을 것처럼 거대했다. 주위를 둘러봤지만 아무리 비명을 질러도 누군가 내 목소리를 들을 수 있을 것 같지 않았다.

"말하라고!"

래리가 주먹을 날리기 직전, 나는 백팩에서 총을 꺼냈다. 생각했던 것처럼 멋있지도, 자연스럽지도 않았다. 시야는 흐릿했고 손은 덜덜 떨렸다. 빗물이 손목을 타고 흘렀다. 차가운 쇠붙이의 감촉, 손잡이에 새겨진 루거의 음각 무늬가 선명하게 느껴졌다. 래리는 세상에 존재하지 않는 물건을 마주한 것 같은 표정으로 얼어버렸다. 삼촌도 그랬을 것이다. 차포 마르틴이 겨눈 총을 앞에 두고, 똑같은 얼굴로 굳어 있었을 것이다. 병원에 누워 있던 삼촌이 생각났다. 소변 줄, 시큼한 살냄새, 각질이 일어나던 얼굴, 유골함.

래리 콜맨을 향해 방아쇠를 당겼다. 몇 번이나 당겼다. 그때마다 철컥 소리가 났다. 탄창이 비어 있었다.

휘둥그레 벌어졌던 래리의 눈이 얇게 닫혔다. 래리는 천천히 허리를 숙여 총을 뺏었다. 나는 바보처럼 래리가 그러도록 내버려뒀다.

"다음부터는 총알을 넣고 다녀." 래리는 어금니를 꽉 깨물었다. "한 발에 30센트밖에 안 해."

래리가 총을 멀리 던져버리고 주먹을 치켜드는 순간 내가 이 싸움에서 절대 이길 수 없다는 사실을 깨달았다. 나는 타인을 해하는 존재가 아니었다. 피부가 파란 아시아인일 뿐이었다. 거미줄을 뿜거나 강철 슈트를 만드는 능력 같은 건 갖고 있지 않았다. 총알도 들어 있지 않은 총을 가지고 다니는 머저리였다. 하지만 래리는 이종의 생명체였다. 인간이 닭 목을 치듯이 래리도 나를 손쉽게 해칠 수 있을 것 같았다. 그게 견딜 수 없이 두려웠다. 아무리 덩치가 커져도, 아무리 근육을 키워도 나는 이 인간을 해치울 수 없을 거라는 패배감이 영혼을 지배했다.

영화에서 본 것처럼 주먹 몇 대에 기절하기를 바랐지만 그런 일은 벌어지지 않았다. 비와 핏물이 함께 턱을 타고 흘렀다. 래리의 손에서는 마리화나 냄새가 났다.

집으로 돌아왔을 때는 비가 그친 뒤였다. 하늘이 회색 그림자를 드리우며 머리를 짓눌렀다. 얼마 전 안부를 물을 겸 집을 찾아온 윤 회장이 아빠와 나누던 대화가 떠올랐다. 윤 회장은 차포가 1급 살인죄로 기소될 거라고 했다. 사전에 계획된 범죄인 만큼 중형을 피할 수 없을 거라고도 했다. 그런 말은 아무 위안이 되지 않았다. 삼촌은 죽었고 차포는 사라졌다. 래리는 자유롭게 거리를 돌아다니고 있었다.

젖은 양말이 신발 속에서 질척거렸다. 나는 총을 제자리에 돌려놓고 다친 자리에 약을 발랐다.

18

래리 콜맨은 자취를 감췄다. 다른 도시로 떠난 것인지, 병국이 형이 아무도 몰래 처리한 것인지는 알 수 없었다. 경계심을 풀기까지는 오랜 시간이 걸렸지만 나는 서서히 일상을 되찾았다. 클로이와 삼촌이 세상을 떠난 것은 어느새 과거의 일이었다. 멍 자국은 옅어졌고, 기온이 떨어졌다. 아침저녁으로 불어오는 차가운 바람을 느꼈을 때 졸업은 반년 앞으로 다가와 있었다.

아빠는 교회 대소사에 빠지지 않고 참여했다. 교인의 생일이나 승진을 축하하는 문자메시지도 거르지 않았다. 겉으로 보기에 아빠는 독실한 기독교인이었다. 일요일 아침마다 몸을 깨끗이 씻고 향이 진한 스킨과 로션을 발랐다. 셔츠의 칼라는 칼처럼 빳빳

했고 스프레이를 뿌린 머리카락은 흑요석처럼 단정했다. 교인들은 환한 미소를 지으며 신실한 기도를 올리는 아빠의 집에 벌레가 들끓는다는 사실을, 물때가 점령한 욕실이 있다는 것을, 쓰레기통 옆에 빈 술병이 무더기로 쌓여 있음을 알지 못했다.

아빠는 언젠가부터 좀 더 작은 집단의 사람들과 어울리며 효율성을 추구하기 시작했다. 소규모 공동체의 멤버들은 하나의 사상 아래 경도된 채 끈끈하게 결속했다. 자신들이 선택받은 자이며 신성이 보호하는 존재라 믿었고, 그래서 생각하는 바를 주장하기에 거리낌이 없었다. 기꺼이 그 집단의 일원이 된 아빠는 예배가 끝난 일요일마다 근처 대도시로 향했다. 유동 인구가 많은 시청이나 번화가 한가운데에서 붉은색 마가 모자를 쓴 사람들과 함께 대열을 짜고 박근혜의 석방을 촉구하는 피켓을 들었다. 저녁이 다 되어 집으로 돌아온 아빠는 집회 도구를 거실에 던져놓고 쉰 목소리로 먹을 것을 찾았다.

해가 가기 전에 아빠는 트레이더조스의 창고 관리직으로 일하게 됐다. 안수집사가 마련해준 자리였다. 전화로 소식을 전해 듣고 허리를 굽혀가며 감사를 표하던 아빠는 통화가 끝나자마자 왜 진작 고용해주지 않았느냐며 투덜거렸다. 그러면서도 세상 고생은 다 끝난 듯 개운한 얼굴로 잠자리에 들었다. 아빠는 이틀 후 계약서를 작성했고 사흘 뒤 첫 출근을 했다. 우리는 냉동식품 대신 신선한 재료로 만든 음식을 먹을 수 있게 됐고, 집 유지비와 기름값 고민을 덜었다.

하지만 아빠는 새로운 일에 좀처럼 적응하지 못했다. 트레이더 조스는 캔스워시에서처럼 사무실에 한가로이 앉아 있다가 부족한 물건이나 채워주면 되는 직장이 아니었다. 외국인 노동자 사이에서 대장 노릇을 하며 거드름을 피우던 인천 가구 공장과도 달랐다. 아빠는 영주권을 얻기 위해 얼어붙은 손발을 비비고 시큰한 허리를 주무르던 조지아 닭 공장 시절로 시계를 돌려야 했다. 상품 검수와 재고 관리를 담당하게 된 아빠는 종일 물건을 나르고 관리 대장에 내용을 기입했다. 정신없이 일하다 저녁이 되어 집으로 돌아오면 온몸이 아파서 견딜 수가 없다고 짜증을 부렸다. 물렁물렁한 등에 파스를 붙이는 건 내 몫이었다. 여섯 장으로 나뉜 파스를 하나씩 펴 바르고 있으면 아빠는 소파에 구부정하게 앉아 함께 일하는 직원들을 욕했다.

"게으른 새끼들. 맨날 내만 일하지. 그 새끼들은 화장실을 처가서 30분씩 있다 온다고. 일을 열심히 할 이유가 없지. 왜 그런지 아나? 훔치는 게 돈이 더 되거든." 그렇게 한바탕 쏟은 뒤 중얼거리듯 한마디를 더했다. "한국에 있을걸 그랬다. 느그 엄마만 아니었으면 진작 한국에 갔을 긴데."

아빠는 더 이상 나를 교회에 데려가지 않았다. 잘된 일이었다. 나는 그곳에 어울리는 인간이 아니었다. 온 세계 어린이를 다 그려놓은 벽화에는 파란 피부를 가진 아이가 보이지 않았고 예수는 중동과 유럽 사이쯤에서 태어난 장발 미남으로 묘사됐으니까. 예배 시간마다 쏠리는 시선을 견디는 일도 고역이었다. 목사의 설교를 듣고 있으면 내가 신의 피조물이 아니라 이 세계 밖으로 떨어진 이질적인 존재처럼 느껴졌다.

거리에 캐럴이 울렸다. 크리스마스 장식을 보며 올해가 얼마 남지 않았다는 실감을 했다. 짧은 방학이 끝나면 마지막 학기를 보낸 뒤 졸업을 하게 될 것이다. 그 후의 생이 아무런 계획 없이 공허하게 펼쳐져 있었다.

일자리를 구해야겠지. 하지만 어디서? 셰인빌? 힘들 텐데. 한국으로 돌아가는 게 좋을까? 아니면 미국이나 캐나다의 대도시에 가는 건 어떨까? 거기서는 무슨 일을 할 수 있지? 누가 날 고용해주지?

생각이 점령군처럼 쳐들어와 머리를 휘저을 때면 호수에 몸을 담갔다. 12월의 차가운 호수는 달뜬 심장을 달래듯 휘감았다. 그 아뜩한 촉감이 그리워 자정이 가까운 밤에도 자전거를 끌고 밖으로 나갔다. 체인과 체인링이 마찰하며 잘그락거리는 소리, 바퀴가 바닥을 밀어내는 소리, 숨소리, 이어폰에서 흘러나오는 음악 소리가 반주처럼 고요히 어둠에 스며들었다. 도로에 자전거를 세워놓고 숲길로 들어섰을 때 어디선가 타는 냄새가 났다. 사람들의 말소리도 들렸다. 나는 음악을 끄고 그쪽으로 걸음을 옮겼다. 달갑지 않은 사람들이 있으면 수영을 포기하고 돌아올 생각이었다.

오래전 채석장 인부들이 작업장으로 활용하던 터가 있었다. 시설이 철거된 후에도 황폐해진 상태로 유지되는 바람에 이제는 짧은 풀만 겨우 자라는 공터가 됐다. 숲속의 흉터처럼 남은 그곳에 또래로 보이는 열 명 정도가 모닥불을 피워놓고 모여 있었다. 낯선 얼굴들 사이에서도 루크와 사이먼은 쉽게 알아볼 수 있었다. 술병과 담배가 보였다. 모두 취해 있었다.

루크와 사이먼은 버지니아대학교를 포함한 몇몇 대학교에 지원서를 넣었고 어느 곳이든 문제없이 입학할 거라고 했다. 네이트가 자기 일처럼 떠들고 다닌 덕에 알게 된 사실이었다. 공터 옆으로 난 길을 따라 걷는 나를 루크가 발견했다.

"헤이, 제이!" 루크는 랩 라임을 맞추듯 리듬을 타며 손을 높이 흔들었다. "어디 가?"

시끌벅적하던 대화가 멈췄다. 스무 개의 눈이 나를 향했다. 나는 채석장을 가리켰다.

"이 시간에?"

"잠이 안 와서."

"혼자?"

"응."

"심심하면 같이 놀래?" 루크는 술병을 흔들었다.

"아니, 괜찮아."

"그래. 바이, 제이." 루크가 다시 라임을 맞춰 말했다.

루크 옆에 있던 아이가 능숙한 손놀림으로 종이에 담뱃잎을 말아 불을 붙였다. 낯이 익었는데 누군지 기억나지는 않았다. 아이들은 다시 왁자지껄 떠들기 시작했다. 무리에서 제법 멀어졌을 때 발소리가 들려 돌아보니 사이먼이 따라오고 있었다.

　　"같이 가, 브로." 사이먼은 나와 보조를 맞춰 걸었다. 급히 달려왔는지 숨을 헐떡였다. "여기 자주 와?"

　　"응."

　　"나도 가끔 오는데 만나는 건 처음이네, 그렇지?"

　　"평소에는 건너편 길로 다녀. 이쪽은 사람이 많아서."

　　"우리가 좀 시끄럽긴 하지."

　　사이먼이 좀 더 가까이 다가왔다. 마리화나와 담배를 섞어 피웠는지 입에서 독한 풀 냄새가 났다. 캔맥주를 들고 있었는데 그리 취한 것 같지는 않았다.

　　"저기, 우리가 꽤 오래 얘기를 못 했잖아."

　　"그랬지."

　　"그동안 어떻게 지냈어? 내 말은…… 이제 좀 괜찮아?"

　　"그럭저럭."

　　사이먼의 말대로 우리는 서로 대화한 지가 꽤 오래된 상태였고, 그래서 나는 살갑게 구는 사이먼이 어색했다. 사이먼은 얼마간 채석장이 있는 쪽으로 나와 함께 걸었다. 주로 사이먼이 말을 했고 나는 들었다. 앨범을 준비 중이라는 이야기, 에밀리 라슨이

249

코러스에 참여했다는 이야기를 할 때만 잠시 클로이를 떠올렸을 뿐 나머지 얘기는 흘려듣다시피 했다.

"대학은 어떻게 됐어?" 사이먼이 물었다.

"안 가."

"좋지. 졸업 후에 계획은 있어?"

"아직."

"좋네, 좋아."

뭐가 좋다는 거야. 나는 한국어로 중얼거렸다. 멀리 모닥불 근처에 모여 있던 아이들이 크게 웃었다. 사이먼은 그쪽을 힐끔 쳐다보고 말을 이었다.

"가봐야겠어. 혹시 도울 일이 있으면 언제든 얘기해. 알았지?"

사이먼은 내 어깨를 가볍게 친 뒤 일행이 있는 곳으로 돌아갔다. 그러다 몸을 돌려 내게 말했다.

"참, 그리고 말이야." 사이먼은 들고 있던 캔맥주와 모닥불을 가리키고 다시 나를 돌아보며 입에 지퍼를 채우는 시늉을 했다. "알지, 브로?"

나는 고개를 끄덕였다.

모닥불 주위에 모여 앉은 일행은 평온하고 행복해 보였다. 위축되거나 주눅 들지 않아도 되는 삶을 살았을 것이다. 남들 위에 군림하는 청춘은 대학에 가서도 이어지겠지. 대학을 졸업한 뒤에도, 어쩌면 평생, 그런 시절이 이어질 거라 믿고 있겠지. 하나같

250

이 반반한 얼굴들을 살피던 중에 세인빌고등학교에 입학하던 날이 떠올랐다. 스쿨버스, 'Blued'라고 적힌 포스트잇이 붙은 좌석, 그게 싫어 버스를 타지 않고 걸어서 집으로 돌아가던 길, 그날 하굣길에 내 돈을 뺏고 린치를 가했던 아이들. 그 녀석들 중 하나가 루크 옆에 있었다. 나를 보고도 아무렇지 않게 손을 흔들었다.

호흡이 가빴다. 나는 도망치듯 걸었다. 루크와 사이먼의 친구들이 보이지 않는 곳까지 가서 허둥지둥 옷을 벗었다. 노기가 나를 집어삼키기 전에 마음을 가라앉혀야 했다. 키를 훌쩍 넘을 정도로 깊은 바닥을 찾아 잠수했다. 폐에서 공기가 빠져나갔다. 가슴은 납작해지고 몸이 무거워졌다. 발끝이 바닥에 닿았다. 정적이 깃든 곳에서 눈을 감았다. 그곳에 오래 머물렀다. 숫자를 세면서 생각이 사라지기를 기다렸다. 하나, 둘. 하나, 둘. 핏속에 녹아든 산소가 다하기 직전 수면으로 부상했다. 사위는 어느덧 고요했다. 내 마음도 차분히 가라앉아 있었다.

물 밖으로 나와 이어폰을 꽂았다. 아이팟 휠을 돌리며 나인 인치 네일스를 들었다. 셀마 생각이 났다. 삼촌이 떠난 뒤 우리는 거의 연락하지 않았다. 일주일에 한두 번, 브리핑을 하듯 안부를 주고받는 것이 다였다. 나는 감정을 추슬러야 했고 셀마는 진학 준비로 바빴다.

주변 사진을 몇 장 찍어 셀마에게 전송했다. 기다리고 있었던 것처럼 답장이 왔다.

─〈사일런트 힐〉이야?

─응?

─농담. 호수네. 혼자?

─응.

─갈까?

─올래?

─그런데 지금 좀 곤란하긴 해. 엄마랑 좀 싸웠어.

─왜?

─네 잘못도 있다고 할 수 있지. 캔 아저씨 얘기를 했거든.

─삼촌? 무슨 얘기?

─뭐, 네가 짐작할 수 있는 그런 거. 안 좋은 소문.

─사실이 아니야.

─그래, 나도 그렇게 얘기했어. 하지만 엄마는 너랑 어울리면 나까지 위험해질지도 모른다고 생각해. 말도 안 되는 소리 하지 말라고 했더니 엄마가 버럭 화를 냈어. 나도 같이 화를 냈고. 그래서 일주일간 외출 금지 상태야.

─미국에서는 왜 외출을 금지하는지 모르겠어. 조금 심심한 것뿐이잖아. 벌 같지 않아.

─한국에서는 어떻게 하는데?

─밖으로 쫓아내지.

─집에 못 들어오게 한다고?

252

―그냥 쫓아내는 것도 아니야. 나는 속옷만 입은 채 쫓겨난 적도 있어. 예전에는 머리를 깎아서 내쫓는 집도 있었대.

―그건 학대잖아!

―아빠가 그렇게 나를 내보내면 나는 무릎을 꿇고 빌었어. 사람들이 내 파란 피부를 보는 게 싫었거든. 그러면 동생이 몰래 문을 열어주면서 들어오라고 했지.

―지금 내 동정심을 유발하는 거지?

―느껴?

―기다려. 어떻게 빠져나갈지 생각해봐야겠어. 빗물 배수관이 튼튼해야 할 텐데.

―공터에 사이먼이랑 루크가 있으니까 가까운 길 말고 먼 쪽으로 돌아서 와.

―오케이.

물에 발만 담갔다. 머리와 어깨를 누르던 뭉근한 온기가 다 빠져나가고 냉기가 그 자리를 채우기를 기다렸다. 하늘을 보고 있을 때 내가 작아지는 느낌이 좋았다. 가느다랗게 쪼그라들어 아무것도 아닌 존재가 되는 느낌. 하늘에 올라 우주를 질주하는 느낌. 파란 외계인이 된 기분. 이어폰의 볼륨을 한껏 높였다. 사위는 기타와 드럼 소리로 가득했다. 깜빡 잠이 들었다.

다시 눈을 떴을 때는 곧 해가 뜰 것처럼 산 끄트머리가 붉었다. 하지만 하늘은 컴컴했다. 회색 구름만 점처럼 둥실 떠 있었다. 잠시 후 능선을 따라 불길이 이글거리기 시작했다. 숲에서 푸드덕거리는 소리가 들리더니 사슴 한 마리가 머리 위로 뛰어 달아났다. 새들이 무리 지어 하늘을 갈랐다.

벌떡 일어나 이어폰을 뺐다. 호수가 미지근하게 느껴졌다. 곧이어 매캐한 냄새를 풍기는 연기가 밀려왔다. 그 농도가 짙어서 숨이 덜컥 막혔다. 숲을 빠져나와 자전거에 올랐다. 집으로 돌아오는 내내 눈이 따가웠다. 큰 도로에 다다를 때까지 연기가 뒤를 쫓아왔다. 재가 눈처럼 쏟아졌고 나뭇잎과 수풀이 동그랗게 말린 채 도로를 굴렀다. 불길은 능선에 점을 찍듯 번지다 급기야 산 전체를 가득 메웠다. 사방에서 사이렌 소리가 들리기 시작했다. 인근 도시의 소방차까지 모두 동원된 것 같았다. 불길은 어느덧 마을을 덮칠 듯 가까웠다. 헬리콥터가 머리 위로 낮게 날아갔다.

집으로 돌아오다 셀마의 집을 지났다. 불 꺼진 셀마의 방을 보고서야 채석장에서 만나기로 했었다는 것이 생각났다. 뒤늦게 꺼낸 휴대전화에는 셀마의 문자메시지와 부재중 전화로 알림창이 빼곡했다. 전화를 걸었지만 답이 없었다. 몇 차례 신호가 울린 뒤 음성 안내가 흘러나왔다.

길가에 자전거를 세워두고 셀마의 집으로 가 초인종을 눌렀다. 잠시 후 스콧 아주머니가 문을 열었다.

"무슨 일이니?" 아주머니는 코를 킁킁거렸다. "이건 무슨 냄새야?"

"숲에 불이 난 것 같아요. 셀마 집에 있어요?"

아주머니는 달갑지 않은 얼굴로 콧김을 뿜었다. "셀마! 제이가 왔어."

대답이 없었다. 아주머니는 내게 기다리라고 한 뒤 셀마의 방이 있는 위층으로 향했다. 아주머니가 문을 세게 두드렸다.

"셀마! 자니? 셀마!" 문을 여는 소리가 들렸다. "애가 어딜 간 거야, 셀마!"

아주머니가 서둘러 계단을 내려왔다. 당황한 것 같기도, 화가 난 것 같기도 했다. 집 안 여기저기 불을 켜기 시작했다.

"셀마! 셀마!"

스콧 아주머니는 목소리가 아주 컸다. 나는 자전거를 끌고 집으로 돌아왔다. 셀마를 찾는 아주머니의 목소리가 셰인빌에 쩌렁쩌렁 울렸다.

다음 날 1교시는 영문학 수업이었다. 마커스 잭슨 선생님은 다큐멘터리를 시청하게 한 뒤 학생 한 명을 지정해 교과서를 줄줄 읽히며 수업 시간을 낭비하곤 했다. 아이들은 찰스 디킨스의 전기 영상을 시청하는 대신 낙서를 하거나 휴대전화를 가지고 놀았고 잭슨 선생님은 심드렁한 얼굴로 교실을 휘휘 둘러보기만 했다. 네이트는 옆에 앉은 누군가와 대화 중이었다. 드문드문 셀마의 이름이 들렸다.

"셀마 말이야." 네이트가 말했다.

"셀마가 왜?" 누군가가 대답했다.

"어제 숲에서 발견됐대. 불길을 피하지 못했나 봐."

"쉿." 대화 소리가 컸는지 잭슨 선생님이 주의를 줬다. 네이트는 딴청을 피웠다.

수업 종료를 알리는 소리가 들렸다. 아이들은 네이트 주위로 몰려들었다. 특종 냄새를 맡은 기자들 같았다.

"죽었대?" 한 아이가 물었다.

"아니." 네이트가 대답했다.

"그럼?"

"코마 상태."

"지금 어디 있는데?"

"병원에 있지."

"뜸 들이지 말고 정확히 좀 말해봐!"

그렇게 소리친 아이는 화가 나 있었다. 네이트는 자신에게 이목이 충분히 집중된 것을 확인한 뒤 뉴스 기사를 전달하는 것처럼 까랑까랑한 목소리로 말했다.

"우리 엄마가 일하는 병원 중환자실에 있어. 산불이 났을 때 숲에 있었나 봐. 불길을 들이마셨대. 폐에 물집이 잡혔다던데, 엄마 말로는 버틸 수 있을지 확실하지 않대."

19

교회를 다녀온 아빠가 노크도 없이 방으로 들어왔다. 책상에 앉아 있던 내 어깨를 매섭게 잡아채며 물었다.

"니 며칠 전에 채석장에 갔드나? 거서 뭐 했노?"

나는 읽던 책을 덮었다. 되는대로 아무 페이지나 펼쳐놓고 있었을 뿐 사실 한 글자도 머리에 들어오지 않던 터였다.

"수영했어요."

"이 겨울에 수영은 무슨 수영!" 아빠가 나를 앞뒤로 흔들었다. "거짓말하지 말고 똑바로 말해라. 숲에서 불 피우고 있었제?"

거짓말? 불을? 내가?

"누가 그래요?"

"교회 사람들이 그라드라. 니가 숲에 드가는 거 본 사람이 있다. 솔직히 말해라. 얼마 전에 산불 그거, 니가 한 기가?"

"아니라니까요!"

나는 항변했다. 채석장에 수영하러 자주 들른다고, 삼촌과도 함께 갔었다고, 사람들이 가끔 그곳에서 불을 피우지만 내가 그런 건 절대 아니라고. 하지만 아빠는 윤 회장의 말을 철석같이 믿어버린 뒤였다. 네가 무슨 짓을 저질렀는지 알기나 하느냐고 화를 내던 아빠는 불안감을 감추지 못하고 거실을 서성이다가 소파에 앉았다. 손바닥에 얼굴을 파묻더니 울먹이기 시작했다.

진원을 알 수 없는 소문은 셰인빌의 공동체 사이로 빠르게 확산됐다. 산불이 꺼진 후에도 진화되지 않았다. 사람들은 사실이 아닌 것을 믿었다. 처음부터 그러고 싶었는지도 모른다. 저 외부인과 그 가족이 언젠가 일을 저지를 줄 알았다고, 그동안 용케 정체를 숨기고 잘 피했을 뿐이라고, 더 이상 친절함으로 속마음을 감출 필요가 없으니 오히려 잘된 일이 아니냐고 주장하고 싶었는지도 모른다. 나는 스위치를 꺼버리듯 포기했다. 그래서 윈스턴 씨가 진상 조사를 위해 집을 방문했을 때는 화낼 힘도 없었다. 냉소가 내 안에 가득 차 있었다.

"제이."

윈스턴 씨가 모자를 벗었다. 일그러진 표정을 보면서 나는 윈스턴 씨가 나를 증오한다고 생각했다.

"나한테 할 말 있지 않니."

"저는 잘못한 게 없는데요."

윈스턴 씨는 어깨를 으쓱 올렸다. "언제나 그랬지. 이번에도 마찬가지야?"

나는 윈스턴 씨를 노려봤다. 상대도 물러서지 않았다. 서로를 향한 오랜 응시, 몇 차례의 느린 깜빡임 후에 내가 먼저 입을 열었다.

"제가 그러지 않았어요."

"내가 뭘 물어보는지 알고 있구나."

"저도 소문을 들으니까요."

"네가 불을 지른 게 아니라고 말하고 싶겠지."

"네."

"하지만 산불이 나던 날 거기 있었지."

"맞아요."

"그날 얘기를 들려줄 수 있을까." 누그러진 말투로 윈스턴 씨가 물었다. "네가 셀마를 채석장으로 불러냈다며. 문자메시지를 확인했다."

"맞아요."

"왜 그랬니."

"그게 불법인지는 몰랐는데요."

"말장난할 기분이 아니야. 네 친구가 다쳤잖아." 윈스턴 씨가

259

허리에 손을 올렸다. 표정은 처음보다 훨씬 더 일그러져 있었다.

"그날 숲에서 불을 피우지는 않았어? 실수라도?"

"목격자라도 있어요?"

"있어, 애석하게도."

"그 말을 믿어요?"

"믿고 말고가 중요한 게 아니야. 나는 진술이 사실인지 조사해야 해."

"팜하우스마켓에서 강도 사건이 벌어졌을 때도 피해자는 파란 피부가 범인이라고 주장했죠. 그때도 보안관님이 나를 찾아왔고요. 어떤 파란 피부는 범죄를 저지를지도 모르겠지만 모든 파란 피부가 그런 건 아니에요."

윈스턴 씨가 한 걸음 다가왔다. 독한 스킨 향이 났다.

"그래, 네가 저지른 일은 아닌 것 같구나. 하지만 누가 그랬는지 아는 것 같아."

윈스턴 씨는 가만히 서 있기만 해도 위압적이었다. 제복과 휘장, 권위가 주는 압박감을 어떻게 사용해야 할지 아는 사람이었다. 윈스턴 씨는 갈색 눈동자로 다정히 나를 노려보았다.

"내 말이 맞지? 누구니, 그게."

"루크요. 사이먼도요."

그 이름들을 입 밖으로 꺼내는 순간 눌러뒀던 분노가 치밀었다. 나도 모르던 마음의 형태를 확인하는 순간이었다. 나는 단어

하나하나에 힘을 줘 말했다.

"그리고 다른 애들도 산에 있었어요. 불을 피우고 있었고요. 예전에 나를 때렸던 애들도 거기 함께 있었어요."

윈스턴 씨가 끄응, 하는 신음을 뱉었다. 괴로워하는 것 같았다. 그러시든지. 나는 제자리에 선 채 반응하지 않았다. 윈스턴 씨는 머리를 쓸어 넘긴 뒤 포치에 놓인 테이블에 모자를 놓았다. 먼지가 쌓여 지저분했지만 윈스턴 씨는 개의치 않았다. 1월의 매운바람이 머리칼을 흩뜨려놓았다. 숲을 통과해 세인빌에 닿은 바람에는 희미한 탄내가 섞여 있었다.

"내가 어렸을 때는 이 주위가 온통 채석장이었어."

몇 분 동안의 침묵 끝에 윈스턴 씨가 입을 열었다.

"폭약 소리가 끊이지 않았지. 종일 먼지가 날렸고. 여기서 캔 돌은 버지니아 밖에서도 팔렸어. 친구들은 모두 채석장에서 일할 생각이었지만 나는 달랐지. 내 아버지가 보안관이었기 때문에 나도 당연히 보안관이 돼야 한다고 생각했거든. 결국 그렇게 됐어. 돌아가시기 전까지는 아버지와 함께 일했지. 아버지가 살아계실 때만 해도 이 도시에는 큰 사건이 벌어지지 않았어. 뭐, 교통사고가 가끔 나긴 했지만. 사슴이 도로를 가로지를 때가 많았거든. 하지만 그건 우리가 어쩔 수 없는 일이잖아. 누구의 잘못도 아니고. 재해 같은 거야. 사슴 사체를 치우고, 다친 사람이 없는지 확인하고, 도로 점검을 요청하면 끝나는 일이었지. 가끔 갱단 사이

261

에 분쟁이 벌어지기도 했는데 보통은 자기들끼리 다툼이야. 민간인이 엮이지는 않았단 말이지. 하지만 이제는 세상이 달라지는구나. 채석장은 호수가 됐고, 도시에는 중국인들이 들어와 살고 있어. 그리고 사람이 죽었지. 물론 그게 네 책임은 아니지만." 윈스턴 씨는 콧김을 길게 뿜었다. "조언을 하나 해도 될까?"

나는 고개를 끄덕였다. 긍정의 제스처는 아니었다. 어떻게 해서든 윈스턴 씨가 말을 끝내게 만들고 싶었다. 윈스턴 씨는 한숨처럼 중얼거렸다.

"여긴 너와 어울리지 않는 것 같구나."

산림청 조사 결과 산불은 자연 발화한 것으로 판명됐다. 하지만 루크와 사이먼은 학교에서 징계를 받았다. 금지 구역에서 모닥불을 피우고 술을 마신 것이 문제였다. 두 사람이 지원서를 넣었던 대학교 몇 곳에서 현장 조사를 위해 입학사정관을 파견했다. 그 소식을 전한 사람 역시 네이트였다.

학교 캐비닛에 'Blued'라고 적힌 포스트잇이 붙었다. 이번에는 미치의 필체가 아니었다. 포스트잇 뒤에는 1488이라는 숫자도 적혀 있었다. 14는 열네 개의 단어로 이뤄진 백인우월주의자들의 슬로건을 의미했고, 88은 여덟 번째 알파벳인 H를 연달아 표기한 것으로 하일 히틀러(Heil Hitler)를 의미했다. 구글에서 그 뜻을 검색했을 때는 분노보다 슬픔이 앞섰다.

크리스마스 이튿날 셀마가 입원한 병원을 찾았다. 방문객이 거의 없을 거라 생각하고 평일 낮을 택했는데 예상은 보기 좋게 빗나갔다. 복도에는 셰인빌 학생과 학부모들이 무리 지어 있었고 응원 문구를 적은 알루미늄 풍선이 갈 곳을 잃은 채 천장에 붙어 있었다. 벤치 위에는 손수 제작한 플래카드와 꽃다발도 보였다. 여자아이 몇 명이 셀마의 병실 앞에서 사진을 찍는 중이었다.

아이들이 나를 보고 길을 텄다. 뒤에서 수군거리는 소리가 들렸다. 여길 오다니 대단하다, 가까이서 보니까 진짜 파랗네, 쉿, 조용히 해, 듣겠어, 같은 말들. 나는 병실로 들어섰다. 의자에 걸린 옷처럼 늘어져 있던 스콧 아주머니가 자리를 비켜주었다. 배려가 아니라 외면하기 위해서였다. 노골적으로 싸늘한 표정에서 느낄 수 있었다. 창문 밖으로 보이는 태양이 구름 사이로 흐릿했다. 하얀 커튼마저 회색으로 보였다. 병상 옆에는 커다란 산소 탱크가 놓여 있었다. 셀마는 호흡기에 의지해 숨을 쉬었다. 기계에서 뻗어 나온 투명한 관이 셀마의 몸에 꽂혀 있었다.

나는 손을 잡지도 말을 걸지도 않았다. 가만히 서서 셀마를 지켜봤다. 규칙적으로 오르내리는 가슴, 눈꺼풀 아래에서 움직이는 눈동자의 궤적을 따라 시선을 옮겼다. 그러고 있으면 셀마가 번쩍 눈을 뜰 것 같았다. 아무도 보지 않을 때 나를 위해 몰래 엄지손가락을 들어줄 것 같았다. 아이팟을 꺼냈다. 노래를 재생시킨 뒤 셀마의 귀에 이어폰을 꽂았다. 글로리아 게이너가 절규했다. 내가 부서질 것 같아? 누워서 죽기를 기다릴 것 같아? 아니, 난 살아남을 거야. I will survive. 셀마는 무너지지 않을 것을 나는 알았다. 내가 없어도 괜찮을 것을, 나는 알았다. 문제는 나였다. 언제나 그랬다.

병실을 나왔다. 사람들은 복도 양쪽으로 길을 텄다. 나는 그 사이를 걸었다.

"증언하지 않을 수도 있었잖아." 문 옆에 서 있던 앤더슨 부인이 말했다. 다른 사람에게는 들리지 않게, 하지만 내게는 확실히 들리도록 속삭였다. "그랬어야지. 입을 다물고 있었어야지."

사이먼과 루크가 조금 떨어진 곳에 서 있었다. 앤더슨 부인을 무시하고 둘에게 향했다. 뭔가를 말하고 싶었는데, 정확히 어떤 말이 튀어나올지는 나도 알지 못했다. 사과, 변명, 혹은 질책과 비난. 저기, 있잖아, 로 시작하는 어떤 문장. 내가 다가서자 사이먼은 뒤로 물러서며 팔을 뻗었다. 밀어내는 모양새였다. 나는 입을 다물었다. 돌아서서 엘리베이터를 향해 걸었다. 사람들의 불편한 눈빛 사이를 지났다. 그러다 복도 끝에서 멈춰 섰다. 마네킹처럼 창백하게, 조소를 머금은 채로 굳어버린 얼굴들이 나를 향해 있었다.

"너희들은 자신이 뭘 가졌는지 몰라."

사이먼과 루크를 향해 던진 말이었지만 복도에 있던 모두가 그 말을 들었다. 에밀리 라슨이 놀란 얼굴로 들고 있던 플래카드를 내려놓았다.

"루크, 넌 나를 공격한 애들과 함께 있었잖아. 불을 피우면서 웃고 있었잖아. 삼촌을 잃은 내 앞에서도 그렇게 행동했잖아. 사이먼, 너는 셀마를 때렸어. 그걸 아무도 모를 줄 알았어? 셀마가 저렇게 돼서 정말로 슬프긴 해? 클로이가 사고를 당했을 때도 슬펐어? 그래서 한다는 게 고작 추모 사이트에 댓글이나 다는 거였어? 네 여자친구였잖아. 그런데 전혀 모르는 사람 일인 것처럼 굴었잖아. 나한테 괜찮으냐고 물어봤잖아. 그게 내 문제인 것처럼, 네 일은 아닌 것처럼 행동했잖아."

루크와 사이먼의 얼굴이 구겨졌다. 정말로 그 말이 모욕적으로 느껴졌는지는 모르겠다. 하지만 당황했을 것이다. 그러길 바랐다. 단어들이 칼처럼 날아가 두 사람을 찔러주길 원했다.

"바퀴벌레." 내가 돌아섰을 때 누군가 등 뒤에서 말했다. 누군가는 웃었고 누군가는 쉿, 하고 말렸다. 엘리베이터를 타고 내려가는 동안 이 작은 마을에서 너무 많은 일이 벌어지는 것이 아닌가 생각했다. 세상에는 그런 일이 벌어지는 법이다. 잘못된 생각, 엇나간 선택이 사람들 사이로 퍼져나가면 브레이크를 밟기에 너무 늦은 순간이 온다. 어, 어, 하고 소리를 지르다 쾅. 경찰이 달려오고, 앰뷸런스가 사이렌을 울리고, 보험사 직원이 계산기를 두드리는 걸 본 뒤에야 뭔가 잘못되었음을 깨달을 것이다.

그해 마블은 어벤저스의 새 시리즈 영화를 내놓았고 드레이크가 빌보드 차트를 휩쓸었다. 한국에서는 미투운동이 광범위하게

265

펼쳐졌다. 박근혜에 이어 이명박이 구속됐다. 검찰은 이명박에게 횡령과 뇌물 수수, 조세 포탈 혐의로 징역 20년을 구형했다. 사람들은 무리 지어 응원과 비난에 힘을 쏟았다. 상상의 공동체가 집단을 하나로 엮는 동안 나는 어떤 그물에도 엮이지 않고 홀로 부유했다. 그건 자유가 아니라 조난이었다. 나는 완전한 이방인이었다. 마블과 디씨에 관한 영화 비평이나 그래미어워드 수상 예측, 민주주의의 미래 말고도 복잡한 문제들은 내 주위에 얼마든지 포진해 있었다. 그걸 해결해야 했다. 그렇게 머리가 터질 것 같던 그때, 전화가 왔다.

아침이었고 아빠가 일어나기 전이었다. 주방에서 샌드위치를 만들고 있을 때 조리대에 올려놓은 휴대전화가 울렸다. 저장되지 않은 번호였다. 스팸일 거라 생각하면서도 무심코 통화 버튼을 눌렀다.

"재일이니?"

엄마가 말했다.

나는 손을 멈추고 그대로 굳었다. 햄과 계란이 프라이팬 위에서 익어가고 있었다.

"잘 지내니?"

엄마는 한국어로 물었다.

우리 사이에는 수많은 물음표가 점점이 놓여 있었다. 엄마가 미우면서도 그리웠다. 감정이 그런 식으로 조합될 수 있으리라고는 생각한 적이 없었다. 엄마가 떠났을 때 나는 열세 살이었다. 그 후로 5년이었다.

"잘 모르겠어요." 나는 영어로 말했다가, 다시 한국어로 대답했다. "잘 모르겠어요."

20

2019년 1월, 미국 중서부에서 동부 해안에 이르는 2400킬로미터 지역이 눈 폭풍 '지아'의 영향권에 놓였다. 캔자스, 네브래스카, 미주리, 일리노이가 큰 피해를 입었고 북부 버지니아에는 비상사태가 선포됐다. 세인빌에 들이닥친 한파는 채석장 호수를 한 뼘 두께로 얼려놓았다.

세인빌의 시장인 조 닐슨은 그곳에서 축제를 열겠다고 발표했다. 화재와 한파가 휩쓸고 간 이 도시에는 어떤 흉터도 남지 않을 것이며 훗날 이 축제가 세인빌의 전통이 될 거라 공언했다. 시장으로 당선된 후 1년 사이 벌어진 크고 작은 사건에 대한 불만을 축제로 무마시켜보겠다는 속셈이 훤히 보였지만 이 심심한 도시의 주민들은 시장이 마련한 이벤트를 내심 반기는 분위기였다. 아빠는 교회 사람들도 모두 참석한다며 내게도 함께 가보자고 했다.

"집에 있고 싶어요."

"와, 니 평소에 거기서 수영도 하고 글칸다면서."

"그냥 쉬고 싶어서요."

"와, 사람들 보기 싫어서 글카나? 니가 뭐 잘못했노. 니 잘못한 거 하나도 없다. 가자 고마. 옷 입어라."

축제가 열리던 날에는 한파가 물러가고 낮 기온이 영상으로 돌아섰다. 호수의 얼음은 여전히 두꺼웠으나 표면에는 물기가 맺히기 시작했다. 얼음이 붕괴될 위험이 있으니 깊은 곳에는 들어가지 말라는 경고의 의미로 펜스가 설치됐다. 주민들은 기껏 가지고 온 썰매를 던져버리고 캠핑용 바비큐 그릴에서 소시지를 구웠다. 발전차에서 끌어온 전선이 바닥에 놓여 있었다. 산불이 나던 날 연기를 피해 달아나던 길에는 푸드 트럭이 줄을 지어 늘어섰다. 클래식 카와 카라반 사이에 소방차가 보였다. 소방관은 심드렁한 얼굴로 하품을 했다.

일찌감치 도착한 교인들이 평지를 차지하고 앉아 있었다. 아빠는 그쪽으로 걸음을 옮겼다. 대화를 위한 도구가 되고 싶지 않았던 나는 사람들이 잘 보이지 않는 구석에 자리를 잡았다. 잠시 후 돌아온 아빠는 교인들에게서 얻어 온 소시지와 바비큐를 내밀었다.

"와 그래 구부정하게 앉아 있노. 어깨 피라."

방위산업체 노스럽그러먼 출신이자 열성적인 공화당 당원이기도 한 닐슨 시장은 허연 입김을 뿜으며 연설문을 낭독했다. 내용은 귀에 잘 들어오지 않았다. 전파 수신이 되지 않는 라디오처럼 단어와 문장이 띄엄띄엄 들렸다. 모두가 협력…… 산불 문제 극복…… 주민들의 피해…… 빠른 시일 내에 일상…… 최선을…….

시장은 긴 연설의 끄트머리에 데이브 셔펠이나 빌 버 같은 코미디언의 쇼를 보고 짜깁기했을 법한 농담 몇 줄을 더했다. 웃음이 헤픈 주민 몇이 박장대소했다. 버지니아 주지사 랄프 노텀과의 일화를 얘기하던 닐슨 시장은 펜스를 넘어 호수 한가운데를 걷는 앤더슨 부인을 발견하고 연설을 중단했다. 앤더슨 부인은 자신이 어디에 있는지도 모르는 듯 고개를 휙휙 돌리며 호수 한복판을 향해 걷고 있었다. 취한 듯 비틀거리는 모습이 위태로워 보였다.

"저기, 더 들어가면 안 될 것 같은데요." 시장은 마이크에 대고 말했다. "이쪽으로 나와요."

앤더슨 씨와 루크가 앤더슨 부인을 향해 다가갔다. 지켜보던 소방관이 가세했다. 세 사람의 체중이 동시에 실리는 순간 그 일대에 금이 갔다. 루크의 하얀 운동화 아래로 얼음이 쩍쩍 갈라졌다. "위험해요!" 소방관이 두 사람의 옷을 붙들고 호수 가장자리로 끌어냈다. 앤더슨 부인은 남편과 아들의 겁에 질린 얼굴을 보며 고개를 갸웃거리다 제정신이 아닌 사람처럼 배시시 웃었다.

누구도 움직일 생각을 하지 않았다. 앤더슨 부인은 과녁에 꽂힌 다트처럼 뾰족하게 솟아 있었다. 나는 짧은 시간 동안 많은 생각을 했고, 고민을 끝내지 않은 채 자리에서 일어났다. 내 눈에는 호수의 깊은 곳과 그렇지 않은 곳이 훤히 보였다.

앤더슨 부인에게 다가가는 동안 웅성거림이 잦아들었다. 고요한 호수에 얼음 갈라지는 소리가 쩍쩍 하고 울렸다. 손이 닿을 정도로 접근했을 때 앤더슨 부인은 몽롱하게 풀린 눈으로 내 파란 손을 쳐다봤다. 그걸 잡을지 말지 망설이는 것 같았다. 나는 팔을 뻗었다.

"천천히 움직여야 해요."

앤더슨 부인은 내 말을 이해할 수 있는 상태가 아니었다. 젖은 수건을 널듯 내 손 위에 자신의 손을 얹은 앤더슨 부인이 갑자기 나를 향해 체중을 실으며 외발로 섰다. 무게 중심이 이동하는 순간 발아래 얼음이 부서졌다. 우리는 물속으로 빨려 들어갔다. 얼음물이 몸에 닿는 감각에 익숙한 나와는 달리 앤더슨 부인은 겁에 질려 있었다. 발이 바닥에 닿지 않는다는 사실을 깨달은 앤더슨 부인은 미친 사람처럼 팔다리를 허우적거리더니 급기야 내 머리를 누르며 물 밖으로 나오기 위해 발광했다. 호수는 묵직한 압력으로 몸을 끌어당겼고 나는 순식간에 방향을 잃었다. 한참을 가라앉다 정신을 차리고 수면을 향해 헤엄치기 시작했을 때, 단단한 얼음 바닥이 머리 위를 가로막고 있었다. 출구를 찾을 수가 없었다. 누군가 비명을 질렀다.

공기 방울이 뭉텅뭉텅 빠져나갔다. 혈류가 증가하고 폐가 주먹만큼 쪼그라들면서 뇌가 위험 신호를 보냈다. 압력, 냉기, 산소 부족, 공포에 질려 순간순간 기억이 끊어졌다. 눈을 감았다 뜨면 어둠, 산소 없는 수중, 단단한 얼음 천장, 막막한 절망감의 한가운데였다.

그러다 문득 모든 것이 멈추는 순간이 찾아왔다. 발작 같은 경련이 그치고 바닥으로 가라앉기 시작한 직후였다. 나는 발버둥치기를 포기했다. 보이지 않는 경계 너머, 소리가 들리지 않고 들뜨던 열도 가라앉는 세계가 기다리고 있었다. 마침내 모두에게 공평한 순간을 맞이했다는 생각에 마음이 편안해졌다. 못내 억울했던 건 엄마와 마지막으로 나눈 대화가 생각나서였다. 잘 지내느냐고, 엄마가 물었을 때. 잘 모르겠다고, 내가 대답했을 때. 주방에서 샌드위치를 만들고 있던 그때.

"재우는 잘 있어. 얼마 전에 고등학생이 됐어."

"……."

"편지 잘 받았어. 좋아하는 사람이 생겼다면서. 어떻게 됐니?"

"……."

"베트남에 한번 와."

"……."

"재일아, 듣고 있어?"

"……"

"엄마는…… 보고 싶어."

공처럼 웅크려 눈을 감았다. 공백과 허공에만 몸을 맡겼다. 너울너울 날았다. 셰인빌을 떠나 혼덧현에 닿았다. 인천에 닿았다. 발파라이소에, 푼타아레나스에, 헬싱키와 스톡홀름과 바르셀로나에, 로스앤젤레스 그리고 뉴욕에…… 지도에서나 보던 그 많은 도시 위를 날았다. 미니어처 같은 세계에서 파란 사람들이 손을 흔들었다.

깜빡 잠이 드나 싶었다. 그런 기분이었다. 정신을 차리자 맨발이었다.

발가락이 시렸다……. 시리다는 단어는 내 상태를 설명하기에 충분하지 않았다. 뼈까지 떨리는 기분이었다. 젖은 바지가 종아리에 찰싹 달라붙어 있었다. 몸을 움직일 수 없었는데, 주민들이 그런 나를 악마라도 발견한 듯 내려다보고 있었다. 누군가 던지듯 모포를 덮어주었다.

나는 차가운 얼음물에서 13분 동안 있었다고 했다. 아빠가 그렇게 말했다. "기적이네, 기적." 옆에 앉아 있던 교인이 성호를 그었다. 아빠가 앰뷸런스를 부르겠다고 했다. 나는 그러지 않아도 된다고 했다.

"와, 병원 가서 치료받아야지."

"그냥 집에 가요." 나는 달그락거리는 턱을 진정시키며 말했다. "비싸요."

아빠는 나를 차에 태워 집으로 돌아왔다. 밤새 떨림이 멎지 않았다. 영하에 가까운 온도, 산소가 없는 공간, 그곳에서 13분. 극한의 환경을 버티기 위해 몸이 가용한 모든 에너지를 끌어다 태운 것 같았다. 심장에서, 위와 장에서, 간에서, 근육과 지방과 혈액에서. 생존의 대가는 혹독했다. 두통, 환각, 이명, 시각과 언어 장애가 일시에 나를 괴롭혔다. 가래가 기관지를 덮었고 옆구리가 뻣뻣하게 굳었다. 변비가 찾아왔다. 아랫배에 돌덩이가 들어찬 것 같았다. 볼일을 본 뒤에도 무릎이 저려 한참을 앉아 있어야 했다. 화장실을 나왔을 때 청소기를 돌리고 있던 아빠의 팔이 바닥을 향해 툭 떨어졌다.

"좀 낫나?"

아직 회전을 멈추지 않은 모터 소리가 희미하게 허공을 긁었다.

며칠 후 앤더슨 부부가 집을 찾아왔다. 소파에 누워 텔레비전을 보던 아빠가 두 사람을 맞이했다. 우리는 테이블을 사이에 두고 소파에 앉았다. 앤더슨 부부 앞에 믹스커피가 놓여 있었는데, 두 사람은 예의상 컵을 들었다 놓았을 뿐 입을 대지는 않았다.

"수면제야." 앤더슨 부인이 말했다. "그것 때문에 정신을 차릴 수가 없었어. 습관처럼 먹었거든."

앤더슨 부인이 거기서 말을 끊는 바람에 분위기가 어색해졌다. 앤더슨 씨가 들고 온 쇼핑백을 테이블 위에 올렸다. 속에는 포장되지 않은 상태의 아이폰이 들어 있었다.

"좀 이른 졸업 선물이라고 생각해줘. 내가 도울 일이 있으면 뭐든 알려주고."

앤더슨 씨는 목소리가 좋았다. 표정이 온화했다. 미소만 지어도 직장에서 좋은 평가를 받을 듯한 사람이었다.

"와 우리 애한테 이런 걸 사 줍니까." 아빠의 영어에서는 여전히 경상도 사투리 억양이 묻어났다. 앤더슨 부부가 아빠의 말을 이해하기까지 시간이 걸렸다.

"아내를 구해줬는데 이걸로도 부족하죠. 고마워서 그러니 받아주세요. 그럴 자격이 있어요."

아빠는 테이블에 놓인 아이폰을 물끄러미 보다가 말했다. "고맙습니다, 캐라."

"고맙습니다."

"너무 예의 바르게 굴지 마. 내가 꼭 널 다루는 것처럼 보이잖니." 앤더슨 부인이 말했다.

"죄송해요."

"그러지 말라니까."

아빠는 커피와 함께 먹을 거라도 좀 내와야겠다며 소파에서 일어났다. 아빠가 주방으로 간 사이 앤더슨 부인은 내 쪽으로 몸을 돌려 말했다.

"너희가 오고 나서 이 마을에 흉흉한 일이 많았지. 특히 네 주변에서 말이야. 네 잘못이 아니라는 거 알아. 하지만 루크가 지원한 대학교에서 입학사정관이 나왔을 때는 어찌나 놀랐는지……."

앤더슨 씨가 그만하라는 듯 부인의 팔을 툭 건드렸다. 앤더슨 부인이 계속해서 말했다.

"이제 졸업하면 뭘 할 거니?"

"여보."

"뭐 어때. 아무튼 고마워, 살려줘서. 진심이야. 혹시 내가 도울 일이 없니? 필요한 게 있으면 얘기해, 뭐든."

"돕겠다는 얘기를 자주 하시네요. 두 분도 그렇고, 루크도 그렇고."

"뭐?"

"동정받는 것 같아서 별로예요. 은근히 차별적이고요."

"뭐라고?"

아빠는 쿠키를 내왔다. 이 집에 쿠키라고 부를 수 있는 음식이 존재할 거라고는 상상하지 못했다. 포장도 뜯지 않은 상태였는데 겉에 트레이더조스 스티커가 붙어 있었다. 그걸 물끄러미 바라보던 아빠는 다시 주방으로 들어가더니 접시에 쿠키를 담아 가져왔다. 앤더슨 부부는 조용히 먹고 마시다 돌아갔다.

나는 회복을 핑계로 일주일 동안 학교에 나가지 않았다. 낮과 밤이 뒤바뀐 생활을 했다. 하루의 끝과 시작은 불분명한 형태로 엉켜 있었고 공간의 경계는 흐릿했다. 짧은 휴식기의 마지막 날에는 종일 눈이 내렸다. 저녁이 되고 하늘이 개자 거리는 반쯤 녹은 눈으로 질척거렸다. 다시 날이 추워지면 길은 지저분한 모습 그대로 얼어붙겠지. 그러지 않았으면 했다. 창밖으로 보는 세상이 조용하고 평온했으면 했다. 애원에 응답하듯, 밤새 다시 폭설이 내릴 거라고 기상캐스터가 말했다. 한밤중에 잠에서 깨니 과연 재 같은 회색 눈이 땅을 덮고 있었다.

나는 이불을 걷고 밖으로 나왔다. 새벽 3시 반이었다. 문명의 흔적을 덮어버린 폭설 아래 세상은 공백으로, 그저 하얀 바탕으로만 남아 있었다. 달이 실눈을 뜨고 내 새파란 몸을 지켜보고 있었다. 푸른 천체가 머리 위를 드리웠다. 새벽은 파란색이었다. 파랗게 산란하는 세상 속에 내가 물들어 있었다.

사람들은 내가 앤더슨 부인을 구했다는 사실을 금방 잊었다. 내 찢어진 눈과 튀어나온 광대, 새파란 피부색이 여전히 나를 정의하는 요소였다. 파란색이 내 보호색이고 날 지켜줄 거라던 병국이 형의 말은 틀렸다. 이 색깔은 언제나 나를 죽이려 들었다. 그 낱개의 사건을 회상할 때마다 희멀건 상처들이 고개를 들었다. 클로이, 삼촌, 셀마, 병국이 형. 나와 가까웠던 사람들은 모두 죽거나 다치거나 나를 떠났다. 어떻게 그 모든 일이 셰인빌에서, 하필이면 내게, 융단폭격처럼 쏟아진 건지 모르겠다. 어쩌면 사람들의 말이 사실일지도 모른다. 이 피부색은 인간이 아닌 짐승의 것인지도. 나는 음흉하고 어두운 천성을 타고났을지도. 이것은 내가 가지고 태어난 저주인지도.

더 많은 눈이 내리기를, 나는 기다렸다. 고요와 평화가 찾아오기를. 그것이 눈처럼 지상에 쏟아지기를. 나는 오래도록 기다렸다.

2019년 3월, 뉴질랜드에서 총기 난사 사건이 벌어졌다. 이슬람 사원에서 일어난 테러였다. 범행 직후 공개된 선언문에 노골적으로 드러난 백인우월주의와 이슬람포비아는 2011년에 노르웨이에서 벌어진 테러를 연상시켰다. 학살에 명분과 사명감을 가진 듯 행동하던 두 사건의 테러범들 모두 단일민족국가의 우수성을 주장하며 한국을 모범 사례로 언급했다.

뉴질랜드 이슬람 사원 테러 사건이 사람들에게 경각심을 심어주기를 기대했지만 먼 타국에서 벌어진 일은 적당한 무관심 속에서 증발했다. 세인빌고등학교의 시니어 학생들은 수십 명의 시민이 광기 어린 백인우월주의자의 총에 맞아 사망한 사건보다 5월에 열리는 프롬 준비에 더 많은 관심을 쏟았다.

세인빌고등학교는 매년 박물관 연회장을 대관해 프롬을 열었다. 밴드 섭외, 음식과 음료, 인테리어에도 비용을 들였다. 예산은 티켓을 팔아 충당했다. 학생들은 턱시도와 드레스를 입고 숍에서 머리와 화장도 했다. 리무진을 대여하는 경우도 있었다. 신문 기사에서는 프롬에 쓰는 평균 비용이 1000달러 정도라고 했다. 나는 티켓도 턱시도도 구매하지 않았다. 파트너를 찾으려 애쓰지도 않았다. 환영받지 못할 축제에 참여하기 위해 비용과 시간을 지불하고 싶지는 않았다.

하지만 진짜 문제는 그런 것이 아니었다. 어쩌면 나는 프롬에 참석할 수도 있었다. 클로이가 살아 있었다면, 삼촌이 살아 있었다면, 셀마가 병원에 입원 중이지 않았다면, 내게 날아드는 경멸을 막아줄 한 명이 옆에 있었다면, 나는 그 손을 잡고 춤을 췄을 것이다. 몰래 술을 마셨을 것이다. 킹과 퀸을 선정하는 투표에 참여했을 것이다. 왕좌에 오른 루크 앤더슨과 에밀리 라슨에게 기꺼이 박수를 보내고 내 사랑하는 친구들과 채석장 호수에 앉아 놀고 웃었을 것이다. 눈을 감으면 나는 이미 그곳이었다. 나는 호수 가장 깊은 곳에 몸을 담그고 헤엄을 친다. 얼마나 오래 숨을 참을 수 있는지 시간을 재고 얼마나 깊이 잠수할 수 있는지 시험한다. 참았던 숨을 파, 하고 내지르면 검은 하늘에 별은 점점이 박혀 있고 하얀 구름이 바람을 타고 흐른다. 클로이가 종이봉투에 담아 온 술을 한 모금, 셀마는 우리 사진을 찍으며 깔깔거린다. 사진 속 피부색을 무지개 색으로 바꿔본다. 우리가 아는 모든 사람의 피부색을 파란색으로 바꿔본다. 한 번 더 크게 깔깔거린다.

프롬은 수요일 저녁에 열렸다. 음악을 크게 튼 리무진이 집 앞을 지나갔다. 지붕 위로 머리를 내민 학생들은 골을 넣은 축구 선수처럼 두 팔을 치켜들고 노래를 불렀다. 동네를 한 바퀴 돌아 파티장으로 갈 모양이었다. 리무진이 사라지자 방 안에 고요가 흘렀다. 핏기 같은 것이 훅 빠져나간 느낌이었다.

아빠가 문을 열고 들어왔다. 컴컴한 방을 두리번거리다 창문 앞에 서 있는 나를 발견하고 물었다.

"재일이 니 졸업식 언제라고?"

"4주 뒤 수요일이요. 6월 5일이에요."

한 달 후 모든 학기가 끝났다. 12년의 교육과정의 종결이었다. 나는 내 평생 마지막이었던 졸업식에 참석하지 않았다. 아빠를 보면 떠날 수 없을 것 같았다. 그 늙은 눈을 보면서 당신과 이 나라를 떠나려 한다는 말을 할 수 없을 것 같았다. 그래서 졸업식 전날 밤 집을 나왔다. 마스크로 얼굴을 가리고 후드티를 뒤집어 썼다. 삼촌에게 받은 여행용 배낭에 칫솔과 세면도구, 점퍼, 타월과 속옷, 손톱깎이 따위를 챙겨 넣은 뒤 집을 떠났다.

호프만스워시는 캔스워시보다 한 시간 일찍 영업을 종료했다. 주차장은 텅 비어 있었고 근처를 지나는 행인도 보이지 않았다. 가게를 한 바퀴 돌며 쓸 만한 도구를 찾던 나는 인테리어 공사 후 버려져 있던 벽돌을 발견했다. 유리창을 겨냥해 힘껏 던지자 커다란 구멍이 뚫렸다. 그곳으로 팔을 집어넣어 잠금장치를 풀었다. 가게 내부에 화재경보기 불빛이 작은 눈동자처럼 깜빡이고 있었다. 나는 스스로가 무슨 짓을 하는지 이해하고 있었고, 그래서 겁이 났다. 결국은 데릭 윈스턴이 나를 찾아내겠지. 유치장에 갇힐 거야. 재판을 받고, 어쩌면 수감될 수도 있어. 그런데? 그래서? 나는 돈이 필요했다. 그 어느 때보다 절실했다.

다시 벽돌을 들어 금전등록기를 내리쳤다. 팅, 스프링 소리와 함께 현금 수납 통이 튀어나왔다. 안에 든 돈을 가방에 쓸어 넣은 뒤 입구로 돌아왔다. 부서진 유리창으로 바람이 들이치고 있었다. 망가진 출입문과 금전등록기가 눈에 들어왔다. 삼촌이 가꾼 공간에서 나쁜 짓을 저질렀다는 죄책감으로 마음이 축축이 젖었다. 설명할 수 없을 만큼 불쾌했다. 가게를 나와 달리기 시작했다. 질척거리는 감정이 떨어져 나가도록 폴짝폴짝 뛰었다. 거친 벽돌에 어깨를 비비면서 인적이 드문 길을 찾아 방향을 꺾었다. 그러다 넘어져 바닥에 이마를 찧었다. 불꽃이 번쩍 튀면서 욕지거리가 터져 나왔다. 눈물이 찔끔 흘렀다.

너른 도로에 접어들었을 때 에드워드 채프먼을 마주쳤다. 에디는 주머니에 손을 넣고 며칠을 굶은 사람처럼 터벅터벅 걷고 있었다. 정말로 며칠을 굶었던 것인지도 모른다. 이따금 알아들을 수 없는 말을 중얼거렸다. 나는 달리기를 멈추고 아무 일도 없었던 듯 천천히 걸었다.

"어이." 에디가 나를 알아봤다.

"안녕하세요."

"어디 가?"

"그냥요. 왜 이 시간에 밖에 계세요? 보호소에 가지 않고요."

"자리가 다 찼어." 에디가 내 이마를 가리켰다. "너, 피가 나."

"괜찮아요."

에디는 미심쩍은 표정으로 나를 위아래로 훑어봤다. 퀭한 눈은 이내 가방을 향했다. 질책하듯 에디가 물었다.

"그거, 훔친 거지?"

나는 가방을 뒤로 숨겼다. 하지만 에디는 내가 무슨 짓을 저질렀는지 알고 있는 것 같았다.

"도망가는 거지? 보면 알아."

"그쪽이 보안관이라도 돼요?"

"난 군인이었어. 한국전쟁이랑 베트남전쟁에⋯⋯."

"거짓말."

걸음을 옮겼다. 에디가 뒤따라왔다. 나는 속도를 높여 걷다가 잠시 후에는 거의 뛰다시피 했다. 에디는 더 이상 따라오지 않았다.

"괜찮아!" 이가 빠져 새는 발음으로 에디가 소리쳤다. "걱정하지 마! 아무한테도 말하지 않을게! 정말이야!"

나는 아무 버스에나 올랐다.

21

몇 달간 모텔식스의 40달러짜리 숙소에 묵었다. 갓 칠한 듯 차
갑고 하얀 벽에 둘러싸인 2층 복도 끝의 방이었다. 창문을 열면
파란 간판과 인적 뜸한 거리가 내려다보였다. 내가 택한 지점에는
장기 숙박을 하는 투숙객들이 제법 있었다. 우리는 서로를 알아
봤지만 무거운 표정으로 눈인사를 주고받을 뿐 대화를 나누지는
않았다. 모두 각자의 비밀과 사연을 간직한 듯 보였다.

매일 새벽, 모텔을 나와 기차역으로 걸었다. 대도시와 연결되는
기차역 근처에는 일용직 사무소가 있었다. 그 앞에서 기다리면
업체에서 차를 가지고 와 작업 현장으로 사람들을 태워 갔다. 나
는 주로 건물 철거나 짐 나르는 일에 투입됐다.

돈을 모아 베트남으로 갈 계획이었다. 엄마와 재우를 만나 호찌민에서 뭐든 해볼 생각이었다. 몇 달에 걸쳐 쉬는 날도 없이 일을 했다. 숙식과 교통, 통신비 외에는 지출하지 않았다. 팬데믹이 발생하지 않았더라면 나는 좀 더 일찍 엄마와 재우를 만났을 것이다.

2020년 1월, 세계보건기구가 비상사태를 선포했다. 사태는 급박하게 진전됐다. 멍청히 차도에 서 있다가 트럭에 들이받힌 기분이었다. 감염, 폐쇄, 봉쇄 같은 단어가 뉴스 헤드라인을 장식했다. 일용직 사무소 앞에는 더 많은 사람이 줄을 섰다. 좋은 일자리를 차지하기 위해 싸움이 벌어질 때도 있었다. 소외 계층 사이의 싸움은 우스꽝스러우면서도 처절했다.

봉쇄가 풀릴 때까지 안정적인 일자리를 찾아 돈을 더 모아야겠다고 생각하던 차에 일용직 사무소 직원이 잠시 얘기 좀 할 수 있느냐며 나를 따로 불러냈다. 필요한 서류를 제출하고 일당을 받는 동안 안면을 튼 사이였다.

"내 사촌이 냉동 창고에서 매니저로 일하거든요. 사람들이 요즘 그쪽 일을 기피한대요. 왜 있잖아요. 바이러스 때문에. 연락처를 줄 테니 지원서를 보내봐요. 가리는 거 없이 아무 일이나 잘하길래 추천하는 거예요."

"파란 피부라도 괜찮대요?"

"내 사촌은 색맹이에요. 발가락이 두 개 없고요. 일만 잘하면 피부색은 신경 쓰지 않을걸요."

인터뷰는 당일 저녁에 진행됐다. 매니저는 백곰을 연상시키는 체구에 두툼한 수염을 기른 남자였다. 우리는 마스크를 착용한 채 마주 앉았다. 매니저가 몸을 움직일 때마다 회사 로고가 커다랗게 박힌 작업용 점퍼가 부스럭거렸다. 매니저는 내가 가져간 이력서를 읽지도 않았다. 사촌의 연락을 받는 순간 채용을 결심한 상태였다고, 일손이 부족해 당장 창고에 투입시켜야 할 판이라고 했다.

"창고에서 일해본 적 있어요?" 매니저가 물었다.

"없어요. 세탁소랑 세차장에서 삼촌 일을 도운 게 전부예요."

"그럼 쉬운 일부터 시작해야겠네요. 혹시 감염된 적은?"

"아직이요."

"마스크는 절대 벗지 마세요. 증상이 없는데 옮기고 다니는 사람이 있대요."

매니저는 마스크 위로 코를 내놓고 있었다. 마스크를 그렇게 착용하면 감염 예방 효과가 없대요, 라고 말해주려다 말았다. 힘들게 얻은 일자리를 잃고 싶지 않았다.

5월이 되자 코로나19로 인한 미국 내 사망자가 10만 명에 이르렀다. 9월에는 20만 명이 됐다. 천연두, 흑사병, 콜레라가 유행했을 때처럼 사람들은 재난의 원인을 찾기 위해 외부로 눈을 돌렸다. 화살은 아시아를 향했다. 중국이 집중포화를 맞았다. 바이러스를 퍼뜨리는 박쥐와 그 박쥐를 식용으로 사용하는 중국인의 이미지가 결합해 혐오의 싹이 텄다. 커뮤니티에서 우한바이러스라는 말이 공식 용어처럼 사용됐다. 트럼프 대통령은 코로나19 대신 쿵플루(kung-flu)라는 신조어를 사용했다. 하원 청문회에 참석한 공화당 의원 칩 로이는 중국공산당을 비하하는 치콤(chicom)이라는 단어를 입에 담는 것이 부끄럽지 않다고 발언했다. 칭크(chink)라는 단어 역시 사전에 등재된 것인 양 공공연하게 사용됐다. 냉동 창고의 동료 노동자들은 내 파란 피부를 문제 삼지 않았다. 대신 공격적인 어조로 출신 국가를 물었다. 찢어진 눈과 튀어나온 광대는 박해할 이유가 됐다.

팬데믹 초기에 파란 피부가 코로나19의 원인일지도 모른다는 소문이 퍼진 적이 있었다. 진원지를 파악할 수 없는 발언이었지만 가짜 뉴스는 코로나19보다 더 빠른 속도로 확산됐다. 이스라엘의 한 연구소에서 파란 피부와 코로나19 사이에 어떤 상관관계도 찾을 수 없음을 공식적으로 발표하기 전까지 파란 피부는 박쥐와 비슷한 위치에 놓여 있었다. 우리는 응축된 분노의 표상이었고 합의된 공격 대상이었다. 핍박받으나 반항하지 못하는 존재였고, 그래서 더욱 응집하지 못하는 개인이었다. 개인이었으나 집단이었고 또한 어떤 개념이었다. 소수의 부정한 존재였으며 위험을 상징하는 대상이었다. 사람들은 그 미지의 존재에게 '블루멜라닌'이라는 이름을 부여했다.

멜라닌은 질소, 산소, 수소, 탄소로 구성된 색소다. 화학 구조에 따라 유멜라닌, 페오멜라닌, 뉴로멜라닌, 알로멜라닌, 피오멜라닌으로 분류할 수 있다. 대개 검은색을 부여하는 유멜라닌과 붉은색을 부여하는 페오멜라닌이 피부의 색을 결정한다. 하지만 앞서 나열한 어떤 멜라닌도 생명체에 파란색을 부여하지는 않는다. 아메리카 원주민이 인디언으로 불리던 것처럼 블루멜라닌이라는 작명은 근거 없는 편견과 고집의 결과물이었다. 우리는 원하지 않는 이름을 얻었고 그 결과 계층의 일부가 되었다. 오랜 시간이어질 시련이 내 앞에 놓여 있음을 알 수 있었다. 내가 싸우고 있는 건 사람이 아니었다. 지정할 수 있는 대상이나 인물이 아니었다. 나는 시스템과 싸워야 했다. 인식에 대항해야 했다. 그런 걸어떻게 이기나. 주먹을 휘둘러도 닿지 않는 존재를. 말을 해도 듣지 않는, 귀가 없는 존재를.

간호사들은 감염의 위험에서 벗어나기 위해 쓰레기봉투를 뒤집어썼고 나는 사람들의 시선을 피해 마스크와 선글라스로 얼굴을 가렸다. 두터운 외투까지 걸친 날이면 부르카를 두른 것 같았다. 사람과 사람 사이의 이방인이었던 나는 모든 인간관계에서 멀어진 덕에 시간이 넘치도록 남았다. 킨들에서 전자책을 대여해 읽었고 언론사 몇 곳의 유료 기사를 구독했다. 비대면 시대에도 좁은 모텔 방에서 세상 소식을 접하기에는 부족함이 없었다.

그해 재선에 실패한 도널드 트럼프는 본격적으로 부정선거 음

모론을 주장하기 시작했다. 선거 준비가 한창일 때부터 트위터를 통해 우편 투표는 대재앙이라거나 외국이 선거에 개입할 수 있다며 논란을 부추기던 터였다. 조 바이든의 당선이 확정된 후 도널드 트럼프는 50건 이상의 소송을 제기했고 모조리 패배했다. 남자들이 역차별을 당하고 있다고, 백인들이 핍박받는 시대라고, 미국이 다시 위대해져야 한다고 주장하던 인물의 일시적인 퇴장이었다. J. K. 롤링의 트랜스포비아와 TERF 논란이 불거진 것도, 카녜이 웨스트의 반유대주의 발언이 논란이 되며 대중의 외면을 받은 것도 비슷한 시기였다.

선거 기간 동안 모든 인종이 각자의 목소리를 높이며 정치적 영향력을 행사하기 위해 노력했지만 블루멜라닌은 이렇다 할 역할을 하지 않았다. 우리는 하나의 정치 집단으로 인정받을 구심점이 부족했고 관심을 끌 만큼 수가 충분하지도 않았다. 정치 공학 관점에서 블루멜라닌 한 명은 다른 인종 한 명과 같은 가치를 지니지 않았다. 18세기 말 흑인이 60퍼센트짜리 인간으로 취급받았던 것처럼. 당시 미 하원 의원 의석은 각 주의 인구 비례에 따라 배분됐는데, 이때 흑인 다섯 명을 백인 세 명으로 계산해 각 주의 전체 인구를 산정했다. 이 규정은 이후 약 80년간 유지됐다.

셀마가 있었다면 이런 얘기를 하면서 신나게 누군가를 씹어댔을 텐데. 생각이 거기에 미치자 걷잡을 수 없이 셀마가 그리워졌다. 어쩌면 지금쯤 혼수상태에서 깨어나 회복하지 않았을까. 나를 찾고 있지는 않을까. 연락을 하고 싶은데 그럴 수 없는 상황인 건 아닐까. 메일함을 열었다. 숙제를 위해 셀마와 주고받던 메일을 찾아 회신 버튼을 눌렀다. 오래 고민하며 긴 글을 적었다가 모두 지운 다음 모텔식스에서 지낸다고, 혹시 깨어났다면 연락해달라고만 썼다.

2021년 12월, 수감 중이던 박근혜가 구속 4년 9개월 만에 사면됐다. 2022년 3월 9일, 대한민국 제20대 대통령이 선출됐다. 도널드 트럼프가 당선되었을 때처럼 한국은 분열되어 있었다. 축하와 비난, 우려와 낙관, 불안과 기대가 뒤섞였다. 같은 날 하와이를 포함한 미국 전역에서 마스크 의무화 해제가 결정됐다. 세계 각국에서 코로나19 검역 조치와 관련된 규제가 풀리고 비행기가 날아다녔다. 나는 쉬지 않고 일하며 미국을 떠날 준비를 했다. 곧 다른 곳으로 떠날 것이다. 그리워하던 곳으로 돌아갈 것이다. 집들이 빽빽한 인천의 빌라촌, 무너져가던 서구 가정오거리, 차가운 메콩강이 흐르는 혼덧현.

1968년 UC버클리의 대학원생 유지 이치오카와 엠마 지가 아시아계미국인정치동맹(AAPA)이라는 단체를 설립했다. 이때 사용한 아시아계 미국인이라는 명칭은 훗날 동질성을 보유한 사람들을 결집시키는 구심점이 됐다. 이름에는 그런 힘이 있다. 피부색이 파란 이들이 블루멜라닌이란 명명 아래 유대감을 확보한 것도 같은 이유였다.

2022년에는 1200명의 블루멜라닌이, 그다음 해에는 1만 3000명의 블루멜라닌이 태어났다. 언론의 표현을 빌리자면 인류가 꿈틀대는 것 같았다. 몇 해 전 미국 18세 미만 인구 중 백인의 비율이 절반 이하로 낮아졌다는 기사를 읽었다. 다른 인종의 비중이 늘어나는 가운데 어쩌면 블루멜라닌이 새로운 소수 인종으로 인정받을지도 모른다는 전망이 나오기도 했다. 하지만 지금 시대에 단순히 피부색을 기준으로 인종을 구분하는 것이 의미가 있느냐는 비판도 있었다. 호주와 캐나다, 인도, 중국, 러시아 등지에서 블루멜라닌 부부의 아기가 태어났다. 어떤 아기는 새파란 색, 어떤 아기는 희끗한 파란색이었다. 하지만 어떤 아기는 백인이었고 어떤 아기는 흑인이었다. 노란색이거나 갈색이었다. 가계도 사이에 끼워놓은 책갈피처럼 존재하는 파란 피부는 새로운 인종으로 인정받기에도 무리가 있었다.

학자들 역시 블루멜라닌과 다른 인종 사이에서 특기할 만한 차이점을 발견하지 못했다. 인류는 거대한 스펙트럼 사이에 점처럼 놓인 존재의 집합이었다. 결국 인종이란 존재하지 않는다는 주장에 나는 동의했다. 시리아에서 태어난 블루멜라닌 아이가 별것 아닌 감기로 세상을 떠났다는 이야기를 들었을 때 추위에 강한 내 기질이 파란 피부의 영향인지도 모른다는 생각을 버리기로 했다. 일부 블루멜라닌이 추위에 대해 좀 더 높은 내성을 보이긴 했지만 그 차이는 미세했다. 어떤 연구 결과도 통계적으로 그 사실을 증명해내지는 못했다.

　나는 설명하기 힘든 외로움을 느꼈다. 블루멜라닌과 함께하지 않을 때, 나의 불명확한 국적과 피부색은 고립감을 선사했다. 그래서 자유로웠으나 그만큼 외로웠던 것도 사실이다. 나는 어디에도 속하지 않음으로써 모든 곳에 속할 수 있는 현자가 아니었다. 나는 개인이었다. 작고 어린 파란색이었다.

　나는 더 이상 백인을 우러르지도, 흑인을 두려워하지도 않았다. 누군가를 선망하지도 경멸하지도 않았다. 인간을 무채색으로 만들고 나면 가진 것을 잃을까 두려워하는 사람들, 일터와 인간관계에 지친 사람들, 애국심과 규율로 무장한 벙커에 숨어 떨고 있는 사람들이 보였다. 우리는 피해자인 동시에 가해자였다. 우리는 어둠 속에서 서로를 공격하고 있었다.

22

조촐한 짐을 배낭에 싣고 모텔식스를 나섰다. 날은 맑았다. 긴 여정의 출발지를 JFK국제공항으로 택했다. 뉴욕에서 보고 싶었던 게 뭐였느냐면, 뉴욕 그 자체였다. 그중에서도 단연 센트럴퍼크(Central perk)였다. 파크(park)가 아니라 퍼크. 〈프렌즈〉에 나왔던 그 커피숍. 〈프렌즈〉 에피소드 대부분은 로스앤젤레스에 있는 세트장에서 촬영됐지만 뉴욕에 레플리카 카페와 투어 프로그램이 마련돼 있었다. 미국을 떠나기 전에 〈프렌즈〉 속 달콤한 환상을 눈으로 확인하고 싶었다.

뉴욕에서 사흘을 머물렀다. 베드퍼드 스트리트의 프렌즈빌딩에서 사진을 찍었다. 엠파이어스테이트빌딩과 타임스스퀘어, 자유의여신상을 방문했다. 사람들은 무심히 나를 지나쳤다. 어쩐지 그곳에는 나보다 더 기이하고 개성 있는 사람들이 많이 사는 것 같았다. 그게 좋았다. 서투른 환상이 깨지기 전에 미국을 떠날 수 있었다. 장거리 비행에도, 긴 환승 시간에도 지치지 않았다.

떤선녓국제공항에는 오후 5시에 도착했다. 엄마는 재우와 함께 병원에 들렀다가 공항으로 마중을 갈 테니 커피라도 한잔하면서 기다리고 있으라 했다. 나는 입국장에 있는 커피숍 구석 자리에 앉았다. 남부 억양이 심한 미국인 일행이 몇 달 후에 있을 미국 대선에 관해 이야기하고 있었다. 목소리가 카랑카랑하던 네이트 밀러와 조목조목 반박을 잘하던 레이철 윌커슨의 목소리가 들리는 것 같았다. 금발 머리의 노부인이 터커 칼슨이 〈폭스뉴스〉에서 해고된 걸 아느냐며 열을 올렸다. 다른 일행이 이유가 뭔지 물었고, 노부인은 진실을 말했기 때문이라고 대답했다. "무슨 진실이요?" 상대가 물었다. 노부인은 지난 대선에서 우편 선거가 조작되었다고 했다. 바이든이 시스템을 해킹했다고, 사실은 대부분의 사람이 트럼프를 찍었다고 했다. 선량해 보이던 노부인의 얼굴에서 갑자기 눈빛이 형형해졌다. 분노를 머금은 것 같았다. 오랜 시간 입안에 고여 있어 독이 된, 그런 분노.

나는 짐을 챙겨 일어났다. 한적한 곳으로 자리를 옮긴 뒤 랩톱을 열었다. 페이스타임을 받은 셀마는 산발이 된 머리에 거의 감긴 눈으로 침대에 엎드려 있었다. 뒤늦게 필라델피아와 호찌민의 시차를 확인했다. 낮밤이 거의 반대였다.

"안녕, 제이. 베트남이야?"

"응, 방금 도착했어."

셀마가 크게 하품을 했다. 피부는 거칠었고 눈은 피곤해 보였지만 오랜 투병 생활의 후유증은 남아 있지 않았다. 어떻게 편지한 장 남길 생각도 하지 않고 셰인빌을 떠났느냐는 질책이 담긴셀마의 메일, 일주일 후에야 전달된 나의 답장, 서로의 안부를 묻는 대화가 오가는 사이 우리는 도니스헬에서 햄버거를 나눠 먹던고등학생 시절로 돌아가 있었다. 나는 냉동 창고에서 일하는 노동자였고 셀마는 대학생이 되었지만. 셀마는 오빠와 같은 펜스테이트에 진학했다고 했다. 친구 세 명과 아파트를 나눠 썼고, 커뮤니케이션을 전공했다.

엄마한테서 20분 후에 도착한다는 문자메시지가 왔다. 내가문자메시지에 답을 하는 동안 셀마는 주방 테이블에 휴대전화를내려놓고 커피를 뽑아 돌아왔다.

"이래야 공평하지." 셀마는 건배를 하듯 렌즈에 머그잔을 부딪쳤다. "엄마 이름이 뭐라고 했지? 매번 까먹어."

"응우옌 우 녹." 엄마 이름을 발음하는 것이 오랜만이라는 생각이 들었다. "응우옌, 우, 녹." 나는 한 번 더 또박또박 말했다.

"베트남에는 응우옌이 엄청 많더라. 그게 이름인가?"

"성이야. 우 녹이 이름인데 부를 때는 녹이라고 해."

게이트에서 승객들이 쏟아져 나왔다. 호객 행위를 하는 택시 기사들과 여행객이 뒤섞였다. 커다란 배낭이 사람들의 어깨 위에서 느릿느릿 흔들렸고 귀여운 아이들은 요란스레 입국장을 뛰어다녔다. 여행사와 호텔 직원들은 고객을 찾는 팻말을 높이 들었다.

—10분 전.

엄마가 카운트다운을 하는 것처럼 도착 시간을 알렸다. 나는 공항 앞으로 뻗은 도로를 쳐다본 뒤 다시 셀마를 향해 고개를 돌렸다.

"가봐야겠어."

"그래, 엄마 잘 만나. 내 안부도 전해주고. 우리한테 무슨 일이 있었는지 말씀드려. 내가 너 때문에 얼마나 오래 병원 신세를 졌는지도 꼭 전달하고."

"그리고 이제는 다 괜찮아졌다고도 얘기해야지."

"그래, 이제는 다 괜찮아졌지."

석양이 공항에 쏟아졌다. 내 피부가 노랗고 붉은 햇빛을 받아 반짝였다.

랩톱을 닫으려는데 셀마가 화면을 빤히 쳐다보고 있었다. 예전처럼 심장이 두근거리게 만드는 표정이었다.

"왜?"

셀마는 얼굴을 들이대며 대답했다. "와, 지금 보니까 바둑돌 같네."

"뭐가?"

"네 눈동자, 검은 바둑돌 같아."

나는 미소 지었다.

"엄마가 그랬거든."

"엄마를 닮았나 보다."

그 말이 듣기 좋았다. 먼 곳에서 전하는 포옹 같았다.

작가의 말

　베트남에 도착한 재일은 곧 다른 세계를 여행할 것이다. 클로이
가 자신의 작은 방에 앉아 목소리를 전하고자 했던 그 세계로. 삼
촌이 탐험하라고 했던, 미국의 스무 배나 된다는 그 세계로. 셀마
의 응원에 힘입어 재일은 떠날 것이다. 다른 블루멜라닌을 찾아
나설 것이다. 그리고 이런 이야기가 이어질 것이다.

　　　　　　　　　　　　　*

　재일이 로마에 도착했다는 소식을 듣고 지역 방송국 피디가 숙
소로 찾아온다. 이름은 마리아, 오십대, 재일과 같은 파란 피부

다. 블루멜라닌을 주제로 한 다큐멘터리를 촬영하는 중이라고 한
다. 마리아는 재일을 자신의 단골 커피 가게로 안내한다. 두 사람
은 구석에 자리를 잡는다. 마리아가 말한다.

"파란 피부의 등장은 지금껏 피부색으로 인종과 문화를 분류
해온 인류에게 새로운 연구 과제를 던졌어요. 지구 전역에서 산발
적으로 등장하는 파란 피부 사이에 공통분모를 찾기 힘들었으니
까요. 파란 피부는 사회적으로 정의되지 않은 채 부유하며 존재
해요. 때로는 괄시받으면서요. 이탈리아에서도 그래요. 유럽의 다
른 지역에서도 그렇겠지만, 이 나라는 특히 그렇죠. 유럽에서 세
번째로 큰 경제 규모를 가진 국가의 국민들이 어떤 정당을 지지
하는지 봐요. 어떤 사람이 총리가 됐는지. 조르자 멜로니가 부정
적인 이미지를 희석하려고 노력 중이긴 하지만, 이탈리아의형제
들당(Fdl)이 파시스트당의 후계 정당인 걸 부정할 수는 없어요.
자, 이제 당신 얘기를 좀 들려줘요. 어떻게 살았어요?"

마리아와 인터뷰를 마친 재일은 그리스로 이동한다. 튀르키예
로, 요르단으로, 이집트로 저렴한 숙소를 찾아다닌다. 반나절을
물색하고 다닌 끝에 5층 건물 옥상에 불법 증축한 호스텔을 찾아
내기도 한다. 각국에서 모인 여행자들 사이에는 스스럼없는 대화
가 오간다. 재일은 맥주잔에 맺힌 물방울을 쓸어내린다. 에피소
드를 듣는 일이 즐겁다. 모쪼록 이야기가 다른 방향으로 튀지 않
았으면 한다. 하지만 말 많은 독일인 여행자가 미국 대선 이야기

를 꺼내는 순간 정치 이야기가 다른 모든 주제를 잡아먹는다. 재일은 때로 그런 대화가 불편하다. 조용히 일어나 침대에 누운 재일은 자신이 출연한 이탈리아 지역 방송국 다큐멘터리 영상을 시청한다. 숙소는 사람들의 고함으로 시끄럽다.

카이로의 호스텔에서 만난 영국인과는 이민자 문제를 두고 대화를 나눈다. 영국인에게 이민자란 존엄한 개인이 아니라 정형화된 집단이다. 재일은 브렉시트 이후 영국 상황이 어떠냐고 묻는다. 영국인은 저임금 노동자가 줄어들어 산업이 제대로 돌아가지 않는 곳이 많다고 대답한다. "그게 바로 이민자를 배척한 결과잖아." 재일이 중얼거린다. 영국인은 제대로 듣지 못한 것 같다. 대신 요즘 머리를 깎는데 40파운드가 든다고, 난방비 때문에 겨울에도 추위에 떠는 사람들이 수두룩하다며 불평을 늘어놓는다.

언젠가 재일은 팔레스타인으로 이동할 것이다. 그곳에서 사이드 알타웰을 만날 것이다.

텔아비브에서는 네타냐후 정권의 삼권분립을 무시한 사법 개혁에 반대하는 대규모 시위가 몇 달째 이어지고 있다. 미국과 멕시코 사이에 설치된 장벽을 연상시키는 구조물이 이스라엘과 서안지구를 가로막고 있다. 가드타워에 키스하는 도널드 트럼프와 체포당하는 시위대, 군인을 향해 돌팔매질하는 사람을 그린 그라피티가 멀리서도 눈에 들어온다. '존재하는 것이 저항하는 것(To exist is to resist)'이라는 문구가 곳곳에 적혀 있다.

사이드 알타웰과 그 가족이 거주하는 발라타 난민 캠프는 가로세로 500미터 규모의 지정 구역이다. 그곳에 3만 명 이상의 난민이 산다. 회색 돌가루가 흘러내리는 난민 캠프는 재건되는 것 없이 무너지기만 하는 공간이다.

1948년 야파(Jaffa)에서 달아난 사이드의 조부모가 발라타 난민 캠프에 정착한 것이 1950년이다. 사이드는 난민 캠프에서 태어난 최초의 블루멜라닌으로, 잡지나 언론사에 기고문을 싣는 저널리스트다. 재일보다 여섯 살이 많다. 재일은 사이드의 집에서 함께 생활한다.

"1948년에 75만 명이 고향에서 쫓겨났어. 우리가 알나크바(al-Nakba)라고 부르는 디아스포라지. 이스라엘은 여전히 팔레스타인이 현재에 되살아난 아말렉 종족인 듯 취급해. 게다가 나는 파란 피부잖아. 이스라엘 군인들은 나를 인간이 아닌 듯이 취급해. 눈빛에서 그걸 느껴."

난민 캠프는 팔레스타인 자치 정부가 관리하는 지역이지만 무장한 이스라엘 군인들을 목격하기는 어렵지 않다. 대개 테러 첩보를 받고 범인을 색출하기 위해 캠프로 진입한 병력이다. 이따금 울리는 총성과 폭음, 내셔널리스트 보수파와 베냐민 네타냐후의 강경책은 불안한 미래의 예고편 같다.

팔레스타인 여행을 마친 재일은 파키스탄으로 이동한다. 이슬라마바드에서 한 블루멜라닌을 만나기로 했다. 라왈핀디에서 머무르던 재일은 하마스가 이스라엘을 공격했다는 뉴스를 본다. 두 국가 사이의 국지전은 곧 전면전 양상을 띤다. 러시아와 우크라이나 간의 전쟁이 시작된 이듬해, 이스라엘이 자신들의 국가가 유대인의 국가임을 천명한 유대민족국가법을 통과시킨 지 5년 만의 일이다. 세계는 팔레스타인과 이스라엘 지지 세력으로 나뉜다. 사우디아라비아가 팔레스타인 지지를 선언하고 미국은 이스라엘에 항모전단을 급파한다. 이스라엘을 방문한 바이든 대통령은 이스라엘을 위한 전례 없는 규모의 예산 패키지를 의회에 요청하겠다고 말한다. 진실은 침몰하고 사실만 건조한 모습으로 세계에 전송된다. 시각에 따라 팔레스타인은 테러국으로 묘사되고 이스라엘은 나치에 비견된다. 1987년과 2000년에 이어 팔레스타인의 제3차 인티파다(intifada)가 발생할지도 모른다는 예측이 나오기 시작한다.

두 국가의 분쟁은 표면적으로 종교 때문이지만 미국과 이란, 사우디아라비아가 개입하게 된 원인에는 유가 문제가 밀접히 연결돼 있다. 한편으로는 내외부의 민족주의와 인종 갈등이 원인이다. 맥마흔선언과 벨푸어선언, 이후 이어진 중동전쟁 양상을 모르지 않으나 파란 피부인 재일은 국가 구성원의 인식에 내재되어 있을 인종 문제를 떼어놓고 생각할 수 없다. 유대민족국가법이 통과된 후 이스라엘에서는 히브리어를 유일한 공용어로 채택했으며 아랍어는 특수 지위 언어로 격하됐다. 유럽계 백인 유대인인 아슈케나짐과 이베리아반도에 정착한 유대인의 후손인 세파르딤, 중동 및 남아시아에 거주하던 미즈라힘과 흑인 유대인인 베타이스라엘 사이에는 오랜 위계가 존재한다. 유대인은 더 이상 유대교를 믿는 자를 뜻하는 용어가 아니다. 검은 피부를 가진 에티오피아 출신 유대인들은 이스라엘 내에서 타 인종과 동등한 대우를 받지 못한다. 재일이 인천을 떠나 조지아 생활에 적응하기 위해 고군분투하고 있을 때 텔아비브에서는 에티오피아 유대인의 대규모 인종차별 반대 시위가 열렸다. 나와 타인이 다르다는 사고, 내재화된 차별은 피비린내를 풍긴다.

재일은 매일 양측의 사망자 숫자를 확인한다. 팔레스타인과 이스라엘 희생자가 얼마나 차이 나는지, 그중 민간인의 비중이 얼마나 되는지, 그중 아이들이 얼마나 희생당했는지, 사망자 명단에 블루멜라닌이 있는지 확인한다. 숫자는 전쟁이 약자에게 더욱 가혹하다는 사실을 증명한다. 군인들이 소매 위에 혈액형과 군번을 새길 때 가자지구 아이들은 자신의 이름을 팔에 새긴다. 자신들이 인간을 닮은 동물과 싸우고 있다고 말한 이스라엘의 국방부 장관이 과거 나치가 유대인을 돼지에 비유했다는 사실을 알고 있을지, 재일은 궁금하다.

하버드대학교의 학생 단체 서른네 개가 이스라엘 정권을 규탄하는 성명을 발표한다. 하버드대학교 졸업생과 기부자가 이에 반발한다. 퍼싱스퀘어캐피털 회장인 빌 애크먼은 모교인 하버드대학교에 성명 참여자 명단을 요구한다. 월스트리트에 사실상 블랙리스트가 만들어질 상황이 되자 하버드대학교 학생 단체 서른네 개 중 일부는 성명을 철회한다. 미국 로펌 윈스턴앤스트론은 이스라엘의 책임을 논하는 게시물을 올린 뉴욕대학교 법대 학생회장 리나 워크먼의 채용을 취소한다. 하버드대학교 클로딘 게이 총장과 펜실베이니아대학교 엘리자베스 매길 총장은 미 하원 교육노동위원회 청문회에서 학내 반유대주의와 관련된 논란에 대해 애매모호한 답변을 했다는 이유로 질타를 받은 뒤 사퇴한다.

사이드에게서는 연락이 없다.

그해 말, 재일은 팔레스타인 민간인 사망자가 2만 명을 넘어섰다는 뉴스를 접한다. 그중 8000명은 어린이다. 아기들의 죽음을 두고 'lives found ended'라는 표현을 사용한 〈워싱턴포스트〉의 헤드라인을 보면서 재일의 가슴은 무너진다.

재일에게 시온주의자들의 주장은 식민 지배를 정당화하기 위한 억지 명분이며 이스라엘의 군사 보복은 일본의 관동대학살과 난징대학살, 나치 독일의 홀로코스트, 중국의 티베트학살, 미얀마의 로힝야족학살, 수단의 다르푸르학살과 다르지 않은 아파르트헤이트이자 제노사이드다. 계급화된 차별, 혐오, 모욕과 조롱은 세계의 곳곳에 점령군처럼 밀려들고 있다.

재일은 다음 행선지를 고민할 것이다. 블루멜라닌이 마음 놓고 살 수 있는 곳을 찾아 유랑할 것이다. 진보와 퇴보를 반복하는 세계에서, 재일의 이야기가 이어질 것이다.

*

이 소설을 쓰는 동안 아래 도서를 참고하였다. 대개 사실 관계
를 교차 확인하는 용도로 활용했으며, 그 내용을 소설 전반에 녹
여냈으므로 쪽수를 표기하지는 않겠다.

알렉스 캘리니코스, 《인종차별과 자본주의》, 차승일 옮김, 책갈피, 2020.

애덤 러더포드, 《인종차별주의자와 대화하는 법》, 황근하 옮김, 삼인, 2021.

염운옥, 《낙인찍힌 몸》, 돌베개, 2019.

이저벨 윌커슨, 《카스트》, 이경남 옮김, 알에이치코리아, 2022.

정회옥, 《아시아인이라는 이유》, 후마니타스, 2022.

정회옥, 《한 번은 불러보았다》, 위즈덤하우스, 2022.

제니퍼 에버하트, 《편견》, 공민희 옮김, 스노우폭스북스, 2021.

크리스티앙 들라캉파뉴, 《인종차별의 역사》, 하정희 옮김, 예지, 2013.

자료 조사 과정에서 노트에 작성한 메모도 옮겨본다. 이 메모
를 작성하던 순간 소설의 방향이 결정되었다.

성별, 세대, 인종, 국가, 종교로 분류된 인간은 연대가 필요한 집

단과 분리됨으로써 고립된다. 군림하는 이들을 위해 목소리를 높이며 도구로 작동한다. 이것이 종으로 연대한 결과다. 종으로의 연대는 차별과 계급화를 심화시킨다. 계급화된 상태로 분열하고 고착된다. 이 구조를 탈피하기 위해 수직 결합을 벗어나야 한다. 수평적 구심점을 확보해야 한다. 평행한 타인과 연대해 목소리를 높여야 한다. 이것이 종이 아닌 횡으로의 연대다. 횡적 연대다. 집단에 맞서는 집단이며 구조를 전복하는 구조다.

　가족, 친구, 동료, 정체를 알 수 없는 독자에게.
　응원해줘서 고마워, 고마워요, 고맙습니다.

2024년 7월
하승민

추천의 말

《멜라닌》의 매력은 현실에 대한 핍진성과 '블루멜라닌'으로 대표되는 환상성의 조합에 있다. 작가는 한국과 미국의 도시 변두리에서 성장한 한 소년의 이야기를 정치적, 경제적 맥락에서 치밀하게 세공하다가도 불현듯 꿈처럼 환상적이고 애틋해지는 장으로 우리를 데려다놓는다. 심사 자리에서 이 인물에게 향하는 마음을 멈출 수 없다는 말을 다른 심사위원으로부터 듣는 순간 나는 이 작품을 지지하기로 생각이 바뀌었다. 읽는 사람의 감정을 움직여 인물 하나를 오롯이 세워놓는 일, 그런 창조가 《멜라닌》에서는 일어난다.

― 김금희(소설가)

함께 밥 먹고, 함께 글자를 배우고, 함께 뛰어놀고, 밤이 되면 한 이불을 덮고 함께 잠들고, 함께 투덜거리고 울고 웃고, 함께 떠나고 돌아오고……. 이 소설을 펼치는 순간 우리는 주인공 재일과 뭐든 '함께하는' 몰입의 경지에 도달한 독서를 즐기게 된다. 책 속 종이와 잉크를 재료로 탄생한 존재와 '함께 존재'하며 '함께 살아가고' 있는 것 같은 착각을 슬그머니 선물하기. 소설 쓰는 기술이 있다면, 그것만큼 고난이의 기술도 없을 것이다. 더구나 재일의 엄마는 베트남 사람이고, 재일은 파란 피부를 가졌다. 탄생부터 이주민이자 이방인으로 규정지어진 주인공이 우리를 향해 다가오고 있다. 첫 울음의 순간부터 우리와 함께 성장하기 위해.

－ 김숨(소설가)

혐오는 늘 공포의 다른 모습이라는 점을 상기할 때, 운이 좋다는 말은 무슨 뜻이 될까? 제이는 내가 아는 주인공 중에서도 손에 꼽게 불운한 소년이다. 동양인다운 생김새에 온 지구를 통틀어 가장 희소한 피부색이 더해져 성립되는 이 소년의 소수자성은 내면에 은닉되지 않고 전신으로 공공연히 드러나는 성질을 띤다. 인종의 도가니, 다양성의 나라로 손꼽히는 미국으로 이주해서도 불운은 이어진다. 영어를 익히고 같은 피부색을 지닌 친구를 사귀고 지역사회를 위한 선행을 하지만, 제이의 정체성에 대한 시선은 그의 행동이 아니라 외양에 내내 머무른다. 성장기 내내 이어지는 크고 작은 불운은 파란 피부 이주민 소년 주인공이라는 고유한 설정을 넘어 서사의 안팎을 연결하는 역할을 하며, 핍진하게 포착해낸 차별과 혐오는 이 서사가 가닿을 눈부신 성취를 가리키는 역설적 위치에 있다. 이 모든 시간을 겪어낸 제이가 마침내는 어른이 되기 때문이다. 지난한 고통의 시간을 통과하면서도 다수자의 시혜를 단호하게 거절하는 제이의 성장담은 생존의 서사다. 자신의 정체성을 직시하며 또 다른 소수자를 만나러 떠나는 제이, 고국에서도 이주지에서도 환대받을 수 없었던 소년이 누군가에게 환대를 경험하게 하려는 지점에 이르면, 한 사람의 생존에 우리가 얼마나 많은 것을 빚지고 있는가를 실감하게 된다.

－박서련(소설가)

한국인 아버지와 베트남인 어머니 사이에서 태어난 파란 피부의 혼혈. 불안정한 노동계급 출신의 미국 이민자. 파란 피부는 제이의 몸에 새겨진 소수자성의 표상이다. 또한 파란 피부는 새로운 인류의 탄생을 알리고 있는 것처럼도 보인다. 차별과 혐오가 만연한 세계가 낳은 새로운 인류. 점점 나빠지는 세계를 감당하며 살아가야 하는 슬픔의 인류.

문화 다양성과 인류 공영이 표방되고 있지만, 정작 우리의 삶이 그리 자유롭지도 다양하지도 않다는 것은 명백하다. 자본과 노동의 이동이 이미 전 지구적인 시대에, 우리의 자유란 한없이 왜소하고, 새로운 출발이란 불가능해 보인다. 《멜라닌》은 이 명백한 불행 속에서 생겨난 새로운 인류를 기반으로 그들과 함께해야할 공동체를 상상하게 한다. 이 공동체에는 폭력과 혐오에 희생당한 삼촌과 클로이의 죽음이 새겨져 있다. 태어난 나라도, 아버지가 선망한 나라도 아닌, 어머니의 나라 베트남을 모국으로 삼아, 불행과 고통을 뚫고 기꺼이 연결되고자 하는 친구와 함께, 제이는 이미 새로운 인류다. 죽고 사라지고 상처받더라도 포기하지 않고 새로운 인류가 되고자 하는 꿈, 《멜라닌》은 이 원대한 꿈에 대한 이야기다. ─ 서영인(문학평론가)

파란 피부를 가지고 태어난 '블루멜라닌' 재일로부터 "이 피부색은 나를 계급의 가장 낮은 단계로 내려보낸다"라는 문장을 전달받은 순간, 나는 이 소설이 단지 한 사람이 자신의 정체성을 형성해가는 여로로 쓰이는 일에만 바쳐지지 않을 것이라 예감했다. 그리고 옳거니, 이 소설은 바로 그 길로 간다. 파란 피부 당사자가 한국과 미국에서 온몸으로 겪어내는 온갖 차별과 폭력을 통해 혐오의 문화사를 '꼬인 시선' 없이 펼쳐내는 한편, 어디에도 속하지 못한 대신 모든 곳에 속하지 않는 자유가 주어지는 게 과연 개인에게 충만함을 안기는 일인지를 묻는 이민자 청소년의 마음을 강단 있게 그려낸다. 무엇보다 이 소설은 그 모든 일을 벌이는 존재로서의 인간을 똑바로 마주하는 작업으로부터 좀처럼 물러서지 않는다. 거짓된 환상 없이, 순진한 낭만 없이 "검은 바둑돌" 같은 눈빛으로 바로 지금으로부터 역사를 써나가야 할 존재로서의 '우리'를.

　　　　　　　　　　　　　　　　　　　　－양경언(문학평론가)

　이 소설을 두고 심사위원들 사이에서 가장 빈번하게 나왔던 단어는 '매력'이었다. 어째서 매력이었을까? 사실 《멜라닌》이 놓인 자리는 차별과 혐오, 모욕과 수치의 잘 알려지지 않은 어두운 복도 한 귀퉁이다. 한데도 심사위원들은 이 소설이 지닌 알 수 없는 매력에 대해서 더 많은 이야기를 나눴다. 후에 나는, 그러니까 이 소설을 다시 한번 찬찬히 읽어본 뒤에야 그 매력을 어림짐작할 수 있었는데, 말하자면 그건 이 작품의 캐릭터들이 뿜어내는 어떤 '교차성'의 힘 때문이었을 것이다. 《멜라닌》의 인물들은 단일한 어휘로 도식화할 수 없는 모호함과 충만함을 지니고 있다. 주인공 재일이 그렇고, 그의 모친인 응우옌 우 녹이 그러하며, 클로이와 셀마가 그렇다. 그들은 차별과 혐오가 자신의 영혼을 파괴하게 가만두지 않았으며, 거기에 맞서 싸우고 행동한 사람들이다. 그 싸움의 힘은 결코 당위와 계몽에서 온 것들이 아니었다. 그들은 직관적으로 그 모든 것에 저항했고, 비록 싸움에서 패배할지언정 쉽게 멈추지 않았다. 바로 그 자리, 그 움직임이 이 소설이 지닌 매력의 실체이다. 수치에 무너지지 않는 힘. 이로써 한국 소설은 매력적인 캐릭터를 새로이 얻게 되었다. 이 캐릭터의 매력

'터지는' 장점은, 지금도 여전히 바삐 움직이며 무언가를 배우고
있다는 점이다.   —이기호(소설가)

《멜라닌》이 발명한 '파란 피부'는 우리 사회의 적나라한 차별과
혐오, 배척과 배제의 또 다른 이름이다. 작가는 자칫 적나라하고
날 선 어조가 되기 쉬운 차별과 계급의 문제를 지난한 성장과 서
글픈 이민사로 풀어내면서 정주할 수 없는 삶을 직시한다. "기피
대상"이자 "관심과 보호의 표적"인 파란 피부 소년 재일은 좌절
하고 절망하는 것이 아니라 희박한 희망의 탐색자가 되어 세계를
떠돌기를 선택한다.《멜라닌》을 통해 한국 소설은 차별과 혐오를
가리키는 인상적인 또 하나의 고유명사를 갖게 되었다.

                                        —편혜영(소설가)

멜라닌

제29회 한겨레문학상 수상작
ⓒ 하승민 2024

초판 1쇄 발행 2024년 7월 25일
초판 2쇄 발행 2024년 8월 26일

지은이 하승민
펴낸이 이상훈
문학팀 박선우 최해경 김다인
마케팅 김한성 조재성 박신영 김효진 김애린 오민정

펴낸곳 (주)한겨레엔 www.hanibook.co.kr
등록 2006년 1월 4일 제313-2006-00003호
주소 서울시 마포구 창전로 70(신수동) 화수목빌딩 5층
전화 02)6383-1602~3 **팩스** 02)6383-1610
대표메일 munhak@hanien.co.kr

ISBN 979-11-7213-087-9 03810